悪役令嬢は双子の淫魔(インキュバス)と攻略対象者に溺愛される

プロローグ

「挿れるよ、リア」

「待っ……！　だめ、エリックさ……ひゃあああん……！」

「ああ、ヴィクトリア嬢は殿下のモノを挿れただけで達してしまったようですね」

「こんな時に不謹慎だと思うけど、ヴィクトリア嬢は本当に可愛いな。あとで俺の精気もたらふく食べさせてあげるからね」

　どうしてこんなことになってしまったの？

　私、ヴィクトリア・アルディエンヌは、婚約者であり、この国の王太子であるエリック様に組み敷かれて、既にトロトロに蕩けてしまっている私の蜜壺に、エリック様の熱い肉棒を挿入されてしまった。それも、他の攻略対象者や、従魔であるフィルとナハトに見られながら。

　私の身体は魔力不足故に飢餓状態一歩手前らしい。暫くは魔力が安定せずに不安定なままだから、今日みたいな状態が度々起こってしまうそうだ。

（だけど、いくら緊急事態だからといって、皆の前でこんなこと……！）

　そう思うのに、私の身体は本能のままに彼の精気を貪り尽くそうと、彼の熱く猛った欲望を咥え込んで離すまいと必死になって締め付けてしまっている。それがものすごく恥ずかしい。

「ほら、リアの大好きな奥にいっぱいキスしてあげる。それから、ぷっくりした可愛いここも――」

「ひぅっ、やっ……！　そんな、両方弄(いじ)っちゃ……、ああぁっ」

　エリック様にぱちゅんぱちゅんと蜜壺の最奥を何度も何度も熱くて硬い肉棒でキスされて、それだけでもおかしくなりそうなくらい気持ちが良いのに、同時に大きくなった花芽さえも蜜を絡めた指でヌルヌル擦(こす)られ、扱(しご)かれて、痺れるような快楽に目の前がチカチカと明滅する。

「ヴィクトリア様、またイキそうなのですか？」

「フィル、これもヴィクトリア様の為だ。……今は仕方がない」

　私の従魔であるフィルとナハトが、エリック様や他の皆を見て、憎々しげに眉を顰(ひそ)める。けれど、現状を誰よりも理解している二人は、今の状況を止めることはない。エリック様たちから視線を外し、私を見つめる二人の表情は、眉尻が下がり、私の身体を深く案じてくれていることが分かる。

　私だって本当は分かっている。どうしてこうなってしまったのか、全ては私が起こした行動のせいだ。しかし、分かっていても心はそう簡単に割り切れるものではない。

「お、おねが……っ！　止まってぇ！」

　首を振り、藤色から深紅へと変わってしまった涙に滲む瞳で必死に止めるよう訴えても、誰も私の願いを聞き入れてはくれない。いや、聞き入れたくても聞き入れられないのだろう。この行為に懸かっているものは、私の命なのだから。

　エリック様が、柔らかな金色の髪を揺らし、情欲を灯す空色の瞳で、私を愛おしげに見つめる。

「リアの魔力が安定すれば、ちゃんと止まってあげるよ。だけど今は駄目だ。彼らの話では、リアはまだ上手に精気を取り込めないのだろう？　一刻を争う事態なのだから、今はとにかく、僕が与える快楽に集中して？」

ドチュンとエリック様に思い切り最奥を抉られて、私は身体をビクビクと痙攣させながら、再び絶頂を迎えてしまった。そうして蕩けた私の身体に、エリック様以外の人たちの手も伸びてくる。こんなの駄目なのに、気持ち良過ぎて堪らない。触れてくる手は、皆優しくて。どうしようもなく快楽の底に沈められてしまう。

「ヴィクトリア様、きちんと気持ち良くなれて偉いですね。ご褒美を差し上げなくては」

「そうだな。下ばかりで上の方が寂しいだろうと思っていたんだ。ヴィクトリア様、俺とフィルが可愛がってやる」

「!?」

フィルとナハトが深紅の瞳を蕩けさせ、目元を朱に染めながら、催淫効果のある唾液を絡ませた舌を使って、柔らかな双丘の先端をそれぞれねっとりと舐り始めた。先端をチロチロと舐められたり、転がされたり、甘噛みされたりするたびに、お腹の奥が堪らなくキュンと疼く。すると、エリック様の瞳に嫉妬の色が浮かんだ。

「いけない子だね、リア。フィルとナハトに胸を弄られて、そんなに悦んでしまうなんて。罰として、リアの中をもっともっと僕でいっぱいにしちゃおうかな」

「んむっ!?　んっ、んんんっ、んん～～～っ」

激しく蜜壺の奥を熱杭で穿たれて、無理やり絶頂に押し上げられつつ、花芽をキュウッと摘まれながら口腔内も蹂躙されて。フィルとナハトも、胸の先端を弄りっ放しで、解放してくれない。身体中を弄られ、耳も、首筋も、感じるところ、全部全部。

「愛しているよ、リア」

耳元で囁かれた甘い声音にゾクゾクしながら、私はその日、私の全てで彼らを受け止めた。

第一章

その日、私はお父様に連れられて、魔物市場へやって来ていた。目的は勿論、魔物を買うこと。私の身分は公爵令嬢であり、この国の王太子であるエリック殿下の筆頭婚約者候補。そんな私はもうじき春がやって来ると同時に、リリーナ魔法学園へと入学することが決まっている。

身分平等を謳う学園では、公爵家の護衛たちを連れていけない。けれど、公爵家である我が家は敵も多い為、秘密裏に高位の魔物を護衛として連れて行くのが決まりなのだ。当然、購入する魔物には特殊な印を施して、主に害を与えないよう隷属させる。

私はショーケースに並ぶ沢山の魔物たちを眺め歩きながら、ある双子へと視線を止めた。そして、その檻の中の双子を見て、頭にズキリとした猛烈な痛みの衝撃が走り抜けると、唐突に思い出した。私の前世の記憶。それからこの世界が、前世でプレイしたR18指定の乙女向けゲーム『白薔薇の乙女』の世界で、私が悪役令嬢だということも。

（頭が、割れそうなくらいに痛い……！　だけど……）

前世を思い出したせいか、頭が割れてしまいそうな激しい頭痛と吐き気に襲われる。けれど、この双子を買わずに倒れる訳にはいかない。私は必死に痛みを耐えながら、この世界での実父であるお父様に「この双子が欲しいです」と力強い口調でハッキリと告げた。

「淫魔の双子か。……美しい容姿が気に入ったのか？　まぁ、いいだろう。主人、この双子をくれ」

「ありがとうございます、旦那様！　いやいや、お目が高いですな～！　この二人は見た目も最高ランクですが、能力もAランクでしてね～！」

「ほう、そうなのか」

お父様と店の主人が話している間、私はこのインキュバスの双子をじっと見つめつつ、檻の中で地面に座り込む彼らの目線になるよう身を屈めた。確かゲームの悪役令嬢は、ここでインキュバスの双子に蔑んだ冷たい瞳で見下ろしながら辛辣な言葉を吐くのだ。

『他の魔物より見た目がマシだったから選んだけれど、インキュバスですって？　穢らわしい』

だけど、私はゲームの悪役令嬢とは違う。あのゲームで私が一番推していたのは……

――攻略対象でもない、この双子だったのだから。

（ああ、頭が痛い。吐き気がする。……だけど、ここで思い出せて本当に良かった）

私は、私をぼんやりと見つめ続ける双子を、真っ直ぐに見つめ返しながら告げた。

「今から貴方たちは私のものよ。酷い仕打ちはしないと約束するわ。だから、ずっと私の側にいてほしいの」

私の言葉に、双子は驚いたように目を見開いた。見た目の年齢は私と同じか、少し下くらいに見える。双子が檻から出された。これから隷属印を施されるのだ。焼印とは違って、一見判子のようなそれは、押されても痛みはないらしい。抵抗せず素直に上着を脱ぎ、右の胸の上にポンと印を押される。最後に主となる者が名前をつけて終了だ。

双子は同じ顔で同じ深紅の瞳だが、それぞれ髪の色が違う。

「淡いピンク色の髪をした貴方がフィル、黒髪の貴方がナハトよ。……っ」

「「!?」」

名前を与えた直後、私は意識を失った。頭の痛みと吐き気が限界だったのだ。いつも冷静なお父様が、怖い顔は変わらずに、慌てて私に駆け寄る姿を見た気がして、そういえば実は密かに娘のことを溺愛している人だったなと、意識を失う瞬間、そんな呑気なことを考えていた。

＊＊＊

魔物市場で意識を失った私は、すぐに公爵邸へと運び込まれ、三日三晩高熱に苦しんだあと、フィルとナハトの献身によって目を覚ました。二人の献身に酷く動揺し、公爵家お抱えの主治医の前で珍しく取り乱してしまった私は、主治医の判断を狂わせてしまった。主治医の判断により、そこから更に一週間ほど大事を取って、ベッドの住人として過ごす羽目になり、暇を持て余しまくった私は良い機会だからと、乙女ゲームの内容を整理し始めた。

――『白薔薇の乙女』

よくある異世界ものの、魔法あり剣ありのファンタジー系乙女向けゲームで、時代背景は中世ヨーロッパ風。貴族階級のある王政国家。現国王は慈悲深き賢王と呼ばれており、他国に比べれば治安は格段に良い。魔法のお陰で魔道具作りが発展しており、日本で作られた乙女ゲームだったせいか、現代日本で当たり前にあった電化製品に近いものがいくつか普通に存在している。

衣服で言えば下着もそうだ。ドレスの下はカボチャパンツではなく、多種多様なお洒落で可愛い下着を身に纏っている。乙女ゲームの舞台はリリーナ魔法学園。現代でいうところの大学のような所だ。学園への入学条件は魔力があることと、勉学への高い志し。入学試験で合格点を出せれば、平民であろうと身分関係なく入学できる。ここで平民であるヒロインが様々なイケメンたちと出会い、甘い恋愛を繰り広げていくのだ。

そして私はヴィクトリア・アルディエンヌ。ヒロインを邪魔する悪役公爵令嬢だ。

菫色の髪に藤色の瞳の、ヒロインとは違った系統の美少女で、スタイルも良い。ゲーム通り、私はこれまで王太子であるエリック殿下をお慕いしていた。けれど、前世の記憶を思い出した今では、私の一番はフィルとナハトなのである。

ゲームでは悪役令嬢がヒロインを無理矢理犯すように、インキュバスであるフィルとナハトへ命令し、それをメインの攻略対象者たちが阻止するのだ。ゲームでのフィルとナハトはほとんど感情を表に出さず、無表情。食事の時だけたまに笑う瞬間があって、その時の色気駄々漏れの笑みが最高なのだ。インキュバスなので、食事＝相手の精気を吸うこと。キスでも精気は吸えるらしいけど、一番はやはりそういった行為であり、逆に相手に精気を与えて回復させる力もあるとかないとか。

そこまで考えて、私は不意に自分の中にある違和感に気付く。

（前世を思い出す前の私は、今の私とは全然違う性格だった。ゲームの悪役令嬢ヴィクトリアそのものだった。……ゲームの強制力？　エリック殿下を慕っていた私の想いも、悪役令嬢ヴィクトリアだったから芽生えたものだったのかな？　婚約者候補に選ばれたあと、数回しか会ったことがない彼に対して、どうして私はあんなにも……）

エリック殿下のことを想うと、胸の奥深いところがざわめく感じがする。だけど、私はこの世界の悪役令嬢だ。乙女ゲームのメインヒーローである彼には、運命の相手であるヒロインがいる。

（もう私には関係ない。ヒロインが誰を選ぶのかは分からないけれど、エリック殿下の為にも、婚約者候補からは降りておかなくちゃ）

公爵家当主である父に、そう伝えに行こう。今なら執務室にいるはずだ。チクリと胸が痛んだ気がしたけれど、私は気付かないふりをして、執務室へと向かった。

＊＊＊

ヴィクトリアが公爵邸で休んでいた頃、乙女ゲームの舞台となるリリーナ魔法学園では、ストロベリーブロンドの少女が中庭で何かを探していた。時刻は夜。見上げれば、夜空に星が瞬いているが、雲が多く、月は輝くその身を隠してしまっている。薄暗い中庭は人っ子一人おらず、不気味な雰囲気が漂っていた。

「もう！　一体どこにいるの？　あと数日でシナリオが始まっちゃうのに！」

少女は大きなマリンブルーの瞳で周囲を睨みつけながら、可愛らしい顔を歪め、声を荒げていた。

リリーナ魔法学園には、学園をすっぽりと覆うほどの結界が張られており、授業以外では学園長の許可が下りない限り攻撃魔法は一切使用できない。故に、学園内の警備は薄く、時折教師たちや学園に派遣されている騎士たちが交代で巡回している程度のものなのだ。しかし、だからと言って声を荒げる行為は軽率としか言いようがない。ガザゴソという音と共に、誰かがぴょこりと現れた。

『誰かいるのか？』

「！」

突然聞こえてきた声に、少女はハッと息を呑んで華奢な肩を震わせた。しかし、少女の元へやって来たのは、学園の教師でも警備の騎士でもなかった。

『……こんな夜中に、どうしてここにいる？　何か困っているのか？』

さっきは気が付かなかったが、その声は直接少女の頭の中に響いていた。その事実と、目の前に現れた相手を目にして、少女は先程までの怒りを霧散させ、マリンブルーの瞳をキラキラと輝かせた。そして嬉しそうに笑みを浮かべる。

「来た……！　やっぱり私がこの世界のヒロインなのね！」

『ひろいん？』

そう言って愛らしく首を傾げるその生き物は、雪のような真っ白い毛並みの子犬だった。神々しいまでの黄金の瞳と、美しく艶のあるふわふわの毛並みに、人間の言葉を理解して念話を発するその子犬は明らかに普通の生き物ではない。しかもこの子犬は浮遊魔法を行使しているようで、宙に浮いていた。

「そうなの！　私、とっても困っているの！　だからお願い！　私に力を貸してくれる？」

少女が微笑んでそう伝えると、白い子犬は瞳を爛々と輝かせて元気よく『いいよ！』と答えた。

少女は嬉しそうに笑みを深くする。

『一体何に困っているのだ？』

「それがね、実はすっごく悪い女がいるの！　傲慢で選民意識がすごく高くて、身分の低い人間に意地悪ばかりするのよ！」

『それは本当に悪い女だな！』

子犬がぷんすか怒って同意すると、少女は我が意を得たりと瞳を潤ませながら更に話を言い募る。

「私は今年の春からこの学園に入学するのだけど、その女も私と同じで春からここに通うのですって。私、平民だからすごく怖くて。お願い。私を助けてほしいの」

少女の言葉に、子犬は暫し逡巡し、『分かった！』と頷いた。

『それだけ悪い女であるなら、我が灸を据えてやろう！』

子犬の答えに、少女はにんまりと口角を上げる。

「うんうん、そうだよね。考えたのだけど、その女には何より大事にしているものがあるの。だから、それを壊しちゃえば、少しは反省すると思うんだ」

『ふむ。それは確かに効果的だろうな。何を壊せばいいのだ？　一応言っておくが、我は悪魔ではない。いくら酷い女だとしても、命を奪ったり、怪我をさせたりはできないぞ？』

「それは大丈夫！　私もそこまでは考えてないし！　あのね、あの女にとって一番大事なのは自分の婚約者なの！　まぁ、婚約者って言ってもただの候補なんだけどね？　だから、その婚約者との関係を壊しちゃおうと思って♪」

機嫌良く軽快に話す少女は、この上なく愉しそうで、白い子犬は小さな違和感を感じた。だが、ずっとずっと何百年も退屈していたせいか、子犬はそのまま少女の案に乗ることを決めた。

「婚約者だけじゃなく、婚約者の側近や、他国の王子様とかも対象にしたらいいと思うの。ただ、周囲に関係のない人間が沢山いる時はその症状が出ちゃうと不自然過ぎるから、私が言った人たちだけを対象に、長くいればいるほど強く効果を出してくれる？」

『分かった。それで、どんな状態にすればいい？』

白い子犬の問い掛けに、少女は破顔する。いかにも純粋そうに見える、花のような笑顔だが、その唇から紡がれたのは、下品極まりない言葉だった。子犬は退屈凌ぎに、少女と契約を交わした。けれど、自分に対する名付けは許さなかった。名付けを許すことは、その相手を自分の主人として認め、主人の命に尽くすことを意味する。

「ああ、面白くなりそう！　エリック様だけでもあの女には絶望的な大ダメージだろうけど、他の攻略対象者たちの前でもそうなっちゃったら、股の緩いただのビッチじゃない！　あ〜、今から学園生活が楽しみ過ぎるわ〜♪」

自分と別れて、ある程度距離が離れると、少女はケラケラと下品に笑い声を上げながら、腹の内を曝け出す。子犬には全て聞こえていた。だが、中庭から出ていく少女を一瞥するだけで、そのまま魔法を使い、少女が言っていた悪い女――ヴィクトリア・アルディエンヌに対して呪いをかける。

契約した少女の魂は、遠目から見ると夜空に光る星のように輝いて見えた。だが、実際に近付いて目を凝らして見れば、酷く汚く濁り切っていた。何故あんなにも汚れてしまったのか。

（だが、嘘はついていなかった）

ヴィクトリアという少女について語った時、彼女は嘘をついていなかった。それもあって、彼女に協力することを決めたのだ。

『さっきの人の子――クラリスと名乗っておったな。聖獣である我を愉しませてくれる存在なのか、暫し様子を見させてもらおう』

白い子犬の姿をした聖獣シュティフェルは、ふわふわと宙に浮いたまま、その時を待った。ヴィクトリアやクラリスが入学し、学園生活を送ることになるその時を。

＊＊＊

僕の名は、エリック・ファーディナンド・グレンツェ。リトフィア王国の王太子だ。ゆくゆくは僕が王位を継いで、この国の王となる。

国を守り、導いていく為の道程は、酷く険しい茨の道に他ならない。故に僕には、僕と寄り添い、互いに支え合っていける伴侶が必要となる。

しかし、僕はまだ婚約者すら決めていない。数年前から、周囲には早く婚約者を選定しろと言われているが、その婚約者候補となっている令嬢たちが問題だった。彼女たちの興味は、僕自身ではない。この国の王太子であるという僕の肩書きと僕の容姿。それだけだ。

婚約者候補となった令嬢たちとは、王宮で数回お茶会をしたが、皆一緒だった。僕の容姿を褒め称え、自分たちの家のアピールをし、しなだれかかって媚びを売る。彼女たちが悪いとは言わない。だが、ハッキリ言って欠片も興味が湧かない。

「エリック殿下、入ってもよろしいでしょうか」

コンコンとノックの音がしたあと、僕の側近であるジルベールが入室許可を求めてきた。僕は執務机から顔を上げずに許可を出す。

「入れ」

「失礼いたします。殿下の筆頭婚約者候補である、アルディエンヌ公爵家のヴィクトリア嬢についてご報告があるのですが」

「ヴィクトリア嬢について……？」

どうせまたお茶会に招待したいとか、そういった手紙の報告ではないのか？

しかし、ジルベールからの報告は、僕の予想を裏切った予想外のものだった。

「父君であるアルディエンヌ公爵から、娘であるヴィクトリア嬢を殿下の婚約者候補から外してほしいとの申請書が届いております」

「何だって？」

「本人たっての希望だそうです。候補でもいいからと殿下に言い寄ってくる令嬢ばかりなのに、珍しい令嬢もいたものですね。しかも彼女は殿下の筆頭婚約者候補でしょう？　まぁ、見目の良さ以外では悪い噂ばかりの方ですが」

思わず僕は手にしていた羽ペンを書類の上に落とし、顔を上げていた。

候補から外してほしい？　しかも本人たっての希望？　あのヴィクトリア嬢が？　お茶会のたびに、自分こそが王太子である貴方の隣に相応(ふさわ)しいのだと、あれほどアピールしてきていた、あのヴィクトリア嬢が？

（僕に近付こうとする他の令嬢やメイドたちを、あれだけ堂々と牽制していたのに？）

まだ婚約者でもないのに、僕の意思に関係なく、勝手に僕を取り合おうとする彼女たちがあまりにも滑稽で、興味がなくて放置していたが……

「ああ、そうだ。それともう一つ報告があるのですが」

まだ何かあるのか？

再び口を開いたジルベールからの、もう一つの報告に、またしても僕は驚いて言葉を詰まらせた。

「数日前に、体調を崩して倒れてしまったそうです。しかもそれ以来、すっかり人が変わってしまったのだとか」

「体調を崩して倒れ、そのあとから人が変わった？　頭でも打ったのか？」
「それは分かりません。ですが三日三晩高熱が下がらず、意識もなく、少々危険な状態だったそうですね」
「……」

危険な状態だった？　ヴィクトリア嬢のことを思い出そうとしても、あまりに興味がなかったせいか、彼女が他の女性たちを牽制するヒステリックな声しか思い出せない。

(……いや、藤色の瞳は覚えている)

いつも僕を熱っぽく見つめていた、あの藤色の瞳。彼女の瞳だけは、純粋に綺麗だと思った。

暫(しば)し考え込んだあと、僕はジルベールにこう返した。

彼女には見舞いの花束とカードを送るように。そうして、婚約者候補から外す話は一旦保留にしておいてほしいと。僕の返答に、ジルベールはポカンとした顔をしていた。

僕は少しだけ、心を浮き立たせる。

(彼女との再会が楽しみだ)

この日から数日後、僕はリリーナ魔法学園に入学し、彼女と再会した。あまりに予想外な出来事とともに。

第二章

「うう……これは参ったわ…」

入学式のために、リリーナ魔法学園へ登校した私は、まだ到着したばかりだというのに、既に心身ともに疲れ切ってしまっていた。原因は分かっている。フィルとナハトの朝食のせいだ。

前世を思い出したショックで倒れた私は、高熱な上に三日間も飲まず食わずで危険な状態に陥ってしまっていた。そんな私を助けてくれたのが、他でもない前世の最推しであるフィルとナハトの二人だった。二人はインキュバスの能力を使い、私の夢空間へ渡ってきたあと、私の体力を回復させるべく、精気を与えてくれた。けれど、彼らが私に精気を与える方法は一つしかなくて……私は夢空間の中で彼らに散々気持ち良くさせられてしまったのだった。

前世の記憶を思い出して倒れた私は、気付くと何もない不思議な空間にいた。そうして、超絶美少年であるフィルとナハトに、代わる代わるキスされていたのだ。まるで人工呼吸のように。

『ふぃ、る……？　なは…っ……んんっ』

二人にキスされるたびに、お腹の奥がキュンと疼く。同時に、鉛のように重かった身体が軽くなり、息苦しさや頭痛が少しずつ緩和されていく。重なった唇から流れ込んでくる、温かな何か。まだ出会ったばかりの二人が、私を救おうとしてくれているのだと気付いた。

『どう、して……？』

まだ出会ったばかりなのに。彼らと話したことと言えば、魔物市場での、たった一言、二言のみ。二人にとって私は、まだまだ得体の知れない人間だ。主である私が死ねば、二人の隷属印は消えてなくなり自由になれる。絶好のチャンスだったのに。私の疑問を察したのか、二人は熱っぽい瞳で私を見つめながら、その答えを口にした。

『勝手なことをしてしまい、申し訳ありません。……ですが、お嬢様はもう丸三日も眠り続けていて、何も口にしておりません。このままでは危険と判断いたしました』

『……私が死んでしまった方が、貴方たちにとって都合がいいのでは？』

そう尋ねると、今度はナハトが私の問いに答えた。

『お嬢様は俺たちの、ただ一人の主。勝手に死なれたら困ります』

『困るの……？』

驚いた私は、目をぱちくりして、思わず二人を凝視してしまった。出会ったばかりの人間の女が死んだら困るだなんて、尚更意味が分からない。けれど、次いで放たれた言葉に私は息を呑んだ。

『お嬢様が言ったんじゃないか。……俺たちに、ずっと側にいてほしいって』

『お嬢様、確かに私たちは貴女に買われました。ですが、私たちは自分たちの意志で決めたのです。誰でもいいわけじゃない。私たちも、ずっと貴女の側にいたいのです』

二人の深紅の瞳が、真っ直ぐに私を射貫く。二人のこんな真剣な瞳を、私は知らない。ゲームの中で一度も見たことがない。何故だか、視界がじわりと滲む。私は二人に手を伸ばし、確かに感じる温もりに、ぎゅうっと抱き着いた。

『うん。ずっと側にいて。約束ね……？』

『はい、約束です』

『ずっと、俺たちは永遠にお嬢様の側にいる』

ゲームの中の二人は常に無表情で、冷たくて。それは二人が魔物だからなのか、ゲームの中のヴィクトリアがあまりにも二人を冷遇していたからなのかは分からない。だけど、例え魔物であっても、二人はこんなにも純粋で優しくて――

『ですから、私たちがお嬢様の身体を回復させて差し上げます』

『……へ？』

『大丈夫。お嬢様は、ただただ気持ち良くなるだけだから』

二人の手が、動けない私の身体に妖しく触れていく。フィルとナハトはインキュバスだ。彼らは自分たちの精気を与えることで、相手の身体を癒すことができる。つまり――

『ひゃんっ！　だ、め……フィル、ナハト……！　んぅっ』

キスをするたびに、思考が鈍る。もっともっと触れてほしくなってしまう。インキュバスである二人の唾液には、催淫効果があるのだ。身体がどんどん敏感になり、フィルとナハトが、私の一番触ってほしい場所に優しく指を滑らせる。

『やぁん』

耳に届く、くちゅりとした卑猥な水音。何度も何度も指で秘裂を上へ下へとなぞられて。堪らない快感に、私の口からは甘い喘ぎ声ばかりが零れ落ちてしまう。やがて、フィルが私の耳や首筋、胸へと舌を這わせ始め、ナハトがその端正な顔を股の間へと埋める。催淫効果のある唾液にまみれた舌で、ピンと勃つ双丘の頂きと、ぷっくりと存在を主張する花芽をぱくりと同時に舐められて、私の身体に電流のような甘い衝撃が走り抜けた。

『ひゃあああん！　あっ、あっ、やぁあああっ』

突き抜ける極上の快楽。二人はまるで貪るように、執拗に私の弱いところに吸い付いて、ちゅぽちゅぽと音を立て、転がし、いじめ抜いていく。

『らめぇぇ……！　イクっ、イクイクっ、イッちゃううっ！』

はしたなくプシャッと潮を吹き、絶頂を迎えてしまった。けれど、二人は全然止めてくれない。たっぷり唾液を絡ませた指が蜜壺の中にゆっくり挿入されると、目の前がチカチカ明滅し、腰が勝手に揺れてしまう。

『そんな淫らに腰を振って欲しがるだなんて、とても生娘とは思えませんね？』

『ち、違っ……！　欲しがってなんか……きゃあああん』

『またイってしまったのですね。お嬢様は、中のザラザラしたここが随分とお好きなようだ』

『フィル。それなら指を増やして、もっともっといっぱい触らなきゃ。ああ、お嬢様の蜜は甘くて美味いな。いつまでも舐めていられる』

『だ、だめ！　指、増やしちゃ……』

じゅぼっ、ぐちゅぐちゅぐちゅぐちゅ……

レロレロレロレロ、ちゅぅぅぅ……

『ひゃぁぁあああああっっ』

＊＊＊

……という、二人の献身のお陰で、私の身体は危機を脱した。

フィルとナハトの想いに胸を撃たれた直後だっただけに、その衝撃は計り知れないものがあった。体調が良くなったのなら、結果オーライ。もう二人にあんなことやこんなことをされて、回復してもらう必要もなくなったのだから。なんて、その時の私は本当に馬鹿だった。恐らく、高熱が続いたことで、思考力が低下していたのだと思う。フィルとナハトはインキュバスなのだから、当然彼らの『食事』とは『精気』なのだ。ゲームの中のヴィクトリアは、ヒロインや使用人たちの精気をフィルとナハトの食事に充てていた。けれど、私はそんなことできない。ヒロインに二人をけしかけるだなんて危険過ぎてできるわけがない。それは勿論、使用人も同じ。故に、二人の食事となる精気は主である私の身体で済まそうと考えた。考えてしまった。だから――

『あっ、あっ、そんな、吸っちゃ……らめぇ！』

今朝も当然、フィルとナハトの朝食は私でした。最後の一線だけは越えていないものの、精気は相手が気持ち良くなればなるほど美味しくなるそうで、フィルとナハトは食事のたびに、私をぐちゃぐちゃのドロドロに気持ち良くしてしまう。処女なのに。このままだと、処女のうちから淫乱な女になってしまうかも？　いやいや、いくらR18設定の世界だからって、ヒロインでもない悪役令嬢の私が淫乱になるわけがない。

二人は私を助ける時も、精気を与えてくれた。だから、あの行為は人命救助と同じ。それに二人はインキュバスで主(あるじ)は私なのだから、彼らの食事だって私が責任を取らなくちゃ！　食事を与えるのは主として当然のこと。私は何度も自分自身にそう言い聞かせた。そうして朝からヘロヘロになった私は、何とか身支度を済ませて馬車へ乗り込み、入学式へと臨んだのである。

入学式は滞りなく終わった。もともとゲームの主役であるヒロインの登場が入学式のあとなので、シナリオに関係ない入学式が何事もなかったのは当然と言えば当然なのだろう。入学式に間に合わず、遅れてやってきたヒロインは、同じく公務で遅れてやって来るエリック殿下と、出会いイベントを……

「ヴィクトリア嬢？」

「え？」

聞いたことのある声音で呼び止められて、自分でも驚くほどにドクッと心臓が高鳴る。ゆっくり振り返ると、視界に飛び込んできたのは、柔らかそうな金色の髪に、訝しげに私を見つめる澄んだ空色の瞳と、整い過ぎた眉目秀麗な顔立ち。ゲームの中の悪役令嬢ヴィクトリアが一途に想い続けたメインヒーロー、王太子のエリック殿下がそこにいた。

その事実を理解した瞬間、私の顔に一気に熱が集まった。最推しであるフィルとナハトは人間離れした超絶美少年だが、さすがメインヒーローなだけあって、エリック殿下も恐ろしいほどのイケメンである。私の心臓はずっとドクドクと高鳴りっぱなしで、身体もどんどん熱くなって……

（——あれ？）

そこでやっと私は自分の身体の異変に気付く。どうして私の身体はこんなに熱いの？　治ったと思っていたけど、まだ本調子ではなかったのだろうか？　頭が、視界が、クラクラする。

「こんなところで一体何を？　今日、新入生は入学式だけで、校内見学や授業の詳しい説明は明日だったはずだ」

そう。今日は入学式だけで、あとは家に帰るだけ。だけど、私は今日のうちに教室の場所や従者の待機部屋などの位置を確認したくて、学園に残っていたのだ。ちなみに従魔であるフィルとナハトの二人には、今日だけ留守番を言い渡してある。何せ入学式だけで終わりだったので。

「いえ、あの……教室の位置などを確かめ…っ」

エリック殿下に理由を説明しようと口を開くが、身体に灯った熱はぐんぐん上がっていく。お腹の奥が疼（うず）いて仕方なくて、ドレスが肌と擦れる僅かな衣擦れにさえもゾクゾクしてしまう。私の身体は、一体どうなってしまったの？

「顔色が良くないな。具合が悪いのかい？」

まさか、エリック殿下にそんなことを訊かれるだなんて、思ってもみなかった。さすが乙女ゲームのメインヒーロー。興味なんて欠片もない悪役令嬢ヴィクトリアにまで優しいなんて。だからこそ、ゲームの中のヴィクトリアも、エリック殿下に恋をしたのかな？

「いえ、その……、私は大丈夫ですので……」

「そんなに顔を真っ赤にさせておいてよく言うね。保健室まで送るから、僕の肩に掴まって」

「え、エリック殿下のお手を煩わせるなど、恐れ多いです。私は本当に大丈夫、ですので……っ。どうか私に構わず行って下さ……」

エリック殿下と会話を交わしている間も、私の身体はどんどんおかしくなっていく。一体、私の身体に何が起きているの？　まさか、朝食時に受けたフィルとナハトの唾液による催淫効果が残っていたのだろうか？

原因が分からないまま、私の身体は更に熱くなって、ますます敏感になっていく。お腹の奥が切なくて堪らない。会話の途中なのに不意に身体がふらりと傾ぐと、エリック殿下が危なげなく支えてくれたかと思ったら、突然私をお姫様抱っこして歩き始めた。

「ひゃっ⁉　で、殿下⁉」

「貴女は保健室へ行くべきだ。……不本意かもしれないが、我慢してほしい」

「なっ……」

こ、これは惚れるわ。ヴィクトリアじゃなくてもイチコロだわ。こんなイケメンに優しくされて、お姫様抱っこまでされちゃうなんて。でも、私は小さく頭を振った。もしも以前の気持ちに引っ張られて、また彼を好きになってしまったらと思うと怖い。彼には運命の相手であるヒロインがいるのだもの。ヒロインが違う攻略対象者を選ぶ可能性もあるけど、だからといって婚約者候補で居続けるのは危険だ。何より、今の私には最推しであるフィルとナハトがいるのだし。

保健室に辿り着くまでの道中、エリック殿下の腕の中で回避すべき物事をぐるぐると考える。けれど、私の身体は少し擦れるだけでゾクリと感じてしまい、既にドレスに隠れたショーツの中はぐしょぐしょに濡れそぼってしまっていた。


「今日、入学式のあとで、誰かと会った？」

「だ、誰とも……？　えりっく殿下としか……！　あんっ！」

「勿論、僕以外でだよ。……思考が働かなくなってしまったのかな？」

「ひぅっ、やぁあああん」

保健室のベッドへと寝かされた私は、エリック殿下に治療されていた。どうやらお姫様抱っこをしてくれた時点で、私の身体の異常に気付いていたらしい。保健医が不在だったのと、恐らく今の私の症状は誰かに危険な媚薬の類を盛られたのだと思ったエリック殿下は、私の身体を楽にする為に、仕方なく私に触れている――

（はずなのだけど……っ）

エリック殿下は私に質問をしながら、ドレスの上からまろみある柔らかな双丘を優しく揉みしだき、ツンと尖ってきてしまった先端を指で挟んでクリクリと弄ぶ。そして、もう片方の手は愛液まみれのショーツが食い込む秘裂を繰り返し指でなぞっていた。そこはもうドロドロのぐちゃぐちゃに蕩けていて、部屋に響く卑猥な水音に羞恥心と涙が込み上げてくる。

「だめ…だめなのぉ！　両方、弄っちゃ……あぁあっ」

「僕と会う前に、何か食べたり飲んだりした？　ああ、そうだ。ヴィクトリア嬢の自作自演の可能性も考えないといけないね？」

「じ、さく……じえん……？」

「ハニートラップさ。僕を誘惑するために、自分から強力な媚薬を飲んだ、とかね」

「わ、わたし！　そんなこと――」

言いかけて、突然の強烈な快楽に私の身体がビクリと跳ねた。

「ひゃああああんっ」

「ああ、すごいな。盛大に達してしまったね？　下着も恥ずかしい蜜でぐっちゃぐちゃだ。もう穿いていても意味を成していないし、脱いでしまおうか？」

そのまますするりと下ろされそうになって、私は思わず脱がされまいとショーツを掴んだ。

「ヴィクトリア嬢？」

「み、見ないでぇ……！　恥ずかし……から……っ」

頭が朦朧とする。身体にも力が入らない。こんな恥ずかしいところは、見られたくない。既に食事としてフィルとナハトには見られてしまっているのだけど、だからといって慣れるわけではない。

ささやかな私の抵抗に、エリック殿下の口元が僅かに綻ぶ。

「両端についている紐を解けば、すぐに脱げてしまうけど……？」

今日の私は何故紐パンにした？

「一度達すれば少しは楽になるかと思ったが、まだ辛そうだね。……お遊び程度のものではなく、危険な媚薬の可能性が高くなったな。誰に盛られたか、心当たりはあるかい？」

「あっ、あぁっ、分からな……、そこ、らめぇっ！」

ぷっくりと膨らんだ花芽を、エリック殿下がショーツの上からヌルヌルと擦り始めると、ゾクゾクとした快感が競り上がってきて、視界がチカチカと明滅し、再び高みへと押し上げられていく。

「分からないか。それなら、自分で飲んだのかな。正直に答えてほしい。……僕を、ハニートラップで陥れようとした？」

「し、してな……！　あぁあっ、くるっ、きちゃうぅ……」

しかし、達する直前でエリック殿下は、ピタリとその動きを止めてしまった。

「な、んで……？　えりっ……」

「ほら、ちゃんと答えて。でないと、ずっとこのままだよ？」

身体の奥が、ズクンと切なく疼いて堪らない。欲しくて欲しくて、ポロポロと涙が零れ落ちる。

身体が熱い。辛い。苦しい。息も絶え絶えに、私は必死に否定する。

「陥れたりなんてしてないです！　だからっ…」

「本当に？　……それがもし嘘なら、貴女には罰を与えなくてはいけなくなる。本当に違う？　信じていいんだね？」

エリック殿下の言葉に、私は必死にコクコクと頷いた。すると、彼が何かの呪文を唱える。これは一体何の魔法……？

「ごめんね。少しの間だけ拘束させてもらうよ。原因は分からないけれど、様子を見る限り、まだ症状は改善していないようだ。だから、もう何回か達してみて様子を見ようと思う」

「な、何回かって……!?」

エリック殿下が唱えた先程の呪文は、彼が言った通り拘束魔法だった。目に見えぬ拘束具で、両手が頭の上で一纏めにされ、両足は否応なく秘処を晒した状態で左右に大きく開かされてしまっている。そうして、エリック殿下が私の両足の間に身体を入れて、ショーツの紐を解いて脱がし、トロトロに蕩けた秘処へその顔を埋めた。

ぢゅううううっ、レロレロレロ……

ぐちゅぐちゅぐちゅぐちゅ、じゅぼじゅぼじゅぼじゅぼ……

「あ〜〜〜〜っ、んぁっ、はぅうん」

拘束魔法のせいで抵抗できず、敏感になり過ぎている花芽を吸われ、ぬるりと温かい舌で舐め回されながら、蜜壺の中を指で掻き混ぜられて、強過ぎる快楽に襲われて達してしまう。

「中がうねって、何度も痙攣しているね。だけど、達する時は教えてほしいな。本当に達したのか分からない時があるから。この行為はヴィクトリア嬢の状態異常を治すのに必要なことなんだ。……いいね？」

思考があまり働かないのに、羞恥心だけはしっかり残っていて。エリック殿下の問いに頷いて応えるが、毎回イクことを言わないといけないだなんて、恥ずかし過ぎて死ねることは理解できた。

「ひぅっ、だ、だめ……っ……」

「駄目？　違うよね？　ほら、駄目じゃなくて。……何て言うんだっけ？」

気のせいだろうか？　エリック殿下の澄んだ空色の瞳が、獰猛な肉食獣の光を宿しているように感じられた。

「いっ……イク……っ、イッちゃうのぉ！」

羞恥心でいっぱいになりながら、必死にそれを伝えると、エリック殿下は「可愛いな」と呟いてから、絶頂を迎えることを赦してくれた。

「イッていいよ。僕がいっぱいイカせて、ヴィクトリアを……リアを助けてあげる。今日から、リアって呼ばせてもらうね」

エリック殿下に気持ち良くさせられている。その事実に、心の奥底で誰かが歓喜している。気持ち良くて堪らなくて、何度も絶頂を迎えたけれど、どうしようもなくお腹の奥が切なかった。婚約者でもないのに、最後の一線を越えることはできない。それは、分かっているのだけど。

「やぁあああっ……！」

悲鳴のような嬌声を上げて、何度目かの潮を吹く。やがてエリック殿下が、苦しそうに顔を歪めながら、自身のトラウザーズの前を寛げた。屹立した雄々しい男根は、立派過ぎるほどに長く太く大きくて。先走りの蜜を垂らした先っちょを、私の蜜口へグリグリと押し付けてくる。

「ひぁっ、ああっ」

「大丈夫、中には挿れないよ。だけど、リアがあまりに煽情的過ぎて、我慢できなくなってしまった。トロトロに蕩けたここに擦り付けることを許してほしい……っ」

「だ、め……そんなこと、殿下がなさっては……！」

「……貴女が僕を拒むだなんて、青天の霹靂だな。以前のリアと、今僕の目の前にいるリア。一体どちらが本当の姿なんだい？」

「ひぅっ!?　だめ、ぐりぐりだめなのぉ！　そんな、擦ったら……！　気持ち良くなっちゃうからぁ……っ」

「……っ！　リア！」

待って。本当に待ってほしい。一体全体、どうしてこんなことに？　エリック殿下が熱く猛った男根を扱きながら、蜜口へグリグリと押し付け、中へ入ってしまいそうになると、今度はその濡れた先っちょで花芽をグリグリ押し潰してくる。温かくて、お互いの蜜でヌルヌルなのが気持ち良くて、頭がおかしくなってしまいそう。

「いけない子だね、リア。入学したばかりの学園の保健室で、こんなに涎を垂らしながら男のモノをはしたなく欲しがるなんて」

「だ、だってそれはエリック殿下が……あああああっ」

「こんなにヒクヒクさせて、なんていやらしいのだろう。ここの一番奥に突っ込んだら、さぞ気持ちが良いのだろうね？」

想像するだけでお腹の奥がキュンキュンして、堪らなく疼いてしまう。確かに、この乙女ゲームは元々Ｒ18指定だ。ラッキースケベ的なものも普通にあったし、悪役令嬢にインキュバスであるフィルたちをけしかけられたヒロインが、今の私のように辛い状態になって、エリック殿下を始めとする他の攻略対象者たちに慰めてもらうシーンもあった。

　今、エリック殿下がしていることは、本来であればヒロインにすべきことであって、間違っても悪役令嬢であるヴィクトリアにするようなことではない。というか、入学式のあとに起こるはずだった、エリック殿下とヒロインの出会いイベントはどうなってしまったのだろうか？

「え、えりっく……でんかぁ……！」

「まるでお漏らししてしまったみたいに、シーツまで恥ずかしい蜜でびしょ濡れだね」

「もぉ……ゆるしてぇ……！」

　喘ぎ過ぎてかすれてしまう声で懇願する。シーツもドレスも愛液でドロドロのぐしょぐしょだ。蕩(とろ)けきった身体は痙攣(けいれん)しっぱなしで、もう嫌というほど達したのに、エリック殿下の言葉一つひとつに反応してしまう。

「……そうだね。まず、僕のことはこれから敬称なしで呼んでほしいな」

「え……？」

　何故？　エリック殿下の言っている意味が、まるで理解できない。それを察したらしい殿下が、柔らかく微笑んで、私の頬をそっと撫でる。

「リアの様子から、今回の件はハニートラップではないと信じるよ。だから、あとはリアがこうなってしまった原因を突き止めようと思う。誰に媚薬を盛られたのか、もしくは何か別の方法でこうなってしまったのかは分からないけど。リアがまた狙われるかもしれないし、阻止する為には一緒にいた方が都合が良いと思うんだ。……だから、今後は敬称なしでいこう」

どうしよう。途中まではエリック殿下の言っていることが理解できていたのだけど、最後の敬称なしというところだけは全く理解できない。いつの間にか盛られていたらしい媚薬か何かの効果がまだ抜けきっていないから、頭がまともに働かず、そのせいで理解できないのだろう。そう結論付けた私は、エリック殿下の言葉にコクリと頷いた。

結果として、あのあと更に数回イカされてしまい、私はプッツリと意識を失ってしまった。気付いた時には、学園にある貴賓室にて学園で雇われている使用人たちに身体を清められていた。彼らには箝口令が敷かれており、万が一口にしようものなら、誓約の魔法によって死に至るらしい。

学園の使用人たちは、契約書を交わす時、本人同意の上で誓約魔法をかけられるそうだ。非人道的にも見えるが、王族や高位貴族たちが通う学園なので、当然の措置と言えるだろう。身体を清めてくれているのは、当たり前だが女性の使用人たちだ。

彼女たちは私に何も言わない。ただ、少しだけ同情的な視線を向けられていたので、恐らく媚薬の類を盛られた哀れな令嬢だと思っているのかもしれない。いや、正しくその通りなのだが。用意されていた新しいドレスに袖を通し、支度を終えた頃、タイミングを見計らったかのようにエリック殿下がノックをして室内へ入ってきた。

「体調はどうだい？」

「はい。今はもう何ともありません。お気遣いいただき、ありがとう存じます。エリック……様」

淑女の礼をとりながら返事をすると、名前のあとに『様』を付けたことで、エリック殿下改め、エリック様がピクリと反応した。

「敬称はなしでと言ったよね？」

「いえ、あの、無理です。……王太子であるエリック様を呼び捨てるなんて不敬です」

私を不敬罪で裁きたいのであれば別ですが。

「僕がいいと言っているのに？」

「無理です」

私がキッパリとそう言い切ると、エリック様は困ったように苦笑しつつ溜息をついた。

「……本当に変わったね。以前のリアなら、躊躇(ちゅうちょ)なく呼び捨てたと思うけど」

「三日間高熱で寝込んだ時に、これまでの自分がどれだけ愚かだったのか気付きましたの。どうかお許しください」

ついでにこれまでの不敬もなかったことにして下さい。

「これからは、エリック様の臣下の一人として、及ばずながら尽くしていきたいと存じます」

「……臣下の一人として？」

「はい。以前の私はエリック様を、その……恋い慕うあまり、周囲に傍若無人な振る舞いをして、多大な迷惑を掛けてきました。そんな私に、エリック様の婚約者候補たる資格はございません。既に王宮へその旨をしたためた申請書類を送りましたので、まだ公爵家に連絡はありませんが、もう受理されていると思います。ですので、これからは分不相応な望みは持たず、慎ましく公爵家の令嬢として恥じない人生を送りたいと思っております」

よく言った私。これで私は、もう婚約者になりたいだなんて思っていません、分相応に大人しく生きていきますと、アピールできたはず。そう思って、思わずにっこりと微笑みを浮かべると、エリック様は大きくその瞳を見開いて、私の頬にそっと触れた。

「エリック様？」

距離が近過ぎると思うのですが。

「……確かに、その書類は確認した。だが、受理はしていない」

「……え？」

「リアは歴史あるアルディエンヌ公爵家の令嬢だ。身分を考えれば、僕の婚約者として申し分ない。それほど分不相応だとは思わないけど？」

この方は一体何を仰っているのだろうか？　よく分からないけれど、私はエリック様に自分の素直な気持ちを、その瞳を真っ直ぐに見据えながら告げた。

「いえ、間違いなく分不相応です。私はエリック様が幼い頃から民を想い、沢山の政策を考え、懸命に行ってきたことを全て覚えています」

何せ以前の私はゲームに出てくる悪役令嬢ヴィクトリアそのままでしたので、貴方の行ってきたことはストーカーばりに全て存じ上げています。以前の私が変態過ぎて申し訳ないです。エリック様も私の告げた言葉に驚いているようで、僅かに戸惑っている様子が窺えた。

「……全て？　中には発案だけで、実現しなかったものもいくつかあるが」

「それも含めて全てです。実現しなかった案というのは、平民の子供たちを対象とした、無償で通える学校設立の件でしょうか？　それとも、貧民地区の定期的な清掃事業の件？　どちらもエリック様が十歳の時にお考えになったものですよね？」

「……そうだ」

「どちらもすぐに実現するには難しい案ですが、実現すればこの国は間違いなく更に豊かになるでしょう。私は国の為、民の為に、どこまでも真摯に努めるエリック様を心の底から尊敬しております。……だからこそ、私のような者がエリック様の婚約者にだなんて、候補でいることさえおこがましいのです。エリック様には、エリック様に相応しい方が現れるはず。ですから、私は辞退申し上げます」

言いたいことは全て言えた。エリック様を尊敬している気持ちは、以前の私も今の私も変わらない。まぁ、以前の私はエリック殿下素敵！　と思うだけで、民のことまでは全く考えてなかった。むしろ、そこまでエリック様に思われている民に嫉妬さえしていた。

私より身分が低いくせに、エリック様に日々の生活やら周りの環境改善やら、将来のことまで考えてもらっているなんて贅沢過ぎますわ！　みたいな的外れなことを考えて、余計に身分の低い人たちを敵視していた感じなのよね。本当にお馬鹿というか、お恥ずかしい限りです。あれ？　エリック様の顔が赤くなっているような？

「……さっき、恋い慕うあまりと言っていたけど、もう僕のことは好きじゃないのかい？　それとも、他に婚約したい相手でも？」

「へっ？　あの、そういうわけでは。エリック様？　言っている意味がよく……」

動揺し、戸惑っていると、エリック様が更に理解できないことをしてきた。その場で片膝をついて跪き、私の手を取って、その手の甲へ口付けたのだ。

「勝手なこと言うようでリアには申し訳ないけれど、このまま僕の婚約者候補でいてほしい。……思いがけず、リアが本当は可愛くて魅力的な女性だと知ってしまったからね。今まで、僕はリアのことを知ろうとしなかった。これからは、リアを知る為の努力を惜しまない。だから、もう一度チャンスをくれないだろうか。リアにもう一度好きになってもらえるように、努力することを許してほしい」

これは夢だろうか。実は今朝、フィルとナハトに精気を与えたあと、そのまま眠ってしまったとか？　エリック様が私を知れば、恐らく秒で嫌いになるに違いない。王族である彼からのお願いを無碍にはできないけれど、言われたままに頷くことは難しい。

私は何とも答えられないまま、返事は今すぐでなくともいいと言うエリック様のお言葉に甘えて、王宮から貸してもらった馬車に乗り込み、公爵邸への帰路についた。

入学式は昼間だったのに、もうすっかり辺りは暗くなってしまっている。公爵家には、エリック様から連絡がいっていた為、特に叱られることはなかったが、大層心配されてしまった。心配してくれたのは、お父様の他はフィルとナハトだけだったけども。

以前の私を知っている使用人たちには、前世の記憶を思い出したあと、機を見て謝罪した。だけどやっぱり、すぐには受け入れられないのだろう。仕方ない。焦っても仕方がないことだし、分かってもらえるようにコツコツ頑張ろう。

その晩、疲れ切った私は湯浴みのあと、ベッドに入るなり気絶するように眠りについたのだった。

＊＊＊

「この世界にもネットがあればいいのに……」

翌朝。私はそう呟きながら、自分のベッドで必死に起き上がろうとしていた。しかし、昨日の疲れが残っているせいか、なかなか身体は言うことを聞いてくれない。私は小さく溜め息をついて、柔らかな枕に顔を埋めた。

正直言って今の私の頭の中はぐっちゃぐちゃだ。昨日は突然媚薬を盛られ、エリック様とあんなことやそんなこと……。しかも、何故か告白のようなものまでされてしまった。完全にキャパオーバーである。

せめて、フィルとナハトの食事事情だけでも解決したい。全て私が無計画であの二人の主になってしまったことが原因なのだけど、最推しである二人を放ってなんておけないし、前世を思い出すタイミングなんて自分では選べないのだから、これればかりはどうにもならない。

今すぐ教えて○○！　的なサイトで、『インキュバスの主をしている方、普段の食事、どうしていますか？』って質問したい。このままでは身が持たない。身体は処女のはずだけど、むしろすごく……

（朝から私は何を考えているの？　思い出しちゃうじゃないっ）

私はぶんぶんと頭を振って、再び思考を巡らせる。今すぐインキュバス関連のコミュニティとかに入って訊いて回りたい。最初、私はキスだけで済まそうとした。けれど、そのキス自体が厄介で。唾液による催淫効果で、私の身体が媚薬を盛られるのと同じ状態になってしまうのだ。

(頬や額にキスするくらいじゃ、全然精気を食べられないらしいし)

インキュバスたちの食事となる精気とは、淫らな行為でなければならないらしい。

(そう考えると、ヒロインてすごい。体力もメンタルも底なしね。悪役令嬢ヴィクトリアにフィルとナハトをけしかけられて、えっちなことをされて、そこから更に他の攻略対象者たちともエロイベントをこなしていたなんて)

私は戦慄した。これがR18指定の世界か。恐るべしR18。私、早死にするかもしれない。

「早急に何か対策を考えないと……」

フィルとナハトは前世からの最推しキャラ。今世ではただのキャラクターではなく、リアルに存在する私の大事な従魔。ちょっと前世のゲームで見た時と性格が変わってしまっている気もするけど、基本的には良い子たちだし……

——コンコン。

ノックの音がして返事をすると、入室してきたのはまさに今考えていた張本人たち。フィルとナハトの二人だった。

「「おはようございます、ヴィクトリアお嬢様」」

「二人とも、おは……」

「昨日は昼も夜もお預けでしたので、朝食をいただいてもよろしいでしょうか？」

「……」

いやいやいや、良い子たちだよ。うん。フィルとナハトは良い子。ちょっとご飯が特殊なだけ。とりあえず、今日は学園でインキュバスについて調べてみよう。魔物図鑑以外の書物を探すとかね。

ギシッと私のベッドに上がってきた二人は、柔らかく微笑んでいる。けれど、今日の二人はいつもと違った。目が笑っていない。

「昨日、何があったのかは知っております。何らかの方法で媚薬らしきものを盛られたお嬢様は、学園で偶然お会いした王太子殿下に保護され、王宮にて解毒していただいたのですよね？」

フィルが言った通り、公爵家にはそのように通達されている。王太子であるエリック様が私の媚薬効果を緩和させる為に、何をしたのかは当然秘密で、伏せられている。

「え、ええ。そうだけど……」

私が肯定すると、フィルは困ったような顔をしながら、更に距離を縮めて、私の耳元で囁いた。

「『嘘』はいけませんね、お嬢様」

「……うそ？」

ナハトがペロリと舌舐めずりして、私のふかふかな掛け布団をベッドの下へと落とした。

「俺たちは隷属契約によってお嬢様と繋がっている。思っていること全部は分からないけど、単純な喜怒哀楽くらいの感情は感じ取れる」

「!?」

「お嬢様は昨日、快楽を感じていた。それも、ちょっとやそっとの短い時間じゃなかった」

「それに、お嬢様から男の匂いがしますので、すぐに分かりました。……朝食はついでで構いません。まずはお嬢様を綺麗にしなければ」

「同感。……中には挿れられてないみたいだけど、ここから男の濃い魔力を感じる。擦り付けられて悦んじゃった？　気持ち良いって悦がって達しちゃったのか？」

「ふふ。許せませんね。……お嬢様は、私たちのただ一人の愛しい主であるのに」

「フィル、ナハト？　お、怒っているの？」

二人が怒るだなんて、ゲームの中では一度も見たことがない。戸惑う私をよそに、二人は酷く優しく触れてきた。大事に大事に、まるで壊れやすい宝物にでも触れるかのように。

「まさか。私たちがお嬢様に怒るだなんて、あり得ません。……あまり時間もありませんし、今すぐ綺麗にしましょう。お嬢様に触れた男の匂いを完全に消さなければ」

「ひゃあっ！　ま、待って！　私、今朝は疲れ――」

「大丈夫。疲れないように、優しくする。あまりイカせないようにするから」

「なっ！　やっ……あっ、あっ、だめ！　やぁあああんっ！」

　昨日エリック様に熱くて硬い男根を何度も繰り返し擦り付けられた秘処を、二人が満遍なく丁寧に舌を使って舐め上げていく。レロレロ、ヌルヌル、ぴちゃぴちゃと耳に届く卑猥な水音。しかも二人の唾液にはインキュバス特有の催淫効果があるわけで。それだけでも十分耐えられないほど気持ち良過ぎて辛いのに、イクと体力を消耗するからと、散々焦らされて、朝からハード過ぎる快楽に沈められてしまったのだった。やっぱり、二人の食事事情改善は一番の急務よ！

遅刻しない時間ギリギリまで休んだ私は、いつも通りアルディエンヌ公爵家の馬車で学園へと向かった。学園へ到着すると、従者として同乗させたフィルのエスコートを受け、ゆっくりと馬車から降りる。

ちなみにナハトは私の夢空間で待機しているらしい。本人が起きていても、夢の空間はそのまま存在しているなんておかしな気がするけど、インキュバスの能力ありきのことなのだろう。

フィルとナハトは従魔だけど、その事実を学園側に伝えてしまうと、フィルとナハトは学園に入れなくなってしまう。隷属させている従魔とはいえ、二人は魔物だからだ。万に一つでも、間違いが起こってはならない。それ故に、従魔ということは秘密であり、学園へは私の従者として許可をもらっている。

公爵家には敵が多い。それに、昨日のこともある。昨日のように、知らぬ間に媚薬を盛られてしまうようなことがあってはならないのだ。フィルとナハトは、その為の護衛。

(……視線が痛い。特に女子生徒からの視線が)

インキュバスであるフィルの見た目は、人間離れした超絶美少年だ。美しく整った顔立ち、まるでルビーのような深紅の瞳に、紫色の紐で一つに束ね、左サイドに流している淡い桃色のサラリとした長い髪。背はそれほど高くないが、前世での日本人女性の平均身長より少し高い私の身長よりは高い。服装は執事の着る燕尾服のような制服を着用しており、胸元のポケットにはアルディエンヌ公爵家の紋章が刺繍されている。全体的にシックなその制服は、フィルにとてもよく似合っていた。待機中のナハトも当然フィルと同じ格好だ。

（フィルとナハトの従者の制服姿、格好良過ぎる！　ついつい見惚れちゃう。うちの子たちは控えめに言って最高ですっ!!）

内心そんなことを考えながら、フィルを付き従えて校舎の中へ入っていくと、壁に掛けられた掲示板へと目が吸い寄せられた。クラブやサークルの人員を募集する張り紙が貼ってあったのだ。

（インキュバス同好会とかないかなぁ。ご飯事情について情報収集したい……）

インキュバスは人型で、普段はあまり姿を現さない稀少な魔物。知能も高く、能力や容姿も優れている為、彼らは魔物市場では滅多に出回らない高級品なのだ。しかも、彼らの主な用途は貴族の既に結婚している夫人たちの慰み者。学生が従魔にしていること自体がおかしいのだ。

「魔法研究会、馬術クラブ、乙女のお茶会、ダンスクラブ……魔物研究会？」

張り紙を見ていた私は、魔物研究会という名前を目にして、これだ！　と心躍らせる。魔物研究会なら、魔物図鑑では分からないインキュバスの生態が分かるかもしれない。張り紙を食い入るように見入っていると、後ろから声を掛けられた。

「リア！」

私はギクリとして、一瞬肩を震わせる。私を『リア』と呼ぶのは、彼しかいないからだ。私の微妙な雰囲気を感じ取ったのか、フィルが後手で私を庇うように彼との間に入った。彼――エリック様との間に。

「失礼、お嬢様に何かご用でしょうか？」

「フィル!?」

「朝の挨拶をしようと思っただけだが……君は？　リアの従者か？」

エリック様が、フィルを見て鋭く瞳を細めた。私は顔色を青ざめさせながら暫し声を失う。

（――やばいっ。庇ってくれるのは嬉しいけど、相手は王族だから！　いくらこの学園内では身分平等を謳っていたとしても、これはまずいわ！）

「君は従者だろう？　僕とリアの会話に割って入ってくるなんて、本来ならば許されないよ？」

エリック様が面白くなさそうな顔をして、フィルにそう注意をした。私はそれだけで危うく卒倒しそうになったけれど、注意を受けたフィルの方は全く危機感を抱いていないようで、にこりと笑みを浮かべている。

「そうですか。私にはお嬢様にたかる虫に見え……んむっ！」

「ストップストーーップ!!」

私は、あまりに失礼なことを口走ろうとしたフィルの口を後ろから両手で塞いだ。もっときちんとお勉強させておくべきだったと後悔する。このままでは不敬罪で処罰されてしまう。驚いてキョトンとしているフィルの口を塞いだまま、私はエリック様に謝罪した。

「も、申し訳ありません、エリック殿下！　この者はまだ従者として日が浅く、王族との接し方を学んでいなかったのです。従者の失態は主である私の失態！　どんな罰であっても私がお受けいたしますので、どうかご無礼をお許し下さい！」

「んん～～!?（お嬢様!?）」

フィルの動揺が伝わってくる。しかし、私はフィルの口を塞ぐ自身の両手を退けなかった。これ以上罪が増えたら困るので、とにかく今は黙っていて下さい。

――周囲から聞こえてくるざわめき。ずっと傍若無人で傲慢不遜な態度だったヴィクトリア・アルディエンヌが、ここ最近おとなしいと思ったら、まさか従者を庇うなんて。

たまたまこの場に居合わせた人たちは、正しく青天の霹靂と思ったのかもしれない。前世の記憶を思い出す前の私だったら、間違っても従者を庇ったりなんてしなかったし、むしろこの場で切り捨てていたかもしれない。

あの時の私は、正しくゲームの中の悪役令嬢ヴィクトリアそのものだった。それなのに、今のヴィクトリアは従者を庇い、罰まで受けると口にした。これが本当に、あのアルディエンヌ公爵家のヴィクトリアなのだろうか？　と周囲の人たちが訝しむのも無理はない。

これは俗に言う『ゲインロス効果』を期待しよう。不良が捨て猫に優しくしているところを目撃した人が感じるアレである。周囲の人たちが抱く私への印象を大きく変えるチャンス！　私は誠心誠意、平に謝った。もう皆様に迷惑はかけません！　私はまともな令嬢に生まれ変わりました！

そんな私の想いが伝わりますようにと祈りながら、エリック様に頭を下げ続けたのだった。

教室に着いた私は、窓際の席に座りつつ、つい先ほどの出来事を反芻する。

『……リア、頭を上げて？　僕がリアに、こんなことくらいで罰を与えるわけがないだろう？　リアの従者の無礼は全て許そう。それに、ここは身分なんて関係ない学園の中なのだから、余程のことでもない限り、僕は王族としての権限を使用しないと約束するよ』
エリック様は目元を赤く染め、キラキラした瞳でフィルの後ろにいる私に熱い視線を送ってい
た……ように見えた。私の祈りが通じたのかもしれない。しかも、エリック様の私に対する態度や
話し方で、周囲の生徒たちは一様に瞠目し、言葉を失っていた。
まぁ、そうだよね。今まで全く興味を持たれてなかったのだし。私がお茶会などで、エリック様
に纏わりつき迷惑をかけてしまっていたことは周知の事実。エリック様は表立って非難したりはな
さらなかったけど、興味がないのはすぐに分かった。でも、今のエリック様の態度や言動を見る限
り、以前のように全く興味がないようには見えないだろう。
『一体、あの二人の間に何があったんだ？』
ひそひそと聞こえてくる声を聞き流しながら、私は急ぎ足で教室へと向かった。あまり注目され
るのは苦手なのだ。エリック様の声が聞こえたような気がしたけれど、気のせいだと思い、私は脇
目も振らずに歩を進めたのだった。
この学園の教室は、教壇にいる教師が全ての生徒たちからよく見えるように設計されていて、
段々と後ろの席の方が高くなっている。真ん中に通路があり、その両脇には一列ずつ教室の端まで
ある長い机が設置されていて、座る席は自由となっていた。私が窓際後方の端にある席に腰を下ろ
すと、隣にエリック様がやってきた。ちなみに従者であるフィルは、授業中は教室に入れない為、
隣の従者用の部屋で待機している。
「リア、隣に座ってもいいかな？」

「え、エリック殿下！　勿論です！　どうぞお座りください！」

「ありがとう」

にこにこと笑顔で隣に座るエリック様を見て、私も微笑もうとしたのだけど、ついぎこちなくなってしまった。だって昨日の今日ですし。何でわざわざ私の隣に座るの？　まさか、本当に私のことを知ろうと思って、有言実行？

やがて教師がやって来て、一限目開始のベルが鳴った。特に問題なく進んでいたのだけれど、授業が中盤まで進んだ頃、廊下から誰かがバタバタと走ってくる音が聞こえてきた。嫌な予感。その足音は私たちがいる教室の前で止まり、勢いよく扉が開かれる。

「遅れましたぁ！　クラリスです！　よろしくお願いします！」

肩まであるフワフワのストロベリーブロンドの髪に、大きなマリンブルーの瞳をした、明るく活発そうな美少女。春らしいピンク色のドレスを身に纏(まと)っていて、とても可愛らしい印象を受ける。間違いない。ヒロインだ。教師が遅れた理由を問い質すと、彼女は悪びれた様子もなく、教室の場所が分からなくて迷子になっていたのだと告げた。クラス中の生徒たちに注目されているというのに、全く気にしていないようで、鋼のメンタルだなと素直に感心してしまう。

（あれ？　今、一瞬だけこっちを見た？）

睨まれたように見えたけれど、相手はヒロインだ。この乙女ゲームのヒロインは、王道美少女設定なので、正義感が強く、真面目でドジっ子。しかしR18指定なだけあって、スタイルはけしからん感じにボンキュッボンなのだ。

そんなヒロインに睨まれたように見えただなんて、きっと気のせいに違いない。そう考えていた時、私は不意にヒロインとエリック様の出会いイベントのことを思い出した。出会いイベントは入学式が終わったあとに起こるのだが、エリック様は昨日、ヒロインのクラリスと出会っていたのだろうか？　思わずエリック様をじっと見つめると、私の視線に気付いたエリック様が、柔らかく微笑みながら「どうかした？」と尋ねてきた。

「エリック様は、昨日彼女と……クラリス様とお会いしましたか？」

「クラリス嬢？　……今あそこで先生と話している彼女のことかい？」

「はい」

「いや？　僕は入学式に参加していないからね。だから、彼女とは会っていないな」

「……え？」

私の戸惑いが顔に出てしまっていたようで、エリック様が首を傾げながら「リア？」と私の名前を呼ぶ。私はハッとして、咄嗟に誤魔化してしまった。

「いえ、変なことを訊いてしまって申し訳ありません」

「……」

訝しんだようなエリック様の瞳。これは全く誤魔化せてない感じですな。前世の記憶を思い出してからというもの、私は嘘が下手くそになってしまったようだ。いや、思い出す前のヴィクトリアも嫌なものは嫌だと我慢しない性格だったので、嘘をつく必要がなかったとも言える？　まぁ悪事に関しては「していませんわ！　どこに証拠がありますの？」って感じで嘘ついていたけど、バレバレだったし。

……あれ？　実は本質的にはあんまり変わってなくない？　いや、きっと大丈夫。この学園って授業は全部選択だから、毎回エリック様と授業が被る可能性は低いし、一限目が終わったあと、速やかにこの場を離れれば、きっとこのまま有耶無耶にできるはず……

そんな風に思っていた時もありました。私は今、教師に頼まれてエリック様と資材室に来ている。

「こら、適当なところに片づけちゃ駄目だろう？　この資材はこっちの棚だよ。リアって、意外と大雑把な面があったんだね。可愛い。また知らなかったリアの一面が知れて嬉しいよ」

どうしてすぐに可愛いとか言うの？　以前の私たちの会話は、『エリック殿下！　今日の私の装いはいかがでしょうか？　エリック様の瞳の色に合わせましたの！』『……うん。いいんじゃないかな？』って感じで明らかに社交辞令だったし、目も笑っていなかった。それなのに、それなのに……

――ドクンッ
（え？）

突然激しくなる鼓動。エリック様の発言にときめいてしまったのかと思ったけど、無理矢理身体が熱くなっていく感覚に覚えがあった。何せ、昨日体験したばかりなのだから。

「ところでリア。さっきのクラリス嬢のことだけれど……リア？」

エリック様が私の異変に気付く。一体どうして？　授業を受けている時は何ともなかったのに。

資材室に入って、エリック様と二人きりになった途端に、こんな……

「リア！　まさか、また……？」

エリック様に肩を抱かれた瞬間、お腹の奥が甘く疼いてしまう。

「……また、みたいです。申し訳ありませ……っ」

「謝らないでいい。リアは悪くないのだから。しかし、これは……」

昨日と同じ状態になってしまった私を見て、エリック様は困惑している様子だ。今日は学園に着いてから今の今まで、私の周囲には常に誰かがいた。当然、飲食もしていない。状況的に媚薬を盛るのは不可能だ。それなのに、昨日と同じ状態となってしまった。私自身、訳が分からなくて泣きそうよ。この涙は私の身体に起きている状態異常のせいかもしれないけど。

「状況的に考えて、恐らくこれは呪いの類だと思う」

「呪い……？」

エリック様が真剣な表情で、私にそう告げた。そんな。記憶を思い出す前の私は、そこまで誰かに恨まれていたと言うの？　いや、確実に恨まれていた。ということは、この呪いは正しく私の身から出た錆ってことですか。なんてこった。

「とりあえず、話はあとにしよう。今は、リアの身体を楽にしてあげるのが先だ」

『楽にしてあげる』と言われて、私は勢いよく首を左右に振った。

「王太子であるエリック殿下に、一度ならず二度までも、このようなご迷惑を……っ、お掛けするわけにはいきません……」

私がそう言うと、エリック様は眉根を寄せてからフッと苦笑した。

「また、殿下と言ったね。無意識かな？　実は今朝も何度か僕のことを殿下と呼んだよ？」

「へ……」

「呼び方一つで、嬉しくなったり悲しくなったりするだなんて知らなかった。ゆっくりでいいから、殿下と呼ばないことに慣れてほしい。……身体、辛いだろう？　今から僕が楽にしてあげるよ」

エリック様が、資材室の隅に置かれていた一人掛けの椅子に、私を座らせた。そうして、ドレスのスカートを捲り、恥ずかしい染みのついたショーツを熱っぽい瞳で見つめてくる。

「僕がいっぱい気持ち良くしてあげるから。だから、僕の名前を沢山呼んで？　リアにとっては不本意な状況だと思うけど、今だけは頭の中を僕でいっぱいにしてほしい」

「……っ」

エリック様はそう言って、昨日と同じように、私の秘処にその綺麗過ぎる端正な顔を埋めた
「あっ、あっ、だめぇ……えりっく、さまぁ……！」

気持ち良くて身体が震えてしまう。両足の間で、必死に私の花芽にしゃぶりつくエリック様に、いやいやと首を振るけれど、全く止めてくれなくて。

「これは恐らく呪いなのだから、甘く見てはいけないよ？　何度イケば呪いが落ち着くのか、それとも落ち着く条件が別にあるのか、期間や場所、何に左右されるのか、慎重に調べていかないと。だから、リアも協力して？」

「協力……？」

「そう。どこが気持ち良いのか、どこに触れてほしいのか。……どう触れられるのが好きなのか」

「……っ」

「全部教えて、リア。……どこに呪いを解くヒントがあるのか分からないし。ね？」

「そ、そんな……ひぅっ」

エリック様の形の良い口に、下着の上から花芽をすっぽり包み込まれ、舌先で何度も転がされてしまい、甘い声が溢れて止まらない。

「やぁ……！　そこ、ばっかり……だめぇ……！」

「だめ？　……ああ、そうか。リアは直接舐めてほしいんだね？　いいよ」

「そ、そうじゃなくて……やぁあああっ」

ショーツをズラされて、直接花芽を舌で舐めしゃぶられ、目の前がチカチカと明滅する。

「イキそう？　イク時は昨日みたいにちゃんと言うんだよ？」

そう言うなり、エリック様が執拗に花芽を舐め回し、蜜壺の中へ指を挿入して、花芽の裏側にあるザラザラした部分を指で何度もトントン押して、擦り始めた。

「だめ……っ、両方はだめなのぉ……っ」

「駄目、駄目ってそればっかりだね。何がどう駄目なのか、教えてくれないと分からないよ」

エリック様は秘処から顔を上げて話している時も、ずっと指先で花芽をカリカリ弄ってくる。堪らない快楽に、思わず腰が揺れてしまう。微笑むエリック様からは壮絶な色気が駄々漏れていた。

「ほら、言って？　何が駄目なの？」

私は息も絶え絶えに、花芽を弄られてゾクゾクと気持ち良くなりながら、涙目でエリック様に伝える。何が駄目なのか、理解してほしくて。

「き、気持ち良く……なっちゃうの。一緒にされると、おかしくなっちゃ……」

「……そんなに気持ちが良いの？　おかしくなっちゃうくらい？」

「う、ん……！　気持ち良い……」

「リア、誰に何をされるのが気持ち良いの？」

「ひぅっ！　え、えりっくさまに……、お豆吸われたり、舐められ、たり……きゃうっ」

「うん。それで？」

……あれ？　何だか私、すごく恥ずかしいことを口走ってしまっているような？　会話していても、エリック様は止まってくれない。それどころか、恍惚としたような蕩けた顔をして、蜜を絡ませたヌルヌルの指で花芽を挟んで扱き、蜜壺の中に挿入されている指も、いつの間にか本数を増やされて、じゅぼじゅぼぐぷぐぷと卑猥な水音を奏で続けている。

「ゆび、指で中……擦られたり……、出たり入ったり……っ」

「お豆を弄られながら、ぐっしょり蕩けた蜜穴の中を指で突っ込まれるのが気持ち良いの？」

「そんな……っ、あぁんっ」

「リア？　ちゃんと答えて？」

　恥ずかしいのに、言いたくないのに、私の中にいる何かが、早く言いなさいと急き立てる。エリック様が再び花芽を直接口に含んで、強く吸い付きながら、蜜壺の中を激しく掻き混ぜ始めた。

――ぢゅぅううう、じゅぼじゅぼじゅぼじゅぼじゅぼ……

恥ずかしい水音と拡がる快感に、全身がゾクゾクと粟立ち、一気に絶頂へと駆け上る。

「んぁああっ、気持ち良いのぉ！　おかしくなっちゃ……！　イッちゃう、イッちゃうのぉ、らめぇぇぇえええっ」

絶頂と同時にブシャッとはしたなく潮を吹いてしまい、それがエリック様に掛かってしまった。

「ごめ……っ、ごめんなしゃ……あぁぁあああっ！　止まってぇえぇ！」

もうイッてるのに、ぐっしょりとその端正な顔を汚してしまったのに、彼は怒るどころか、嬉しそうに私を責め続ける。

「……イッてるところ、すごく可愛いよ。リアの身体の為に、隅々までもっともっと調べないと。だから、沢山イかないとね？」

「〜〜〜っ」

もうエリック様が何を言っているのか、昨日から全く理解できない。恐らく、私の身体に現れていた謎の発情状態は治まったのではないかと思う。何故そう思うのかと言うと、胸の奥にあった重苦しさが消えたからだ。

しかし、エリック様は未だ私の秘処に顔を埋めたまま、花芽を舐め続けながら己の熱く猛る欲望を扱いていた。その様子があまりに卑猥で、エリック様の立派なソレを見て、私の胸が大きく高鳴ってしまう。

「ごめんね。リアのイキ顔が可愛過ぎてっ……」

エリック様の言葉一つひとつに心が大きく揺さぶられてしまう。今の私は、前世を思い出したことで、以前の私とは全く違うはずなのに。――以前の、悪役令嬢ヴィクトリアの時の想いに、心が引っ張られてしまっているの？　この胸の高鳴りは誰のもの？　私？　それとも――

「お嬢様に何をしている？」

突如、資材室の中に響き渡った第三者の声。

「ナハト……？」

エリック様が驚いた顔をして、声のした方へと顔を向ける。そこにいたのはナハトだった。私の夢空間で待機していたはずのナハトがどうしてここに？　私がそう疑問に思い、戸惑っていると、ナハトはエリック様を深紅の瞳で鋭く睨みつけながら、怒りを露わにしてこう告げた。

「俺たちのお嬢様に手を出す奴は誰であっても許さない。今すぐ去勢してやる」

リリーナ魔法学園、資材室。睨み合うナハトとエリック殿下を前にして、私の心臓は未だかつてないほどにうるさく脈打っていた。

（とりあえず、この格好を何とかしたい……！）

ついさっきまで、エリック様は床に膝をつき、私の秘処に顔を埋めていた。そうして、突如現れたナハトと、その場で振り向いた状態で睨み合っているのだ。足の間にエリック様がいるから、トロトロに蕩けた秘処を隠すことができない。一応両手で覆っているけれど、何だか逆に恥ずかしい。

「君は誰だ？　僕とリアの逢瀬を邪魔するなんて、あまりにも無粋じゃないか」

「俺はお嬢様の従者、ナハトだ」

「従者？　……そういえば、リアが連れていた従者に似ているな。だが、髪色が……」

エリック様がはち切れそうだった自身の欲望をトラウザーズの中へしまい込み、顔に付いた潮を持っていたハンカチで拭って、立ち上がってナハトと対峙した。その瞬間、私はこの機会を逃すまいと急いで足を閉じ、乱れたショーツを直そうとしたのだけれど。

「お待ち下さい、お嬢様」

下着をきちんと穿こうとしていた私に声を掛けたのはナハトだった。どういう技なのか、いつの間にか私の前まで移動してきたナハトは、鮮やかに私の下着をするりと脱がして、胸ポケットから清潔感のある綺麗なハンカチを取り出した。

（えっ？　ちょ、ナハト？　まさか……!?）

その『まさか』である。ナハトは私の腰を抱いて自らの方へ引き寄せると、エリック様の目の前で、私の濡れた秘処をハンカチで拭き始めたのだ。

「ひゃっ！　な、ナハト、待っ……！」

「お嬢様。このような状態でびしょ濡れの下着を穿くのは良くない。この下着は預かります。それと、ここも拭いて差し上げます」

「ひぅ、だ、め……ナハト……！　エリック様が見ているのに……っ」

「……僕を去勢すると啖呵を切ったくせに、僕のリアに一体何をしている？」

怒りを露わにするエリック様に、ナハトは「お嬢様はお前のものではない」と、淡々と言い放った。

「な、ナハト！　エリック様は王族の方で……あぁんっ」

「お嬢様は黙ってて。……あいつに散々舐め回されて、こんなにぐしょぐしょのドロドロにしちゃったのか？　……今夜は今朝よりも念入りに綺麗にしないといけない」

「なに、を……？　あっあっ……」

　ナハトに耳元でそう囁かれながら、丁寧にハンカチで秘処を拭われて、私はビクビクと身体を震わせてしまう。エリック様に見られているのが恥ずかしくて、ハンカチで拭かれても、すぐにまた熱く甘い蜜がトロリと溢れてくるのが分かった。感じやすい己の身体が死ぬほど恥ずかしい。

「拭いても拭いても溢れてくる。可愛いお嬢様、興奮しているのか？」

「な、何言って……っ」

「リア、僕が見ているから恥ずかしいの？　それとも、その従者の拭き方が気持ち良いのかな？　悪い子だね。僕以外の男に、そんな蕩(とろ)けた顔を見せるなんて」

「……え、エリック殿下……？　あっ、今のは……」

「また殿下と言ったね。……全部従者の君が割り込んできたせいだ。どうしてくれるんだい？」

「やぁあああん」

　エリック様が私たちとの距離を詰めて、露わになっている花芽をきゅうっと摘まんだ。気持ち良過ぎて、身体がビクリと仰け反り、目尻に溜まっていた涙がポロリと零れる。

「やっ……だめ、ぇ……」

「お前、勝手にお嬢様に触るな」

「僕を『お前』呼ばわりする奴がいるなんてね。従者だからと見下すつもりはないが、リアは僕の婚約者となる女性だ。君こそ僕のリアに触れるな。リアが誰に感じているのか分からないのか？」

　エリック様がそう言うと、ナハトはムッとした顔をして、細く長い指をぢゅぷっと蜜壺の中へと挿し入れた。

「～～～～っ⁉」

「違う。お嬢様はもともと敏感で感じやすい。お前だからと感じているわけじゃない」

　ちょっ、ナハト⁉　元々淫乱みたいな言い方は止めて！

「もともと？　しかも、僕の前でリアにそんなことをするなんて。無事では済まさないよ？」

「ひゃあっ！　ふ、二人で弄っちゃ、らめぇ……！」

　ナハトの指がぢゅぷぢゅぷと恥ずかしい音を立てて気持ち良いところを何度も何度も擦り上げ、エリック様の指がコリコリと指で花芽を転がしていく。時折花芽の裏側をカリカリされて、頭の中が快楽でいっぱいになってしまう。

「お嬢様、気持ち良い？　俺の指でイかせてあげるから」

「違うよ。リアは僕がイかせてあげるんだ。リア、皮を捲って優しく舌で嬲ってあげるよ」

「ふぁっ、これ以上、は……やぁあんっっ」

「お嬢様の大好きなところは、俺の方が知っている。ここ。ザラザラしたここの、特にこの辺り」

「だ、め……、イッちゃう……！　あぁっ、イッちゃうからぁああ！」

「イッていいよ、リア。他の男には見せたくなかったけど、僕に感じてイッてしまったのだと、教えてやる必要があるからね。ほら、イッて見せてごらん？　いっぱい嬲って悦くしてあげるから」

「やっ⁉　ん、ぅ～～～～っっ」

ぷしゃっと、またしてもはしたなく蜜を溢れさせながら、何度も何度も絶頂を迎えてしまい、何の抵抗もできないまま、私は快楽の渦へと呑まれていった。既にエリック様に散々イかされたあとだったから、私はもう意識を保っていることができなかった。薄れゆく意識の中、二人に何か文句を言ってやった気がするのだが、目が覚めた時には忘れてしまっていた。


――その日の夜。気付くと私は公爵邸に戻っていて、湯殿の中でフィルとナハトにこの身を洗われていた。エリック様といつ別れたのか、どうやって帰ってきたのか、全く覚えていない。

「ふ、二人とも、もうやめてぇ……！」

「お嬢様、これは身体の洗浄と治療です。最後まで耐えて下さい」

「あの男が触れたところ全部、綺麗にしてやる」

「あぁあああっ」

二人はその言葉通り、私の身体を治癒してくれた。けれど、インキュバスである彼らの治療行為は、勿論ただ治すだけではない。気持ち良いと感じれば感じるほどに、その力を発揮するという非常に悩ましい能力なのだ。故に、帰ってからも私は快楽に追い詰められ、身体がぐずぐずに溶けてしまうのではないかと思うような行為を強いられてしまったのだった。

翌日も私はすぐにベッドから起き上がることができなかった。本当は休みたい。だけど、私は腐っても公爵令嬢。今までが今までだったので、真面目になったアピールとしてズル休みは極力しないよう努めなければ。必死にそう言い聞かせて、怠過ぎる身体を起こし、学園へ向かう為の支度をするべく、私はベルを鳴らした。

＊＊＊

私の名はクラリス。この乙女ゲームのヒロイン。肩まであるフワフワとしたストロベリーブロンドの髪に、大きなマリンブルーの瞳が特徴的な可憐な美少女だ。

健康的な肌、庇護欲をそそる可愛らしい顔立ち、抜群のスタイル。すれ違う男の子たちは、必ず私を二度見する。だって可愛いから。

（ゲームで見た可愛いドレスも入手できたし、これでやっとリリーナ魔法学園へ通えるわ！）

私は意気揚々とリリーナ魔法学園へ足を踏み入れた。今日からラブラブドキドキな学園生活が始まるのだ。しかもこの世界は、この国の王太子であるエリックや宰相息子のジルベール、騎士団長の次男、特別講師の先生、隣国の皇子、それに隠しキャラ、みーんなイケメンでみーんな私を好きになっちゃうという、おいしい世界！　転生して良かった～～！

さてさて。まずは入学式の日に起こるエリックとの出会いイベントを発生させなくちゃね。

それでエリックの好感度を上げげて、悪役令嬢の反感を買わなくちゃ。でないと、悪役令嬢ヴィクトリアが私を虐（いじ）めてこないもの。それにR18シーンだって、ヴィクトリアの従魔であるインキュバスの双子たちが襲ってこなかったら成り立たないものね。

ヴィクトリアが私を傷つければ、攻略対象者たちが私を守ろうと近付いてきてくれるから、好感度だって上がりやすいし、ヴィクトリアはどんどん彼らから嫌われていく。それに、私が聖獣にお願いした呪いの効果で、色仕掛けまでしてくる下品で最低な女だと、これから更に嫌われていくはず。しかも呪いの症状が現れるのは、エリックだけじゃなく、攻略対象者全員にした。彼らと共有する時間が長くなるほど、呪いの効果は強く現れる。ずっと呪いの効果が出たままだと不信に思われるだろうから、結構条件は絞ったけど。

その結果、ヴィクトリアを『ハイスペイケメンにはいつでも股を開くビッチ』に仕立て上げることができる。ヴィクトリアは悪役令嬢のくせに、前世でもエリック一筋だったところがファンから受けていて、そこも気に入らなかったのよね。ただの当て馬のくせに。

「一途に想っていたエリック以外にも反応しちゃうようになって、ヴィクトリアはどんな気持ちになるのかなぁ？　それに、呪いの効果が出ちゃった時、誰にイかせてもらうんだろう？　エリックは勿論、他の攻略対象者たちもヴィクトリアを相手にするはずないし。自分で慰めるしかないんじゃない？　ヴィクトリアの性格上、従魔の双子を使うこともないだろうし。寂し過ぎて笑っちゃう～」

この時の私は浮かれていた。悪役令嬢は、必ずゲーム通りに私を虐めてくると信じて疑わなかったし、全部ゲームの通りに進んで上手くいくと思っていた。

「何でエリックが来ないの？」

シナリオ通り、私は入学式が終わった頃を見計らって学園へ行った。

まだ入学式が終わってないと思って必死に講堂を探していたヒロインは、公務で遅れてやって来た王太子エリックと出会い、共に学園長室へ向かうのだ。

少しドジっ子なヒロインは階段でうっかり転びそうになり、エリックに抱き留めてもらって触れるか触れないかのキスをしてしまう。

「そんな甘酸っぱい青春を楽しみにしていたのに。……エリックはいつ来るのよ？　もうそろそろ入学式が終わってから二時間経つわよ？」

私が苛立って愚痴を零していると、他の人間には見えない聖獣が、ふわりと私の前に現れた。子犬の姿をした聖獣は、じっと私を見てから、くちゅんっとくしゃみをした。鼻水掛かるじゃない。

「大丈夫～？　風邪でも引いたの？」

『クラリス。お前の魂から、嫌な匂いがする。魂の匂いは人それぞれだが、清廉であればあるほど、魂は輝きを増し、良い匂いを発する。……日頃の行いに、何か心当たりはあるか？』

「え～？　気のせいじゃないかな？　だって私、悪いことなんてしてないし♪」

ヴィクトリアは本当に傲慢で嫌な奴だもの。あの女を恨んでいる人間は沢山いるはずよ。あの女に天罰を与えた私は感謝されてもいいくらい。私は良いことをしているのよ。

「そうだ。そろそろ貴方に名前をつけてもいい？　シュティフェルって前の名前でしょう？」

長くて言い難いし。ゲームではシルクって名前だったんだから、早くそう呼ばせてよ。

『駄目だ。名付けは特別な意味を持つ。クラリスには許可できない。既に力を貸してやっているのだから、それで満足しろ。過ぎた欲は身を滅ぼす』

「大袈裟ね。ちょっと呼びやすい愛称をつけてあげたいと思っただけじゃない」

おかしいわね。ゲームでは、出会ってすぐに名付けをねだっていたはずなのに。

『そろそろ対価をよこせ』

「え？　……対価って？」

『今日呪いが発動した。発動には我の力を使うのだから、対価を用意しろ』

そんなの聞いてないし！　ゲームではそんなこと一度も言ってなかったわよ⁉

「ご、ごめんなさい。私、お金はあまり持ってないのだけど」

『別に金はいらない』

私はホッと胸を撫で下ろした。なんだ、びっくりしたじゃない。

「それなら、何を対価に差し出せばいいの？」

『……お前では、我が一番欲しいものは差し出せまい。だから、花でいい。お前が心から綺麗だと思う花を一輪摘んで持ってこい』

「……花？　しかもたった一輪？」

『そうだ。それでいい』

なぁんだ～～！　呪いの対価が、たった一輪の花でいいだなんて、どれだけお安いのよ！　あ～やっぱり最初にこの聖獣を見つけておいて正解だったわね！　こんなに使い勝手がいいだなんて！

「というか、待って！　さっき、呪いが発動したって言っていたわよね⁉」

『そうだ。一時間くらい前に、この学園内で発動した』

「まぁ！　ありがとう、シュティフェル！　貴方のお陰で、悪女が早々におとなしくなりそうよ！」

『……そうか』

「ええ！　待っていてね、今すぐに綺麗な花を持ってくるから！　期待していて！」

シュティフェルの私を見つめる瞳が冷たく感じたけれど、きっと気のせいよね。さっさと対価の花束買ってこよう。ヴィクトリアは誰と会って呪いが発動したのかしら？　もしかしてエリック？だから出会いイベントに来なかったのかしら。

まぁ、それなら仕方ないわね。突然発情してきた痴女をどうにかしないといけないのだもの。きっと護衛に連行を頼んで、その後は公爵家への正式な抗議手続きかしら？　おとなしくなるどころか、退学になって舞台から退場しちゃうかも？

それはそれで困るわね。まずは明日、エリック様との出会いイベントを仕切り直して、ヴィクトリアが学園にいなければ、それとなく訊いてみて、今回は大目に見るよう言っとかなくちゃ。エリックは私のことを優しい良い子だと思ってくれるはずだし、順調順調♪

そうして私は、翌日になって信じられないものを目にすることになる。攻略対象者たちは私のものなのに。今だけよ。どうせあの女——ヴィクトリアは、最後には嫌われて破滅する運命なのだから。

＊＊＊

まだ夜が明けたばかりの早朝。窓の外では小鳥がチュンチュンとさえずる中、アルディエンヌ公爵邸内にあるヴィクトリアお嬢様の部屋では、主であるヴィクトリアお嬢様と従魔である我々インキュバスの双子が話し合いをしていた。事の発端は、お嬢様が朝の『食事』について『二人に相談したいことがある』と言い出したのが始まりだった。

「あのね、私、このままだと早死にすると思うの」

「「は？」」

一瞬、お嬢様が何を言っているのか分からなかった。このままだと早死にする？　このままって、どのまま？　私とナハトが顔を見合わせて首を傾げていると、お嬢様がほんのりと頬を赤く染めながら、恥ずかしげに『このまま』の意味を教えて下さった。可愛過ぎて襲いたい。

「だからね？　その、毎日毎日、何回もエッチなことばかりしていたら、私の身が持たないの」

私とナハトはその言葉を聞いて、一気に青ざめた。

「ま、まさか、痛かったのですか？」

「気持ち良くなかったのか？」

「え!?　いや、あの、そういうことじゃ……」

「あんなに蜜を溢れさせていたので、てっきり……。でも、おかしいですね。お嬢様が痛みや苦痛を感じていたのなら、その感情が私にも伝わってくるはずです。ナハトは何か感じていましたか？」

「いや、俺も苦痛の感情は感じていない。いつも快楽の感情だけだった」

「そうですよね。しかも、精気は毎回極上の味でした。相手が気持ち良くなればなるほど、精気は甘く美味しくなる。痛みや苦痛を感じていたなら、それだけ不味くなるのですから」

チラリとお嬢様を見てみると、お嬢様は耳から首まで真っ赤に染まっていた。可愛過ぎか。

「あの、だからね、えっと」

「お嬢様。嫌だったのなら謝る。どこが良くて、どこが良くないのか教えてほしい」

「いえ、ナハト。お嬢様は確かに気持ち良くなっていました。……何か別の理由があるのでは？」

私がにこりと笑ってそう言うと、お嬢様は『確かに気持ち良くなっていた』という言葉に反応し、プルプルと身体を震わせ始めた。小動物を追い詰めているかのような感覚がクセになりそうです。

「別の理由？」

ナハトが再び首を傾げる。

「……そうです。その、精神的にも体力的にも持たないので、何か別の方法で食事をあげたいと思っているの。それか、せめて回数を減らしたい。勿論、二人にひもじい思いはさせたくないから、無理して空腹を我慢する、とかは嫌なのだけど」

「別の方法？　俺たちはキスだけでも我慢できるけど、それは駄目なんだろう？」

「駄目。キスをいっぱいすると、催淫効果のせいで身体がもたないもの」

「お嬢様。体力は分からなくもないのですが、精神的に、とは？」

「うっ！」

お嬢様が狼狽えている。というか、どんなお嬢様も今すぐ抱き締めてめちゃくちゃにしたいくらい可愛いのだが、私は一体どうしたらいいのだろうか？　できることならば、お嬢様の純潔をいただいて、奥まで私でいっぱいにして、死ぬほど気持ち良くして差し上げたい。このようなお嬢様を主に持てて、私は幸せ者だ。

「俺も知りたい。何が問題なんだ？」

「問題、というか……」

「お嬢様？」

私とナハトが見つめると、お嬢様は観念したように、震える声で理由を教えてくれた。

「……気持ち、良過ぎるの」

「「え？」」

「気持ち良過ぎて少し恐いし、感じ過ぎちゃう自分が恥ずかしいの。だから……っ」

私とナハトは、その理由を聞いて瞠目した。ああ、胸が痛い。何なのですか、その理由。私を殺す気なのですか？　お嬢様が可愛過ぎて辛い。そう感じたのは私だけではなかったようで、隣にいるナハトも既に色々と準備万端なようだった。

「大丈夫、恐くない。お嬢様は安心して、俺に身を委ねればいい」

熱を帯びた、蕩けるような瞳でお嬢様を見つめるナハトを見て、二人とも従魔としてお嬢様と契約できたことを嬉しく思った。自然と口元が綻(ほころ)ぶ。

（お嬢様はあの日、私たち二人に『ずっと側にいて』と言った。これは違えることのない、私たち三人だけの『約束』だ）

きっと私の瞳も、ナハトのように甘く蕩けているのだろう。魔物である自分たちが、人間であるお嬢様に対して、このような感情を抱くとは夢にも思わなかった。

「お嬢様の言い分は理解いたしました。私たちの『食事』に関して、何か他に良い方法がないか、色々と試していきましょう」

「本当⁉」

「勿論です」

「フィル！　何を……」

「ありがとう、フィル！　やっぱりいい子ね！　大好きよ！」

「⁉」

ぎゅうっとお嬢様に抱きつかれて、私の思考は一時停止した。そして空腹であると意識する。

「……お嬢様」

「なぁに？」

「お腹が空きました」

「へ？　……んんっ⁉」

気が付くと、私はお嬢様の形の良い柔らかな唇を何度も何度も繰り返し貪(むさぼ)り尽くしてしまっていた。お嬢様が愛らし過ぎて我慢の限界を超えてしまったのだ。

「ふぃ……る……？」

ああ、お嬢様から心地好い感情が流れ込んでくる。信じられないことに、お嬢様は契約初日から私とナハトを好いて下さっているようだ。お嬢様曰く、推し？　らしい。何故そこまで好いて下さるのかは分からない。けれど、お嬢様が私とナハトを大事に想ってくれていることが分かるから、余計にお嬢様が可愛くて愛しくて堪らない。

「とてもお腹が空いてしまって、我慢できませんでした。申し訳ありません」

「そう、なの？　……それなら、今朝は……仕方ないですね」

「いただいても宜しいですか？」

「……どうぞ」

嘘ではない。今の私は間違いなく空腹だ。お嬢様があまりにも可愛らしくて、愛おしくて。そのせいで、私はとても空腹だ。今日も甘い貴女の慈悲に縋り、美味しくいただきます。お残しなんていたしませんとも。私が一欠片も残さずに、その身を堪能いたしますね？

ああ、身体が熱く昂る。愛しい貴女の乱れる様はとても魅力的で、何もしていなくとも、私は達してしまいそうなほどにゾクゾクしてしまいます。

「今朝も、沢山沢山気持ち良くして差し上げますね」

——愛しております、私たちのヴィクトリア様。

＊＊＊

朝、学園へと向かう馬車の中。

うっかり昨日のことを思い出しかけて、私はぶんぶんと頭を振った。エリック様とナハトにされたことは、考えないようにしよう。現実逃避だって分かっているけど、受け止めきれないもの。いつも通り学園に着き、今日はナハトにエスコートされながら馬車を降りた。そのまま教室へ向かうと、すぐにエリック様の姿を見つけた。エリック様も私に気付いたようで、嬉しそうに顔を綻ばせて挨拶してくれる。

「おはよう、リア。今日も綺麗だね」

「御機嫌よう、エリック様」

そんな眩しい笑顔を浮かべないで下さい！　ついこの間まで、私に興味なんてなかったくせに！

「殿下、彼女は確か……」

――あれ？　他の生徒たちで見えていなかったけれど、エリック様の側には男子生徒が一人いた。その男子生徒の顔を見て、私はその場に凍りつく。

（こ、この人！　エリック様と同じ、攻略対象者の一人！）

そこにいた長身の男子生徒は、エリック様に負けず劣らずの眉目秀麗な顔立ちで眼鏡をかけていた。エリック様は金髪で澄んだ青空のような瞳をしているけど、この眼鏡イケメンは肩まである若葉色の髪に、切れ長な深緑の瞳をしている。そして私は思い出した。悪役令嬢であるヴィクトリアが、ゲーム内でこの男にされたことを。宰相の息子、ジルベール・バラデュール！

――夕陽の差し込む教室。

そこには一人の男子生徒が、教室の隅で女子生徒を追い詰めていた。

『ヴィクトリア嬢、君に分かるかい？　犯されかけたクラリスの気持ちが……！』

『ジルベール様は一体何のお話をなさっていらっしゃるの？　私は王太子であるエリックの婚約者で、アルディエンヌ公爵家の令嬢なのよ？　いくら貴方がバラデュール宰相の息子であっても、私がクラリスさんに賊をけしかけたという証拠もないくせに、こんな無礼は許されな……きゃあっ！』

ジルベールは悪役令嬢ヴィクトリアの細い腕を掴み上げ、ゾッとするような冷笑を浮かべた。

『一番の無礼者は君だろう？さぁ、クラリスと同じ気持ちを味わわせてあげるよ』

『いやっ！　私はエリックがっ』

『何がエリックだ。勝手に殿下を呼び捨てで呼ぶなんて、本当に図々しい女』

『っ！』

ジルベールルート・悪役令嬢へのお仕置き回より。

私がジルベールにビビり、青ざめた顔で硬直していると、エリック様が私のことをジルベールに紹介し始めた。何故だかすこぶる良い笑顔で。

「ジル、彼女が私の婚約者であるヴィクトリア・アルディエンヌだよ」

「⁉」

「リア。この者は私の側近で、現宰相の息子ジルベール・バラデュールだ」

私は内心パニックになりつつも、必死に平静を装って、ドレスのスカートの端を摘まみ、貴族としての礼を取った。

「アルディエンヌ公爵家の娘、ヴィクトリアと申します。以後、お見知りおきを」

「……っ」

「バラデュール卿？」

「どうかしたのか？　ジル」

「い、いえ、何でもありません。こちらこそ、よろしく。ヴィクトリア嬢。僕のことは、ファーストネームで呼んでくれて構わない」

「え？　そ、そそそ、そうですか？では、あの、ジルベール様と呼ばせていただきますね」

「是非」

……なんだかジルベールが私を睨んでいるような……？　きっとおかしな紹介をしてくれたエリック様のせいよ。これはすぐに訂正せねば。ジルベール……ボロが出ないように心の中でもジルベール様呼びを徹底しよう。うっかり呼び捨てたらヤられるかもしれないもの。

ジルベール様は、ヒロインに対してはR18シーンでも優しくて紳士的だけど、悪役令嬢ヴィクトリアに対しては多種多様なえげつない玩具を使って快楽責めしてくるのだ。怖過ぎる！　お仕置き回は断固拒否で！

「エリック様。恐れながら、ひとつだけ訂正させて下さい」

「何だい？　リア」

「先程、エリック様は言い間違えておりました。私はエリック様の婚約者ではなく、ただの婚約者候補です。あらぬ誤解を招きかねませんので、お間違えのないようにお願いいたします」

「……ああ、そうだったね。すまない。今はまだ、婚約者候補だったね」

「ひ、人前では特に間違えないで下さいまし」

そう話したところで授業開始のベルが鳴り響いた。

（ジルベール様にヤられたら、エリック様のせいだからねっ!?）

＊＊＊

彼女を初めて見た時。僕には彼女が、美しい花の化身のように見えた。

「アルディエンヌ公爵家の娘、ヴィクトリアと申します。以後、お見知りおきを」

艶やかな菫色の長い髪に、宝石のような輝く藤色の瞳。肌は陶器のようにきめ細かく、整った美しい顔立ちは優しく綻（ほころ）んでいて。なんて美しく聡明そうな女性だ。殿下が彼女を婚約者に選ばれるのも頷ける。アルディエンヌ公爵家の令嬢と言えば、傲慢で選民意識が高く、平民をゴミのように見下す悪い貴族の見本のような女性だと聞いていたが、殿下の様子を見る限り、そんな酷い女性とは思えない。あの噂は彼女を妬む者たちから流されたデマだったのか？　互いに挨拶を終えると、彼女――ヴィクトリア嬢は、少し遠慮がちに口を開いた。

「エリック様。恐れながら、一つだけ訂正させて下さい」

「何だい？　リア」

「先程、エリック様は言い間違えておりました。私はエリック様の婚約者ではなく、ただの婚約者候補です。あらぬ誤解を招きかねませんので、以後お間違えのないようにお願いいたします」

（――何だって？）

殿下に婚約者だと言われて、自らそれを訂正する令嬢がいるだなんて信じられない。殿下の婚約者の座は誰もが狙っている。ましてや、ヴィクトリア嬢が噂通りの人物だったなら、間違いなく訂正などしないはずだ。むしろ、言質を取ったとして周囲に言い触らし、責任を取らせるに決まっている。婚約してしまえば、その令嬢は相手のお手付きだと思われてしまうからだ。

故に、一度婚約してしまえば、そう簡単に破棄などできないし、破棄してしまえばその令嬢の価値は地に落ちることになる。それほどまでに、この国での婚約するという行為は重い。彼女は目の前のご馳走に惑わされることなく、そのことをしっかりと理解している。それに、ただの婚約者候補だということは、彼女はまだ、誰のものでもないということか。

「……ああ、そうだったね。すまない。今はまだ、婚約者候補だったね」

「ひ、人前では特に間違えないで下さいまし」

そう言って、ヴィクトリア嬢は授業開始のベルが鳴り響いたと同時に、後ろの窓際の席へと足早に去っていった。

「殿下。僕たちも席に座りましょう」

「そうだね。……ジルベールだったら、どうやって意中の女性を手に入れる？」

「は？」

突然何を言い出すんだ、この人は。もしや、先程言い間違えたのは『わざと』だったのか？ だとしたら殿下。一歩間違えれば彼女の女性としての価値を陥れてしまう行為を看過することはできませんよ？

「殿下。意中の女性が彼女のことならば、あまり先程のようなことは……」

「問題ない。何かあれば、僕が喜んで責任を取る」

「……そういう問題ではありません」

殿下は外堀から埋めていくつもりなのか？ しかし、それならば陛下に彼女を婚約者にしたいと伝えればいいだけの話だ。何故、わざわざ回りくどいことを……？

（まさかとは思うが、ヴィクトリア嬢は殿下と婚約したくないのか？ 貴族令嬢であれば、誰もが欲する『王太子の婚約者』になりたくない女性か）

「ジル？」

ますます、彼女に興味が出てきた。それに、ほんの一瞬だけ垣間見えた、僕を見る、彼女の怯えた瞳。理由は分からないが、怯えを映した煌めく彼女の瞳が、僕の中に小さな熱を灯した。

「……何でもありません。早く席に座りましょう、殿下。それと、意中の女性と親しくなりたいのなら、まずはランチにでも誘ってみては？」

「それは名案だね」

「殿下と令嬢が二人きりでは外聞が宜しくないので、僕もご一緒致しますよ」

「……そうか。そうだな。自由な学園とはいえ、確かに周囲の目もある。頼むよ、ジル」

「勿論です、殿下」

そうして僕は、にっこりと笑顔を浮かべた。


今日は殿下たちからランチに誘われた。王族からのお誘いを断ることなんてできない。そう思って殿下たちとランチを食べたけれど、正直言って味なんて全く分からなかった。

だって昨日は意識を失う直前まで、エリック様とナハトにあんなことやそんなことをされていたわけで、めちゃくちゃ気まずかった。それと、昨日のナハトの無礼を思い出して、エリック様にそれとなく『未熟な従者の無礼をお許し下さい』と伝えたけれど——

『リアは随分とあの従者に気を許しているんだね？』

うん。エリック様、顔は笑っていたのだけど、一瞬背後にブリザードの幻覚が見えたのよね。

まぁ、エリック様はこんな私にも気遣って下さる完璧王子様だもの。きっと気のせいよね。こうして気まずい昼食を終えたあと、私はまたしても危機に直面している。

「ま、待って。フィル、ナハト……」

「申し訳ありません、お嬢様」

「……すごくお腹が空いた。お嬢様と、キスしたい」

「……っ」

学園の人気のない庭園の隅。周囲から死角となっている場所で、私は二人に『食事』を迫られていた。前々から少しおかしいと思っていたけど、フィルとナハトは食欲旺盛過ぎじゃないだろうか？　魔物図鑑では、インキュバスの食事は一日一回で大丈夫だと書いてあったのに。育ち盛りだから？

「んっ！　ん、ふぁ……」

ナハトに激しく唇を奪われて、ゾクゾクと身体が甘く痺れてしまう。その間に、フィルは地面に膝をついてから私のドレスのスカートの中に頭を入れて、太腿の根元辺りに舌を這わせていた。ヌルリとした舌の感触に、ビクリと身体が反応してしまう。私が着ているドレスは前後でスカートの丈の長さが違うフィッシュテールタイプ。日によって違うけれど、今日はスカートの下にガーターベルトと黒いストッキングを着用していた。

「んぅ⁉　んっ……！」

「お嬢様。今日のお召し物も大変可愛らしくて魅力的ですね。脱がすのは勿体ないので、これはこのままにしておきましょう」

そう言って、フィルは下着越しに私の秘処をレロレロと舐めだした。フィルとナハトの唾液にある高い催淫効果は下着越しであっても絶大で、ジワジワと私の秘処を熱く、トロトロに蕩けさせていく。上の口はずっとナハトに貪られ続けていて、私は内心とても焦っていた。何故なら、ここは家ではなく学園なのだから。

（だ、め。……ただでさえ、気持ち良いのに、こんなにキスされたら……）

ナハトのキスが気持ち良くて蕩けそう。フィルに、下着越しに何度も秘裂を舐められて、時折花芽や蜜口に触れられると、トロリと蜜が溢れてしまう。催淫効果のせいもあって、身体の奥が疼いて堪らない。

「もう下着がいやらしい蜜で濡れてきちゃいましたね？　まだ食べ始めたばかりなのに」

「……っ！」

すぐにフィルは意地悪なことばかり言う。羞恥心を煽られて、お腹の奥の熱が高まる。漸く唇を解放してくれたナハトが、愛おしげに熱の籠った瞳で私を見つめて、私の首筋にその整った顔を埋めた。ナハトの手がするりと腰回りを撫でて、ドレスの上から柔らかな双丘を揉みしだいていく。

「んんっ……！」

私が必死に声を出すまいと、唇を噛んでいると、ナハトが私の首筋にキスをしつつ、器用にドレスの上から中の下着をズラして、ピンと勃ってしまっている双丘の頂を指でキュッと摘まんだ。

「ひぅっ」

「声を我慢しないで。俺、お嬢様の声が聞きたい」

耳元でそう囁かれ、心臓が恐いくらい高鳴っていく。ナハトの声に、耳まで蕩けてしまいそう。

「むり、ぃ……！　ここは学園で、外、だから……っ」

ナハトの指が双丘の頂をコリコリカリカリと刺激していくと、ずっと下着越しに秘処を舐めていたフィルが、下着を僅かにズラして、直接蜜口に舌を這わせてきた。

「あぁっ、だ、だめ……フィル……っ！」

「ああ、お嬢様。こんなにだらしなく蜜を垂らして、ヒクヒクと欲しがって。外にいるからと声を我慢している割に、身体は恥ずかしいくらい正直ですね？」

「……そんな風に、言わな……ひゃあっ」

「前から思っておりましたが、お嬢様は誰かに聞かれたら、誰かに見られたらと思うと、興奮して更に感じてしまう性質のようですね」

「!?」

フィルは蜜口から離れ、下着を太腿辺りまで下ろすと、その細くしなやかな指をつぷつぷと蜜壺の中へ挿れていく。入ってくる指が気持ち良くて、私は両手で口元を押さえた。

（だめ、だめ……！　指、だめぇ……！）

「だから声を我慢していたのか。お嬢様は本当に可愛い」

「ええ、本当に。お嬢様がいくら声を我慢しても、下の口は淫らな音を我慢できないのに。ほら、お嬢様。よく聞こえるでしょう？　下の口は、素直に気持ち良いと悦んで喘いでいますよ？」

「んっ、んん～～っ」

蜜壺からくちゅくちゅといやらしい水音が響き、その音がやたらと大きく感じられて、私は羞恥心から更に蜜を溢れさせてしまう。

「い、いや……！　この音、出さないでぇ……っ」

「耳まで真っ赤だ。お嬢様、すごく甘い」

「お嬢様。この恥ずかしい音を出しているのはお嬢様自身ですよ？　お嬢様が沢山感じていらっしゃるから、ほら、こんなに……」

「あぁっ」

指を増やされて、蜜壺から聞こえてくる音がさっきよりも明らかに大きくなって。気持ち良いところばかり執拗に擦られて、膨らんだ花芽をぱくっと口に含まれると、目の前が真っ白になった。

「……フィル。お嬢様がイキそうだ」

「分かっていますよ。だって中がうねって、私の指を離すまいと必死に絡みついてきていますから。可愛いです、お嬢様。いつ誰が来るとも分からない外で、はしたなくイッて下さい」

ぐちゅぐちゅ、ぢゅるるると響く卑猥な音。

双丘の頂をナハトに、蜜壺と花芽をフィルに繰り返し気持ち良くさせられて、学園の庭園で、明るい外で、私はいよいよ我慢できずに絶頂を迎えてしまった。二人は、とても蕩けた瞳で私を見ていて、過ぎた快感でぼんやりする中、不意にゲームの中の二人を思い出した。

ゲームの中の私の最推し。妖艶で超絶美形なインキュバスの双子。どんな時でも、どんな命令でも、主である悪役令嬢に忠実で、側から離れない二人。いつも無表情な二人。食事の時だけ、妖艶に笑う。今の二人は、ゲームの中の二人とはまるで別人だ。

確かに忠実だけど、全然無表情なんかじゃなくて。意地悪だし、食事の時は『待って』とか『止まって』とか、そういったお願いは何故だか聞いてくれないし。でも、だけど、今の二人の方が、好きかもしれない。……食事の方は、やっぱり何か別の方法を考えなきゃいけないけど。

ぐったりしている私に、精気を食べ終わったらしい二人が、微笑みながら優しく身体を拭いてくれて、褒めてくれる。


「ちゃんとイケましたね、お嬢様。えらいです」

「お嬢様、良い子だな。美味しかった」

「うう……フィルとナハトの、ばかぁ……！」

涙の滲む瞳で睨みつけながら二人に文句を言うと、二人が突然両手で自身の顔を押さえた。

一体どうしたの？

「……お嬢様」

「可愛い」

「は？」

「上目遣いで、そんな可愛く文句を仰られるなんて……！」

「ただでさえ我慢しているのに……！」

「——へ？」

がまん？　聞き違いかな？　一体誰がナニを我慢しているって？　これでも食欲を抑えているってこと？　私は二人がこれでも我慢していたのだという事実に愕然とし、暫し言葉を失った。

＊＊＊

「……はぁ」

数日後、私は馬車の中で小さく嘆息した。今朝もいつもと同じように蕩けるような朝を過ごしてしまった。しかも、身体がそんな環境に慣れ始めてしまって、気持ち良くさせられると分かっているこの身体は『食事』の時間が来ると、自然と濡れるようになってきてしまったのだ。

「恥ずかしくて死んじゃう……」

弄られる前から期待で濡れてしまっているなんて信じられない。そのせいで、フィルの言葉責めはいつもより酷かったし、ナハトも爛々と瞳を輝かせていた。早く何とかしないと本当にまずい。

(今日こそは魔物研究会に行ってみよう)

インキュバスの生態について詳しく学べば、何か良い解決法があるかもしれない。

「お嬢様、学園に着きました」

「……ええ」

そうして学園に着いた私は教室へ向かった。一番関わりたくない人物が絡んでくるとも知らずに。

「きゃあ！　酷いわ、ヴィクトリア！　どうしてこんなことをするの？」

教師に言われて、魔法の授業で必要な魔導具を取ってきた私に、突然クラリスがタックルしてきた。なのに、まるで私がわざとぶつかったかのように言われ、クラリスは瞳に涙を溜めながら床に座り込んでいる。いやいやいや。魔導具を落として壊したら大変だからね？

私は何とか手にしていた魔導具を落とさずに済んだけれど、思いっ切りタックルされたせいですぐ後ろにあった机の角に身体をぶつけてしまった。かなり痛い。

「どうしたんだい？」

騒ぎを聞きつけて、エリック様がやって来た。これは非常にまずい。

「きゅ、急にヴィクトリアが私にぶつかってきたんです！」

クラリスの言葉に、エリック様が珍しく一瞬だけぽかんとした顔をした。

「え？　……誰が君にぶつかったって？」

「あそこにいるヴィクトリアです！　わ、私に、平民のくせに殿下に色目を使うなって……！」

はぁ⁉　ちょ、クラリスさん⁉　破滅フラグが立つから止めてくれない⁉　何でそんな嘘つくの⁉

「へぇ？　そうなんだ。ヴィクトリアが、ね」

エリック様の目がやばい。何これ。強制力？　私が何もしなくても、必然的にそういう状況を作り出しちゃうの？　エリック様の後ろから、冷ややかな瞳のジルベール様が出てきた。

その絶対零度の瞳、止めて下さい。今日の放課後は絶対にジルベール様と二人きりにならないようにしよう。

「……ねぇ、リア。今の話は本当なの？」

ジーザス‼　あまりの急展開に、思わず瞳に涙が滲んでしまう。今までの業が深過ぎて、ちょっとくらい真面目になった程度では、運命は微塵にも変えられないということ？

「……リア？」

エリック様が私を見て、目を見開いている。やっぱり以前と変わらない傍若無人なヴィクトリアのままだと思って失望してしまったのだろうか？　ズキリと痛む胸。というか、クラリスはどうしてこんなことを？　分からない。私が無意識にゲームと同じ様なセリフを口にしていたとか？

私は何もしてない！　……と思う。だけど、私が今の私になってから日も浅いし、ここで何か言っても誰も信じてくれないかもしれない。でも、冤罪なんて嫌！　せめて否定はしておかなくちゃ！

「ち、違います。私は何も――」

言いかけて、本鈴が鳴った。それと同時に、ガラッと教室の扉を開けて教師が入ってきた為に、その場は一時解散となった。喉の奥に吐き出し損ねた言葉が突っ掛かり、息苦しく感じてしまう。授業が終わったあとも、結局話すタイミングが掴めなくて、有耶無耶になってしまった。エリック様とジルベール様が何か言いたそうにしていたけれど、責められるのが怖くて、私は四限目の授業が終わると同時に教室から逃げ出してしまっていた。

逃げ込んだ先は庭園だった。今はとにかく、落ち着きたい。癒しが欲しい。そう思っていると、背後に足音を感じて、振り返るとそこにはフィルとナハトがいた。

「フィル、ナハト！」

今日はフィルを従者として連れていた。主である自分が呼び出さない限り、従者は教室の隣にある従者専用の待機部屋にいるはずなのだけど。

実際はただの従者ではなく、隷属契約を交わしている従魔である彼らは、私の心情を察知できる。恐らく異変に気付いて駆けつけてくれたのだろう。そして、私の夢空間で待機していたナハトもきっと、フィルと同じように異変に気付いて出てきてくれたのだ。

二人は私を見るなり、急いで駆け寄ってきて、私をぎゅうぎゅう抱き締めてくれた。

「お嬢様、どうしたのですか?大丈夫ですか?」

「気落ちしたような感情が流れてきた。何があった?」

「フィル、ナハト……」

じぃぃん。二人の優しさが心に響く。やっぱりこの二人は良い子。大好き。

私も二人をぎゅうっと抱き締め返して、二人の温もりと、とっても良い香りを堪能する。

「……私は大丈夫。心配かけちゃってごめんね。二人とも、いつもすごく良い香りがするけど、これって何の香り?」

「香り?　……何でしょう?　特別何かをつけたりはしていませんが」

「お嬢様の方が良い匂い。……です」

「あれ?　ナハト、もしかして敬語使おうとしてる?」

二人は私の従者として学園に通うことが決まっていたから、公爵邸にいる時は執事長から従者教育を受けているのだ。フィルは順応力が高く、早々に執事長から合格点をもらっていたが、ナハトは行動が色々雑で、よく怒られている。特に敬語が苦手なようで、私やフィルの前では基本的に素の口調で話しているのだけれど。ナハトは少し目元を赤く染めて、私から視線を逸らした。

「フィルに言われた。人前で話す機会もあるから、普段から気を付けろって」

「ああ、なるほど……」

「私たちは、普段はお嬢様の従者として人間たちに混じっておりますから。ナハトもきちんとした方が良いと思いまして」

それは間違いない。でも、個人的にはナハトの素の口調も好きなんだよね。

「じゃあ、他の人間たちの前では敬語。私やフィルの前ではこれまで通り敬語でなくても良いということにしよう」

「え？」

「お嬢様はそれで宜しいのですか？」

「私、普段のナハトの口調も好きだから」

「！」

「お嬢様がそう望まれるのであれば、異存はございません」

ナハトは少しだけ戸惑ったような顔をしていた。けれど、その深紅の瞳には、隠し切れない熱が灯っていて、私は思わず顔を逸らしてしまった。

「お嬢様、昼食は摂られましたか？」

「あ、まだ……」

「では、私が食堂からこちらにお持ちしましょう。何か食べたいものはございますか？」

「……これといったものは特にないけれど、強いて言うなら、さっぱりしたものがいい、かも？」

私が疑問形で首を傾げると、フィルが私の菫色の長い髪を一房掬い取り、チュッとキスを落とした。私の顔が、みるみる真っ赤に染まっていく。

「フィル？」

「……何でもありません。ナハト、私が戻ってくるまで、きちんとお嬢様をお守りするように」

「言われなくとも分かっている。早く行ってこい」

「それでは、お嬢様。行って参ります」

「はい。お願いね、フィル」

そうしてフィルは、私の昼食を取りに行ってくれた。さっぱりしたものと言ったけど何を持ってきてくれるかな？　ちょっと楽しみである。

「お嬢様。フィルが来るまで、座って抱き締めていたい」

「！」

「だめ？」

きゅん。ナハト、可愛過ぎかっ。

「ダメじゃないです。……ぎゅっとしましょう」

「良かった」

嬉しそうに瞳を細めたナハトにきゅんきゅんと胸をときめかせながら、庭園の隅、死角にあるベンチに座っているナハトと向かい合わせに座り、暫く(しばら)ナハトの腕の中で幸せを味わっていた。推しの腕の中とか、幸せ過ぎる。……やっぱりフィルとナハト大好き。癒されるわ。

＊＊＊

私がお嬢様の昼食を取りに学食へ向かうと、その途中にある柱の影にあの男を見かけた。私たちのお嬢様に婚約を迫る、この国の王太子。王太子の側には眼鏡を掛けた長身の男子生徒と、二人の女子生徒がいた。二人の女子生徒は、必死に何かを王太子に訴えかけていて、王太子と眼鏡の男子生徒はその女子生徒たちの言葉に頷いていていた。

話の内容はよく聞こえなかったが、何故だか彼らの話が少し気になる。いや、私はお嬢様の昼食を取りにきたのだ。道草をしている時間はない。人間は脆くか弱い生き物なのだから、速やかに食事を持っていかねば。

「お前は……」

通り過ぎ様に、私の存在に気付いた王太子と目が合った。私は王太子に軽く会釈をしてから、すぐに正面へと向き直った。無視はしていないから大丈夫だろう。しかし、そんな私の思いとは裏腹に、王太子は私のあとを追ってきた。何の用ですか？　この野郎。

「待て！」

「……これはこれは王太子殿下。私に何か？」

「リアは何処にいる？」

――は？　何故私が愛しいお嬢様の居場所を貴様なんぞに教えなければならない？　そう思いつつも、表面上は笑顔を取り繕い、なるべく当たり障りのないように答える。相手は王族。従者である私が不敬を働けば、主であるお嬢様に迷惑をかけてしまう恐れがある。それは避けたい。もうこの間のようなヘマはしない。

「……お嬢様は大変お疲れのご様子でしたので、今はとある場所にて休んでおります」

「その場所は……！」

「お嬢様にご用があるのでしたら、申し訳ありませんが、今はご遠慮頂きたく存じます」

というか、貴様をお嬢様の視界に入れたくない。何故だかお嬢様は、この男に少しだけ心を許してしまっている。この男は危険だ。私が王太子を警戒しているのが分かったのだろう。王太子は額に手を当てながら、小さく溜め息をついた。

「分かった。リアの為に今は遠慮しよう。言伝だけ、頼まれてほしい」

「……何で御座いましょう？」

「少しだけ待ってほしいと。それから、僕はリアの味方だと、伝えてほしい」

「承知いたしました」

そう言って頭を下げると、王太子は側近と思われる眼鏡の男子生徒の元へ戻って行った。

(少しだけ待ってほしい？　一体何を？　それに、『僕はリアの味方』？)

妙に胸の内がざわついた。本当にお嬢様に、そのままお伝えしても良いのだろうか？　私が暫し逡巡しながら学食にてローストビーフの野菜巻き、焼きたてパン、スープなどを注文していると、隣に並んだ女子生徒が私を見て「え!?」と素っ頓狂な声を上げた。誰だ？

「あ、あ、貴方！　悪役令嬢ヴィクトリアの従魔!?」

「違います」

私はにこやかな笑顔を浮かべてキッパリと即答した。完璧な営業スマイル。見るからに頭の弱そうなこの少女では、私のこめかみに浮く僅かな青筋には気付かないだろう。私が躊躇（ためら）いもせず否定したからか、少女は「え？　嘘。あれ？」などと声を出して困惑している。本当に頭が悪そうだ。

「確かに私はアルディエンヌ公爵家の令嬢であるヴィクトリア様付きの従者ですが、見ての通りただの従者であって、従魔ではありません」

「で、でも、貴方……っ！」

頼んでいた昼食の品を受け取り、私は列から一歩離れた。どうでもいいが、このストロベリーブロンドの少女は昼食を注文しないのだろうか？　並んでいる後続が苛立ってきているぞ。

「わ、分かったわ！　そういうことなのね!?」

「は？」

何が一体どういうことだ？　この少女の頭は大丈夫なのか？

「従者として人間に扮することで周囲の人々の目を欺き、隙あらば私を堂々と誘い出して、あんなことやそんなことをするつもりなのね!?」

「……お嬢様の昼食が冷めてしまいますので失礼いたします」

「ひっ⁉」

愛想笑いすら忘れてしまうほどに、今の私の表情は氷のように冷え切っていた。この頭の悪そうな少女は一体何を言っているんだ？

いくら魔物で、インキュバスであっても、精気を食す相手は、誰でも良いというわけじゃない。むしろ、主であるお嬢様の味を知ってしまった今では、お嬢様以外の精気を食したいとは思わない。

私から僅かに漏れ出てしまった殺気に当てられて、腰を抜かし、その場にへたり込む少女を残したまま、私はお嬢様の昼食を持って食堂から離脱した。

あの少女が、何故私のことを『従者』ではなく、『従魔』だと思ったのかはよく分からない。だが、なるべく早く離れたかった。近くにいるだけで、臭くて吐き気がするからだ。

(――お嬢様とはまるで違う、異質な存在)

しかも、お嬢様を悪役令嬢と言い、名を呼び捨てにした。不愉快極まりない。ナハトにも、あの少女を要注意人物として警戒させておこう。お嬢様に敵意を向ける者は私たちの敵。記憶を一部共有しておくか。ああ、精気を食べたわけでもないのに胸焼けがする。臭くて甘ったるい、あの少女の妙な匂い。食欲がなくなるなんて、お嬢様と一緒にいるようになってからは、初めてのことだ。

――一刻も早く、お嬢様の元へ。

私は救いを求めるかのように、お嬢様の元へ向かう速度を速めたのだった。

『お嬢様。今日は、昼食をいただかなくても大丈夫です』

『俺も大丈夫』

今日は珍しいことが起きた。一体どういうこと？　いつもなら、お腹が空いたって言って沢山食べたがるのに。心配で二人に訊いてみたところ、体調が悪いわけではないらしい。それならばと、私は都合良く考えることにした。

お昼は少しのんびりして、放課後になったら魔物研究会に行こう！　有耶無耶になってしまったヒロインとのことも何とかしたいけど、今はとりあえずフィルとナハトのことを優先させよう！

そうして、午後の授業も何とか乗り切り、無事に放課後を迎えた私は、予定通り、魔物研究会へと足を運んだ。

「おや？　貴女は……アルディエンヌ公爵家の、ヴィクトリア嬢？」

「ロマーニ先生？」

そこにいたのは、魔法の授業でたまにお世話になっている、特別講師のルカ・ロマーニ先生だった。彼が魔物研究会の顧問だったのか。

って、それってまずくない？　だって、この先生は――

ルカ・ロマーニ先生は攻略対象者の一人だ。一つに束ねた亜麻色の長い髪に、少し垂れ目の赤みがかったオレンジ色の瞳。背も高く、恐らく180センチ以上はある。ジルベール様も長身だけど、ロマーニ先生の方がもう少し高いような気がする。攻略対象者なだけあって、勿論見た目はとても整っており、眉目秀麗だ。おっとりとした性格で、優しい先生。

「何の用事かな？　もしかして、魔物研究会に興味があるのかい？」

「は、はい。ちょっと私の従魔について詳しく知りたくて」

「従魔？　……ああ、確か一部の公爵家では、ある一定の年齢までくると、護衛として魔物を隷属させるのだったね」

「はい」

「とりあえず、中へどうぞ。残念ながら、今日は他の子たちがいなくてね。私しかいないけれど」

そう言って、ロマーニ先生は私を研究室の中へと促した。

普段、授業を受けている教室がある校舎とは別で、魔物研究会は学園の敷地内で端に位置した建物の中にあるこの建物の中には、魔物研究会の他にもいくつかの研究室があり、生徒たちからは『怪しい研究舎』と呼ばれていて、研究会に属さない一般生徒たちは気味悪がって寄り付かない。

「お茶を淹れますね」

「お気遣い、ありがとう存じます」

「あまり畏まらなくていいよ。それで、君の従魔は何の魔物なの？」

「え⁉　えーと、それは、その……」

「？」

ロマーニ先生が首を傾げながら、ティーポットに茶葉を入れて、熱いお湯をドバドバ注ぐ。あれ？　先生、結構アバウトな方ですか？　ゲームではお茶の淹れ方なんて出てこなかったし、先生はむしろ器用な印象があったのだけど。

「言えないような魔物なのかい？」

「えーと、そういうわけではないのですが、良ければ資料だけ見せてほしいというか……」

「……そんなに危険な魔物を隷属させているのなら見過ごせないな。高位貴族にはよくあるんだよね。見栄を張って、とても危険な高ランクの魔物を隷属させる、ってこと」

「いえ、あの、そんなに危険な魔物では！」

「それで結局扱いきれずに持て余し、強力な魔物だから殺処分もできない。邪魔になった魔物をどうすればいいのか分からない。……ヴィクトリア嬢も、そういうことなのだろう？」

「違います!!」

急にロマーニ先生の纏(まと)う空気が重たくなった。先生は酷く残念そうな、嫌悪するような瞳を私に向けてきて、私の背筋がゾクリと粟立つ。本当に違うから！　そういうのじゃないから！

私は仕方なく、本当のことを話すことにした。このまま誤解されてしまうのはマズイと思ったからだ。ヒロインとのこともあるし。

「あの、本当に違うんです。私の従魔はインキュバスで、彼らの食事について調べにきたんです！」

「インキュバス……？」

ロマーニ先生は、それまでの重たい空気を嘘のように霧散させ、目を丸くした。淹れてくれた紅茶は、とても渋かった。公爵令嬢として転生して以来、初めて飲むよ。こんな渋い紅茶。前世で淹れ方を知らずに『こんな感じかな？』なんて適当に淹れて飲んでしまった時と同じ、懐かしい味がする。砂糖とミルクで誤魔化そう。

「インキュバス、ですか。年頃の令嬢の従魔がインキュバスとは……。それは確かに、他人には言い難いですね」

「……」

「ですが、どうして与える食事に困っているのですか？貴女は公爵令嬢なのですから、家人に頼めばどうとでもなるでしょう？」

「……」

私がどう答えたら良いか分からず、終始無言でいると、ロマーニ先生はまた驚いた顔をして私を凝視した。

「え？　……まさか、貴女が直接食事を与えているのですか？」

「……っ」

私の顔が一気に赤くなると、ロマーニ先生はそれで全てを察したようで、ほんのりと目元を赤く染めた。これ、何の拷問ですか？

「まさか、公爵令嬢であるヴィクトリア嬢自ら食事を与えているだなんて。それに、私の聞き間違いでなければ、先程貴女は『彼ら』と言いませんでしたか？」

「い、言いました。私の従魔は、双子、なんです……」

「双子……」

もう死にたい。ロマーニ先生は、暫(しばら)く思考を巡らせてから、再び口を開いた。

「それで、具体的には何が問題なのですか？　まぁ、貴女が直接食事を与えていること自体が最大の問題だと思いますが」

「あの……魔物図鑑では、インキュバスの食事は一日一回でいいと書いてあったのですけど」

「ええ、私もそうだったと記憶しています」

「だけど、その、私の従魔たちは一日に三回欲しがるんです」

「は？」

「私が疲れていると遠慮してくれる時もあるので、毎回ではないのですが。人間と同じ様に、朝昼晩とご飯を欲しがるので、その、身が持たなくて……」

羞恥心から、徐々に声が尻すぼみになっていく私の言葉を聞いて、ロマーニ先生は絶句した。信じられないといった顔をしたあと、それまでとは全く異なる雰囲気を醸し出し、口角を上げた。

「それは非常に興味深いですね。確かにインキュバスたちは気に入った人間の精気ばかり食べると聞きますが、一日に何度も求められるほどインキュバスに好まれる人間なんて珍しい」

「そうなのですか？」

「ええ、とても。魔物の研究者として、私も貴女のことが知りたくなってきました」

「……へ？」

「もう少し、質問に付き合って下さい。ヴィクトリア嬢」

「ロマーニせんせ……？」

——ドクンッ。次の瞬間、突然身体に違和感を感じた。この感じ、知っている。でも、まさか、きっと気のせいだ。私は己にかけられている呪いが、エリック様を好いているどこぞのご令嬢か、今まで理不尽にクビにしてきた使用人の誰かにかけられただろうと思い込んでいた。

良くも悪くも以前の私がエリック様に夢中だったのは周知の事実。それならば、エリック様の前で恥をかくのが一番のダメージだ。だからこそ、呪いの発動条件に、エリック様が関係しているのではないかと考えていた。私が自身の身体の異変に動揺していると、ロマーニ先生は瞳を細め、私を安心させるように、にこりと優し気な笑みを浮かべた。

「少しだけ、『質問』と『確認』をするだけですから」

「……質問と確認？」

「ええ。きちんと答えてくれれば、すぐに終わります。それによって、貴女の欲しい解決策を思いつくかも知れませんよ？」

「本当ですか⁉」

「確約はできませんけどね」

何だか少し怪しいような？　だけど、ロマーニ先生はゲームの中でも攻略するのが難しく、えっちな展開になるのも最後だけだったはず。ジルベール様よりは安心できるかもしれない。大丈夫、きっとすぐに終わる。これでインキュバスの有益な情報が得られるならば大収穫だ。

そう考えた私は、少しずつ身体の熱が高まっていると気付いていたのに、先生の話を了承してしまった。ずっとあとになって、私はこの時の決断を後悔するのだけど、目の前にぶら下げられた餌がフィルやナハトの食事に関わることなら、私はやっぱり深く考えても同じことをしたかもしれない。

「あの……ロマーニ先生？」

「何だい？」

「……何だか、距離が近い……ような……？」

「気のせいじゃないかな？　辛そうに見えるけど、大丈夫かい？」

「は、はい……だいじょうぶ、です」

「それなら良かった。このまま質問を続けるね？」

私は研究室の奥にある椅子に座らされ、いくつかの質問と回答を繰り返し、その内容が思っていたよりも普通の質問だった為、警戒を緩めてしまっていた。

問題なのは、気付かないようにしていた呪いが、時間経過と共に、酷くなってきてしまったことだ。すぐにでもこの場を離れたいけれど、まだ欲しい情報が得られていない。呪いの影響と、焦る気持ちのせいで、思考が鈍る。

「朝と晩の食事は公爵邸で与えているとして、昼の食事は一体どこで？」

「昼の…食事……？」

「まさか、学園内で与えているのですか？　寮に入っていないのなら、自室もありませんよね？」

「あ、それは、えっと……」

「一体何処で？」

耳元で囁く様にそう問われて、私の身体中の体温がまるで沸騰したかのように、一気に上昇していく。お腹の奥が切なくて、呼吸が荒くなってくる。

「て、庭園の……隅で……」

「庭園の隅？　公爵令嬢であるヴィクトリア嬢が、従魔の為に、屋外でそのような行為を？」

「……はい……っ！」

「入学してから、まだそれほど経っていませんが、昼休憩の度に、屋外で自らの身体を与えていたのですね。それほどまでに、その従魔たちを可愛がっているとは。貴女は良い主のようだ」

「あの……先生……？」

「とても興味深いです。少しだけ、貴女の身体を調べさせて下さい。魔物研究者として、インキュバスに好かれる身体を知りたいのです。いいですよね？」

ロマーニ先生はそう言いながら、ゆっくりと私の頬に触れた。頭の中で警鐘が鳴り響くけれど、呪いの影響が強くなり過ぎてしまって、いつの間にか私の思考は塗り潰され、まともな判断ができなくなってしまっていた。

「貴女の身体を調べることで、何か糸口を掴めるかもしれません」

「わ、わかり、ました…」

「インキュバスが好む人間というのは、とても敏感で感じやすく、淫乱らしいのですが」

「ひゃあんっ」

「……どうやら本当のようですね」

先生のゴツゴツとした大人の男の人の手が、私のドレスのスカートの下に潜り込み、つぅっと下着の上から秘裂をなぞっていく。

「おかしいですね？　初めて触れたのに、もう濡れていますよ？　ほら、こんなにヌルヌルしている」

「あっあっ……」

「もしや、私の質問で濡れてしまったのですか？　貴女の酷い噂は色々と聞いていましたが、やはり噂は噂。当てになりませんね。こんなに可憐で淫乱な女性だったなんて」

「そ、そんなに触っちゃらめぇ……！」

「これはインキュバスが好む人間の調査ですから、もう少しだけ我慢して下さい」

「本当に、もう少しだけ……？」

「ええ。それでは、中も調べさせて下さいね？」

「待っ……!?　やぁあああん」

じゅぷぷぷっといやらしい水音を立てて、ロマーニ先生の指が濡れそぼった私の蜜壺の中へと侵入してきた。あまりに気持ち良くて、私はビクビクと身を震わせながら先生にしがみつく。

「呼吸が浅く、頬が上気していて、なんともそそられますね。調査しているだけなのに、そんなに気持ちが良いのですか？」

「……っ！」

私は涙目で頭を振った。ただの調査なのに、気持ち良くなってしまう自分が恥ずかしい。

呪いの影響下にある私の身体は、ますます敏感になってしまい、ゆらゆらと自ら腰を揺らしてしまう。すると、ロマーニ先生はチュッと私の瞼に優しくキスを落としてから、私の中の気持ち良い所を探り始めた。ゆっくり優しく擦（こす）られ、出したり挿れたりを繰り返されて。

フィルとナハト、エリック様によって快楽に慣らされてしまった私の身体は、歯止めが利かなくなっていく。頭の芯が、お腹の奥が、ジンと甘く痺れる。もっともっと欲しい。徐々にロマーニ先生の息遣いも荒くなってきた。先生の赤みがかったオレンジ色の瞳が熱を帯びて、時折獰猛な色を垣間見せる。

「……インキュバスが好む女性は、人間の男性からも好まれると、私の持っている専門書に書かれていたのですが、確かにその通りのようですね」

「ろまーに、せんせ……！」

「ヴィクトリア、私の指はそんなに気持ち良い？」

「気持ちいい、れす……」

「大変素直で可愛らしいですね。もっともっと、隅々まで調べましょう」

ぐちゅぐちゅと、いつの間にか指が増やされたことにも気付かずに、繰り返される抽送（ちゅうそう）があまりにも気持ち良くて。ロマーニ先生は私の良い所を絶妙な緩急をつけて、優しく刺激し続けていく。堪（たま）らなく気持ち良くて、我慢できない。もう外は暗くなっていた。

「せんせ……私、もう……っ」

「イキたいのですか？」

「う、ん……」

私がコクコクと頷くと、ロマーニ先生は困った様な顔をして笑った。

「可愛いヴィクトリア。一晩中我慢させて、一晩かけて死ぬほどイカせてあげたい。私にこんな気持ちを抱かせるなんて、貴女はいけない子ですね」

「あっあっ……！　せんせぇが触るとこ、ぜんぶ、気持ちい……」

「困りましたね。ただの調査ならば問題なかったのですが……」

ロマーニ先生は、カチャカチャとベルトを外し、自身の熱くそそり立つ欲望を取り出して、私の秘処にソレを当てた。私の足をしっかりと閉じさせて、ロマーニ先生が腰を動かす度に、今まで偶にしか触れなかった花芽が擦られて、ビリビリとした快楽が身体中を走り抜けていく。

「あっ、あああっ、ろまーにせんせぇ……」

「……っ。ルカと、呼んで下さい」

「る、か……るか、せんせ……！」

「ああ、良いですね。ご褒美に、いっぱいイカせてあげましょうね？」

「〜〜〜っっ！」

幾度も花芽を擦られて、私が絶頂を迎えると同時に、ルカ先生も白濁とした欲望を吐き出した。

けれど、行為はそこで終わらず、ルカ先生は宣言通り、私を何度も快楽の高みへと昇らせていく。達したすぐあとに「頑張って立っていて下さい」と言ってルカ先生はその場に両膝をつき、私の秘処に顔を埋めて、花芽を執拗に舌で舐めしゃぶり始めた。

巧みな舌使いに私は何度も花芽だけでイカされ続け、何度達したのか両手で足りなくなった頃。

先生は私を椅子の上に乗せてお尻を突き出すような格好をさせて、今度は蜜壺の中を刺激して、中だけで何度も私を絶頂へと導いていく。

「もう、らめ……、るかぁ！」

「まだですよ。次は中と外、両方でイカせてあげますからね？」

「やん、あああっ……！　も、おかしくなる……！　らめぇぇ」

「まるで洪水だ。こんなに蜜を垂らして、ヒクヒクと男を誘って。処女とは思えませんね。……公爵家には、特別授業の為に遅くなったと私から連絡を入れておきます」

「また、イク……っ、イクイクッ！　ひゃあああん！」

プシャッ！　と何度目かの潮を吹き、私の太腿がテラテラと月明かりを反射して、より一層艶かしくなると、ルカ先生は私の身体を椅子の上で反転させて仰向けにさせた。そうして、自らの手で自身の欲望を慰めながら、私の蜜壺に指を挿入し、花芽を舌で嬲っていく。中と外、両方からの刺激に私はもう耐えられなかった。

まるでフィルとナハトとしている時のように、良い香りがした。外が暗くなったせいだろうか？

赤みがかったオレンジ色のルカ先生の瞳が、赤みを増したように見えた。ルカ先生の舌が触れるたびに、ゾクゾクとした熱が身体中に広がっていく。そういえば、一度も唇にはキスをされていないことに気付いた。恋人ではないのだから、別に不自然なことではないはずなのに、妙な違和感を覚えた。

（ああ、だめ……、どうしてこんなに気持ち良いの？　これも呪いのせい？）

どうしても抗えない。私はビクビクと身体を震わせて、幾度も甘い絶頂を味わいながら、意識を手放した。意識を手放す瞬間。何かが脳裏を掠める。攻略対象者の誰かが、確か魔物とのハーフだったと。しかし、次に私が目を覚ました時、一瞬だけ思い出したことは綺麗に忘れてしまっていた。

＊＊＊

甘い甘い、極上の味。あんなに美味しい精気は初めて食べた。

「まさか、あんなにも夢中になってしまうなんて……」

魔法の特別講師である私はアルディエンヌ公爵家の令嬢であるヴィクトリアを公爵邸へ送り届けたあと、再び研究室に戻り、月を眺めながら昂ぶり続ける自身を慰めていた。

「いつもなら抑えられる魔物の血が、抑えられなかった」

瞳の色も、未だいつもの赤みがかったオレンジ色ではなく、深紅のままだ。彼女は私にとって危険な存在かも知れない。けれど、それと同時に待ち望んでいた女性かも知れない。従魔であるインキュバスの食事に、自分の身を与えてしまうほどの彼女ならば、本当の私を知ったとしても、私を拒絶しないのではないか？　もしかしたら、受け入れてくれるかもしれない。

「身体の相性も良さそうだったし」

まだ頭から離れない、ヴィクトリアの快楽に乱れた姿。もっともっと欲しくなる。もっと深いところまで。従魔となったインキュバスの双子が、彼女を一日に三度も求めてしまう気持ちが分かる。

恐らく、それでも我慢しているのだろう。しかも純潔はしっかり守っている。見上げた忍耐力だ。

「警戒されては困るから、魔法で記憶を曖昧にしたけど、あまり必要なかったかもしれないな。呪いの影響で、既に正気を失っていたし。まぁ、従魔たちには気付かれるだろうが」

会話の途中で、突然彼女から誘うような甘い香りがした。あれは恐らく、呪いの類だろう。呪いについて彼女自身が気付いているのか分からないが、暫く様子を見つつ、何かあれば助けてあげよう。仮にも彼女は、私の可愛い生徒なのだしね。それに、ハッキリと口にはしていなかったが、恐らく従魔を従者と偽っているのだろう。本来であれば許されないことだが、貸しということにしておこう。彼らの食事に関しても、ほんの少し手を貸して、そこから少しずつ、彼女との距離を詰めて、彼女を本当の意味で手に入れられたなら――

「身体だけじゃなく、心も手に入れたい。ヴィクトリア……」

名を呼ぶ声音に、愛しさが入り混じる。まだ完全に落ちてはいないはずだが、彼女のことを知ってしまったからには、既に手遅れなのかもしれない。

今までにも、愛した女は何人もいた。けれど、彼女たちは私の正体を知ると、必ず私に背を向けた。この身に流れる魔物の血は半分だけ。そのたった半分のせいで、私は人間よりも長い寿命を生きることになってしまった。誰かを愛しても、私に混じる魔物の血がインキュバスのものであると知られれば、彼女たちは私の愛を疑い、いつか精気を吸い尽くされて殺されると、私を恐れ、私の元から去っていく。仕方がない。彼女たちが私を恐れるのは当然だ。

だが、この身に流れる血の半分は人間のものだ。頭で理解していても、感情まではついていかない。いつまでも慣れない孤独。温もりを分け合える存在への渇望。

「彼女なら……ヴィクトリアならば、きっと……」

月夜に想いを馳せ、先程のヴィクトリアを思い出しながら、私は未だ鎮まらない、昂ぶり続ける己の欲望を何度も何度も吐き出し続けた。


翌日の早朝。私はベッドの中でぼんやりと微睡んでいた。休日最高である。

（昨日、魔物研究会でルカ先生と話したあと、どうやって帰ってきたんだっけ？）

何故だか思い出せない。ルカ先生にフィルやナハトの食事のことを相談したところまでは覚えているのだけど。というか、恥ずかし過ぎて死ねる……！　扱いきれない魔物の処分に困っているとか、そっち方面で誤解されなくて良かったけども！　私が一人恥ずかしさに悶えていると、不意にぎゅっと後ろから温かさに包まれた。ふわりと香る、いつもの良い匂い。

「フィル？」

「……お嬢様」

フィルの声が、何処となくいつもと違う気がした。後ろから抱き締められているから表情は分からないけれど、少しだけ沈んでいる様な、そんな声。私は戸惑いつつ、自分の腰に巻かれたフィルの腕をそっと優しく撫でた。

「フィル、どうかしたの？」

「昨夜、お嬢様を邸へと送り届けた男は誰なのですか？　あの男と、何をしておられたのですか？」

「え？」

「お嬢様の身体から、あの男の匂いがします」

「あの男って……もしかして、ルカ先生のこと？」

「ルカ先生？」

「ええ。昨日の放課後は魔物研究会へお邪魔して、そこで顧問のルカ・ロマーニ先生と話を……」

おかしいな。いつも『ロマーニ先生』と、ファミリーネームの方で呼んでいたはずなのに、私はいつから先生のことをファーストネームで呼ぶようになったんだっけ？　思い出せない。けれど、確か先生にルカと呼んでほしいと言われて呼び始めたはずだ。一体いつ、そう言われた？

私が不思議に思っていると、フィルが甘えるように私を抱き締める手にそっと力を込める。

「どんな話をなさったのですか？」

「俺も気になる。どんな話をしたんだ？」

「ナハト」

部屋の扉が開き、ナハトが入ってきた。ナハトもルカ先生のことが気になっているみたい。

「二人とも待って。本当に何もなかったのよ？ただ、途中から記憶が……」

「記憶が？」

「ううん。多分、会話の途中で具合の悪くなった私を、ルカ先生が送ってくれただけ。本当に大丈夫だから。ね？」

「「……」」

どうしよう。二人が全く信じていない気がする。私ってそんなに信用がないの？

「あ、あのね。ルカ先生は魔物について色々と研究していて、インキュバスについても詳しいみたいなの。だから、先生と話していたのも、そのことで……」

何とか誤解を解いてほしくて、ルカ先生とインキュバスについて話していたことを告げると、二人は目を見開いて言葉をなくした。そして私は、二人に懇々と叱られてしまい、お仕置きされることになってしまったのだった。

突然変化した、周囲の景色。どう見ても、さっきまでいた自分の寝室ではない。何もない空間がどこまでも広がっていて、何故だか地面はふかふかと柔らかい。それに、フィルとナハトの姿は先程と一緒だけれど、私が着ていたネグリジェは何故だかなくなってしまっていた。

『いやいや、何で!? ……ここは何処なの?』

両手で自身の身体を隠すように抱き締めて困惑する私を余所に、フィルとナハトの瞳は熱を帯びていて、状況が呑み込めていない私に構わず、二人が私に迫ってくる。

『ま、待って、本当に待って! どういう状況なのか全然分からないのだけど……っ』

『どうして?』

『本当に分からないのですか?』

フィルとナハトが眉根を寄せて、苛立ちながら質問を返してきた。まさか、二人が怒っている? 私は何か間違ったことをしたのだろうか? 偶然とはいえ、ルカ先生と二人きりになってしまったこと? それとも、従魔がインキュバスだと、話してしまったことを黙っているのがバレた?

私があれこれ考えていると、二人が柔らかな双丘の頂をじっくり丹念に舐め始めた。

『ひぅっ、あっ、あっ』

舐められた先端からゾクゾクとした快楽が広がっていく。催淫効果のせいで、どちらの先端も肌が粟立つほどに気持ちが良い。二人は執拗に舌で舐めたり吸ったり転がしたりして双丘の先端を責めながら、トロリと蜜を溢れさせる蜜穴の周囲に指を這わせる。けれど、いつもならすぐに触れてくれるのに、今日はなかなか触ってくれない。

『……お嬢様には、お仕置きが必要なのだと理解しました』

『ああ。俺たちのことを考えてくれるのは嬉しいけど、お嬢様は間違っている』

『間違え……てる？　わ、たし……っ、んぅっ』

二人が自身の指先に唾液を絡ませて、花芽や蜜穴の周囲にソレを塗りたくる。けれど、肝心なところには触れてくれなくて。お腹の奥が、熱くて切なくて、おかしくなりそう。

『抵抗してはいけませんよ、お嬢様。何がいけなかったのか、じっくり考えて下さい』

『分かったら言って？それまではずっとお仕置きだから』

『こ、こんなことされていたら、何も考えられな……っ』

『考えられない？　嘘はいけませんね』

『う、嘘なんかじゃ……あぁっ』

『お嬢様は昨日、間違いなく快楽を感じていた。さっきの話が真実なら、お嬢様は気持ち良くなりながら、あの男とインキュバスの話をしていたことになる』

『え……？』

訳が分からなかった。だって、私にはルカ先生と普通に話していた記憶しかない。私が快楽を感じていた？　一体いつ、どうして？　私が何も答えられずにいると、フィルとナハトは双丘の先端を弄りつつ、耳や首筋、お腹と身体のあちこちを舐め始めた。太腿の付け根やお尻、足の先まで、まるで全身が性感帯になってしまったかのようで、私はすぐに何も考えられなくなってしまい、ぐずぐずに溶けてしまった思考で、ひたすらに甘い声を漏らし続けた。

もうどのくらいの時間が経過したのか分からない。ずっとずっと達することを許されず、私はボロボロと涙を零しながら、情けなく二人に懇願していた。既に理性なんて欠片も残っていなかった。

『おかしいですね。これだけ焦らし続けているのに、お答えをいただけないだなんて』

『フィル。もしかしたら、記憶をいじられているんじゃないか？』

『ゆる……してぇ、もうイカせてぇ！』

理性を失った頃から、両手を魔法で拘束されていた。勝手に弄ってイカないように。

『ああ、お嬢様。まだお豆や下のお口の中に触れてもいないのに、こんなにも涎を垂らして』

『そろそろここにも必要じゃないか？』

『そうですね。……それでは、愛しいお嬢様。上手におねだりして下さい。できますよね？』

おねだり？　おねだりしたら、一番欲しいところに触って、イカせてくれる？私の頭の中はそれしか考えられず、自ら両足を開いて、トロトロの秘処を見せつけながら、はしたなくお願いした。

『ここ、ここに触ってほしいの……！　お豆……クリトリスをいっぱい触ってほしいの……！　それから、中もいっぱい、じゅぽじゅぽぐちゅぐちゅして……！』

　結果的に、おねだりは合格だった。合格、だったのだけど。

『ひゃあああああんっ』

　二人がまるで競うように、私の秘処を貪ったのだ。一人が花芽を吸って、舐め回して、もう一人が、蜜穴の中へ舌を挿れてじゅぼじゅぼぐちゅぐちゅする。気持ち良過ぎて、私はイキっぱなしになってしまった。絶頂から戻ってこられない。しかも、絶頂するたびにお腹の奥が疼いて、切なくて、苦しくて堪らない。もっともっと、奥に欲しい。処女なのに、堪らず欲してしまっていた。それが何を意味するのか知らずに、私は貪婪に更なる快楽を欲してしまったのだ。

『おねがい……っ！　奥が、奥が切なくて苦しいの、助けて……っ！』

『ああ、お嬢様……っ！』

『欲しい……食べ尽くしたい……！』

『ひゃあああん』

　私は二人に食べ尽くされた。数えきれないほど絶頂に導かれ、本当にグズグズのドロドロにされてしまったのだ。最後の一線だけは越えなかった為に、お腹の奥だけはいつまでも疼いて、切なくて切なくて苦しかったけれど。浴びるほどの精気を食べた二人には、変化が訪れていた。

　――気が付くと、私は自室にある自分のベッドの上にいた。窓の外からは明るい朝の日差し。小鳥のさえずりが聞こえてきて、私は訳が分からずに首を傾げた。

「あれ……？」

これは一体どういうこと？　少しだけ乱れているが、きちんとネグリジェも着ている。まさか、あれは夢だったの？　二人にお仕置きされてしまう、生々しく恥ずかしい夢。

（というか、夢であってほしい！　切実に！　夢であれっ！）

理性をなくし、乱れに乱れた自分の姿を朧げに思い出して、私はぶんぶんと頭を振った。例え夢だったとしても死ぬほど恥ずかしいけれど、あれが現実の出来事だったら爆死する。きっと夢だ。夢だったに違いない。夢で良かった。しかし、私の願いは届かなかった。何故なら、ショーツやシーツが自分から溢れる恥ずかしい愛液で、ぐっしょりと濡れてしまっていたからだ。

「なっ⁉　何、これ……っ」

顔を真っ赤にして思いっ切り動揺していると、フィルの声が聞こえてきた。

「ああ、お目覚めになられたのですね。体調は大丈夫ですか？　お嬢様」

「フィ、フィル！　あの、私、これ……⁉」

すぐ側までやって来たフィルを見て絶句した。私より少し年下くらいの外見をしていた美少年のフィルが、どう見ても大人の美青年に成長していたからだ。

「え？　……貴方……フィルなの？」

「勿論です。お嬢様の極上の精気を沢山沢山いただいたので、身体が成長したのです！」

フィルの肌はつやつやと輝き、生き生きとしている。フィルの手元には湯の張った桶と清潔なタオルがあり、私は自分からサーッと血の気が引いていくのを感じた。

「フィル、替えのシーツも持ってきたぞ……って、ヴィクトリア様、目が覚めたのか？　それなら、拭くよりも湯殿の方で流した方がいいか」

「な、ナハトまで⁉」

ナハトも美青年に進化していた。二人共かなり背が高く、長く艶やかな髪がサラリと揺れて、大人の色気が増してしまっている。間違いない。あの、夢の世界での出来事は――

「夢じゃ、ない……」

私はあまりの羞恥に、ベッドの上で爆死した。正確には悶絶しただけだが。暫(しばら)くは立ち直れそうにない。自分から欲しがっただなんて、まだ処女なのにっ！　誰か私を殺してぇえええ！


――あのあとはもう本当に地獄だった。羞恥で死ぬかと思った。

『さぁ、お嬢様。ぐしょぐしょに濡れてしまっているお身体を湯殿で清めましょう』

『ま、待って！私、どうしてこんな……』

『どうして？　夢空間であれだけ乱れれば、現実世界のお嬢様の身体も反応するのは当然だろう？』

『現実世界でも反応する……？』

『そうです。現実世界でも、お嬢様は眠っている状態で、何度も何度もはしたなく達していたのですよ。だから、ほら。こんなにぐっしょりと』

『い、言わないでぇ！』

『さぁ、学園へ行く前に隅々まで綺麗にしましょうね？』

『……っ！』

そうしてフィルとナハトに身体を隅々まで洗われて、私の身体は結局また快楽に流されて、フィルとナハトに美味しく食べられてしまった。

（爛れている……！　まさか私がこんな爛れた生活を送ることになるなんて……）

ちなみにフィルとナハトは美青年な姿に進化したが、二人の意思で美少年の姿に戻ることも可能なのだそうだ。便利。なので、学園では、暫くは美少年の姿で通ってもらい、不自然にならないよう徐々に成長した姿になっていってもらうことになった。ちなみに時間の方は丸一日経過していた。

閑話休題。

学園に着いて教室へ向かうと、女子生徒たちが集まってヒソヒソとクラリスのことについて話している声が聞こえてきた。何かあったのだろうか？

「聞きました？　今朝のクラリスさんの話！」

「勿論！　ロマーニ先生とアベル様に随分と馴れ馴れしくしていたとか！」

「一昨日の放課後は殿下たちに、ヴィクトリア様に『何かされるかもしれないから女子寮まで送ってほしい』などとふざけたことを言っていたのに！」

「少し可愛いからって調子に乗っているんじゃないかしら？」

「平民のくせに！」

成程と納得した。一昨日、私が魔物研究会に足を運んでいた間、クラリスはエリック様にまとわりついていたようだ。殿下たちって言っているから、ジルベール様も一緒だったのかも。というか、随分と積極的なヒロインね。これはアレじゃない？　ヒロインも転生者なんじゃない？　しかも転生小説でありがちな思い込み激しい系。

ヒロインが私のことで、あることないことエリック様たちに吹き込んで、結局破滅フラグが立ってしまったらどうしよう？　いっそのこと、クラリスに私も転生者だと話してみる？　だけど、この間も向こうからタックルしてきたのに、私が故意にやったように言われてしまったし。転生者だと正直に話しても、不利になるだけかもしれない。破滅フラグ回避に少しでも役立つよう、とりあえず今は乙女ゲームの記憶を少し整理してみよう。

そうして私は、とりあえず攻略対象者たちのことや、プレイしたルートのことを必死に思い出しながら、授業が始まるまでそれらをノートに取ることにした。まずは攻略対象者情報から。

【王太子エリック殿下】

フルネームはエリック・ファーディナンド・グレンツェ。容姿は眉目秀麗でふわりとしたくせっ毛ショートの金髪、澄んだ青空のような瞳をしている。頭も良く、運動神経も良くて、人望も厚いけれど、腹黒設定だったはず。ゲームではヒロインに腹黒な部分を見せることなく、優しく接していた。魔法も剣も得意で、王太子でありながら一人で魔物退治も余裕で出来てしまうほどの実力の持ち主。う〜ん、さすがメインヒーロー。スペック高過ぎる。

（でも、エリック様って腹黒？　前世の記憶を思い出す前も今も、特に感じたことないけれど）

ゲームでは悪役令嬢ヴィクトリアに対してどんな感じだったっけ？　最推しのフィルとナハトばっかり見ていて、台詞はスキップしているところ多かったからなぁ。そう考えながら、次はジルベール様について書き出していく。

【ジルベール・バラデュール】

現宰相の息子。眼鏡イケメンで若葉色の髪は肩まで長く、切れ長な深緑の瞳をしている。頭はキレるけど、運動神経は平均並み。剣よりも魔法が得意だったはず。エリック様同様、腹黒で策略家。しかも鬼畜でドS。ジルベールルートでヒロインに対しては紳士的なのだけど、選ぶENDによってはめちゃくちゃ焦らされて、自分から犯してほしいって言うまで我慢させられたりするんだよね。衝撃的だったからそこは覚えている。

まぁ一番酷かったのは悪役令嬢であるヴィクトリアを無理矢理犯そうとした時だけど。大人の玩具も色々出してきていたし、ネットでも、ジルベールはヴィクトリアを犯そうとしていた時が一番生き生きしていたと話題になっていた。とにかくジルベール様とは絶対に関わりたくない。

【ルカ・ロマーニ先生】

魔法の特別講師で、魔物研究会の顧問。ルカ先生は生徒と先生だからか攻略するのが結構難しい。年中会いに行ってコツコツ好感度を上げて、イベントとかもミスらなければ最後の最後にやっと結ばれる感じだった。

そういえば、スチルのルカ先生の瞳、オレンジじゃなくて完全に赤かったような？　気のせいかな？　何か引っ掛かっているんだけど、よく思い出せない。とりあえず置いておこう。

さっきクラスの女子生徒たちが話していたアベル様って、確か騎士団長の息子のことだったと思う。薄茶の瞳と、短い赤茶色の髪で、おでこが見えているのが可愛いんだよね。性格は真面目で、人懐っこくて、背が高い。アベル様ルートはプレイしてないから出会いとかよく分からないけど、学年は一つ上だったはず。私から会いに行かない限り、早々出会う機会なんてないので、少し安心。

あとは確か他国からの留学生だったかな？　隠しキャラもいたような気がするけれど、よく思い出せない。……妙な呪いのせいで、悪役令嬢なのに何故だかエリック様とあれこれしてしまったし、もしや私、知らないうちにエリック様ルートに入ってしまっているとか？

（ううん、それはきっとないわね）

私は静かに頭を振った。自分はあくまで無害な悪役令嬢。ルートに入ったりするのはヒロインだから、自分には関係ない。それに、今は恋愛している余裕なんてない。フィルとナハトの食事事情を何とかするのが先だ。呪いのこともあるし。最推し二人の食事がずっと私だなんて申し訳ない。だけど、使用人の誰かにご飯になれだなんて言えないし、フィルもナハトも私が魔物市場から出してあげたせいか、怖いくらいに私を好いてくれている。だから、無理強いなんてしたくない。

魔物図鑑では、インキュバスは甘い言葉で獲物を誑かし精気を喰らうとあったけど、フィルとナハトは違う。インキュバスであっても、二人は私をただの獲物ではなく、主として、慕ってくれているのだ。私は二人を信じている。だからこそ、もっと良い食事方法がないか、探さなくちゃ。

（おっと、いけないいけない。次はどんな風にルート進行していったか思い出さなくちゃ）

しかし、思っていたよりも私は思い出せなかった。台詞のスキップはしちゃいけないなと、前世の自分を呪った。そうして、授業開始のベルが鳴り、私は乙女ゲームから頭を切り離して、真面目アピールの為、公爵令嬢として恥ずかしくないよう、授業に専念したのだった。


「ヴィクトリア嬢、ちょっといいかな？」

「ルカ先生？」

午前中の授業が終わってすぐ、ルカ先生に呼び止められた。ルカ先生について行くと、人気のない階段裏で何かを手渡される。手渡された物は、小さくて綺麗なビー玉のような物だった。

「ルカ先生、これは……？」

「これは解決策の一つです。これを上手く使えば、楽になると思いますよ」

「え？　ほ、本当ですか？　でも、使うってどうやって……」

「簡単です。貴女の可愛らしいお豆にこれを自分で当てるだけですよ」

「!?」

ちょ、何サラッとセクハラ発言しているんですか!?　あれ?先生ってこんなキャラだったっけ？

「すみません。女の子にこんなことを言ってしまって……」

あ。先生の顔、赤くなっている。びっくりした。サラッと言ってきた気がしたから驚いちゃったけど、やっぱり純情キャラなのね。ゲームでも先生とのえっちな場面は最後だけだったし。私は少し恥ずかしい気持ちを抑えながら、にこりと笑みを浮かべてルカ先生にお礼を言った。

「ありがとうございます、ルカ先生。試しに使ってみますね」

「ええ。それと、ヴィクトリア嬢は魔物研究会に正式に入会してみる気はないかい？」

「え？」

「魔物研究会なら様々な魔物の資料や、新しい情報も入ってくる。考えてみてくれないかな？」

確かに、フィルとナハトのことをよく知っておくのは必要なことだよね。昨日、夢空間であんなことがあったばかりだし。解決策にとアイテムまで貰ってしまったし、入会しておいた方が良いかもしれない。私はコクリと頷いた。

「では、正式に入会します」

「本当？　嬉しいな。君みたいな子に入ってもらえれば、研究会も明るく活気づくよ。今日の放課後、研究室まで来てもらってもいいかな？　入会書類を書いてほしいんだ」

「分かりました。放課後、研究室へ伺います」

「ありがとう、ヴィクトリア嬢」

ルカ先生はとても嬉しそうに微笑んで、その場を去って行った。眩し過ぎる笑顔に、一瞬ドキッとしてしまった。イケメンのスマイルは破壊力がすごい。

「……早く昼食を食べて庭園に行かなくちゃ」

今朝は色々あったけど、学園では何事もなく平和だ。ルカ先生とほんの少しだけ二人きりになったけれど、呪いも発動しなかったし。やっぱり発動条件にはエリック様が関連しているのかも？

この時の私は、呑気にそう思っていた。昼食のあと、私は庭園でさっきのビー玉を使用し、死ぬほど後悔するとも知らずに。

どうしてこうなってしまったのか。確かに、最初から若干の疑問はあった。花芽に当てるだけで、どう食事をさせるのだろうと。けれど、見た目は本当に綺麗なビー玉で、私はソレがまさかあんなものだなんて気付きもしなかったのだ。

「あっあっあっ、だ、め……フィル、ナハト……！　これ、取ってぇ」

「無理ですよ、ヴィクトリア様。この淫具は達しない限り取り外せない仕様なのです」

「可愛い、ヴィクトリア様。そんなに気持ちいいのか？　美味そうな蜜がトロトロ溢れている」

「やっ……見ちゃ、ダメ……っ！」

ルカ先生がくれたビー玉は『月の雫』と呼ばれる魔導具で、前世で言うところの『大人の玩具』であった。花芽に当てると自動で使用者の魔力を吸収し、ビー玉の形状が変化して花芽に吸い付き、振動するようになっている。

しかも内側には小さくて柔らかな突起が沢山ついていて、振動する度にその突起が花芽に触れるようになっていて、突起の刺激、振動と吸引が同時に行われる。あまりの快感に身体中がビクビク震えてしまう。しかも強弱が絶妙で、より長く快楽を味わう為の物なのか、達しそうで達することができない強さが続く玩具だった。

「も、やだぁ……っ、フィル、ナハト……！」

ドレスは全て着たまま、ナハトに後ろからスカートを捲りあげられ、地面に膝をついたフィルに下着だけを太腿まで下ろされた格好で、私は二人にどうにかしてほしいと助けを求める。けれど、フィルもナハトも、私の快楽に震えて喘ぐ姿をじっと見つめるばかりで、何もしてくれない。

「ヴィクトリア様が私とナハトの食事のことを考えて試行錯誤して下さっているのは本当に嬉しいです。けれど、こんな玩具をいただいてくるのは感心いたしません」

「そ、れは……あっ、んん……！」

ヴヴヴヴヴヴヴッと月の雫が与えてくる刺激に、身体がビクビクと跳ねて、痙攣が止まらない。気持ち良くて堪らなくて、またしても私の頭の中が快楽でいっぱいになってしまう。

「……だから、ヴィクトリア様には少しお仕置き。焦らされて必死に耐えるヴィクトリア様の精気も美味しい。　……クセになりそうな味だ」

「だめ、だめ……っ、あああっ！」

「……そんなに気持ち良いのですか？」

そう言ってフィルが私の秘処に顔を近付け、フゥと甘い擽るような吐息を月の雫が張り付いた花芽に吹き掛けた。その瞬間、ゾクゾクとした堪らない快楽がお腹の奥からせり上がってくる。

「ひゃあああん……！」

「ああ、堪りませんね。ヴィクトリア様、上手におねだりしてみて下さい。そうすれば――」

「フィル」

ナハトに名を呼ばれて、フィルはハッと我に返り、ヴィクトリアの秘処から顔を離した。

「すみません、ナハト。つい誘惑に負けてしまうところでした」

「フィル、ナハト……？」

息も絶え絶えに、私が二人の様子を見て訝しんでいると、とんでもない提案をされた。

「ヴィクトリア様。どうかこのままの状態で授業にお戻り下さい」

「――え？」

私は一瞬、何を言われているのか分からなかった。このままの状態で授業に戻る？

「このまま午後の授業を耐え抜いたら、帰りの馬車の中で沢山イカせてあげます」

「蕩けた顔を周りに見せないように注意して」

無理だ。教室まで歩くことさえできそうにないのに。私は涙目でいやいやと首を振った。

「む、り……無理、だから……！　やだ、フィル、ナハト！」

「ヴィクトリア様、私もとても辛いです。ですが……」

「もう他の男からこんな玩具を貰ってこないように、身体でしっかり覚えてほしい」

「……っ！」

「ご心配には及びません、ヴィクトリア様。移動している間は私たちの魔力で月の雫の動きを一時的に停止させます。外すことはできませんが、少しなら動きを止められそうなので」

「そ、んな……っ」

「授業中、恥ずかしい声を上げないように気をつけて」

「……っ」

――フィルとナハトの鬼！　確かに男の人からこんな玩具を貰ってきて、説明されたまま使用してしまった私が馬鹿だったのは認めるけど、こんな意地悪しなくたって、もう絶対玩具を貰ってきたりしないのに！　けれど、必死の抗議も空しく、私は月の雫を付けたままあっさりと次の授業へ送り出されてしまった。隷属の契約が全く仕事をしていない気がする。どうしていくら『お願い』しても聞いてくれないの？

――これは前世の記憶を思い出した弊害とも言えるかもしれない。隷属の契約は相手に対して『命令』することで効力を発揮するのだが、前世では誰かに命令をすることなど経験しておらず、更には快楽によって思考が鈍っていた、この時の私は、その事実に気が付いていなかったのだった。

「……ん……！」

何とか教室へ戻った私は、午後の授業を受けながら必死に声を出すまいと耐えていた。

庭園から教室へと移動している間は、フィルとナハトの魔力で月の雫の動きを止めてくれていたので、何とか大丈夫だった。けれど、教室に着き、いつもの窓際の席に座ると、ヴヴヴ……と再び動き始めてしまったのだ。分かっていたことだけれど、あまりの快楽にうっかり声が出そうになって、思わず両手で口元を押さえた。

幸いにも、何故かいつも私の隣の席に座るエリック様は、今日は違う席に座っている。ヒロインであるクラリスの近くだ。故に、私の隣の席は空席となっていた。しかし、その空席の隣にはエリック様の側近であるジルベール様が座っていた。席一つ分離れているとはいえ、バレてしまったら一大事だ。一瞬たりとも気が抜けない。

（少しでも気を抜いたら、声が出ちゃう……っ）

月の雫が絶妙な緩急をつけてキュウッと花芽を吸い上げ、突起の刺激を与えながら振動してくるのが、あまりにも気持ち良くて。既に何度も達する寸前までいっているのだが、キュンとお腹に力が入ると急に動きが微弱になり、吸い付きも弱くなってしまう。そして、少し落ち着いてきた頃にまた最高に気持ち良い動きを始めるのだ。まるで拷問である。

（教室で、周囲に人も沢山いて、近くにはジルベール様もいるのに……）

快楽に集中しないよう、授業に専念しようとしても、頭が上手く働かない。羞恥心が煽られ、私の恥ずかしい場所からは絶えずエッチな蜜が溢れてしまっていて気が気ではなかった。

曲がりなりにも公爵令嬢である自分がこんなに沢山の人がいる教室で、こんなにもはしたなく感じてしまい、股の間を蜜でトロトロに濡らしているだなんて誰かに知られてしまったら。

私は周囲に聞こえないようにそっと息を吐いて、必死に快楽を逃がす。けれど――

「ジルベール、どうしました？」

「先生、ヴィクトリア嬢の体調が悪そうなので保健室へ連れて行きたいのですが」

「!?」

驚いて振り返ると、片手を挙げて教師から発言許可をもらったジルベール様が、私を保健室へ連れて行きたいと言い出した。

「ヴィクトリア嬢、体調が悪いのですか？」

「あ、いえ、私は……っ!?」

答えようとした瞬間、より一層強い振動と共に花芽を吸われて、思わず唇を噛みながら息を呑んだ。涙で瞳が潤み、必死に震える身体を抑えようとしていると、他の生徒たちが顔を真っ赤にさせて、一斉に私から目を逸らした。い、今の私は周囲から見て、そんなにおかしいの？　それなら確かに、保健室へ行った方が良いかもしれない。むしろ、教室から離れられるなら、その方が良いに決まっている。今の状態は辛過ぎるもの。

教師はコホンと咳払いしてから、「確かに体調が良くないようだね。顔が赤いし、熱があるのかもしれない」と言った。

「ジルベール、彼女を保健室へ連れて行くことを許可します」

「ありがとうございます」

そうして私はまさかのジルベール様に肩を支えられながら、保健室へと向かうべく教室を後にした。教室を出る瞬間、誰かの視線を感じた気がしたけれど、今の私には振り返って確認するだけの余裕がなかった。


「ヴィクトリア嬢、大丈夫か？」

「だ、大丈夫、です。お手を煩わせて、しまって、申し訳ありません……」

「気にしなくて良い。随分と辛そうだが、体調不良であると、何故自分から教師に言わなかった？」

「それは……ひぅっ！」

「ヴィクトリア嬢⁉」

――ドクンッ。覚えのある、嫌な鼓動。何とかゆっくり歩きながら快楽を逃がしていたのに、またなの⁉　という思いが込み上げてくる。一体何が呪いの発動条件なのか全く分からない。月の雫をつけたまま、呪いの効果まで現れてしまったら大変なことになってしまう。

思わず身体に力を入れて黙ってしまった私を見て、ジルベール様は、一刻も早く保健室へ連れて行った方が良いと判断したのだろう。

「すまないが、少し我慢してくれ」と言ってから私をひょいっと抱き上げて、足早に保健室へと急いで向かってくれている。

（どうしよう、このままじゃ……気付かれちゃう…っ）

私のドレスのスカートの中は既にどうしようもないくらい蜜で濡れてしまっていた。下着どころか、ストッキングやスカートだって濡れてしまっている。そして恐れていた通り、ジルベール様はそれらに気付いてしまった。エリック様に続き、この学園の保健室はR18シーンの舞台となるべく定められているのかもしれない。

「……これは一体どういうことだ？ヴィクトリア嬢」

そう言いながら、顔を赤くしたジルベール様が私の濡れているスカートを指摘した。よく見てみれば、トロリとした蜜が幾重にも光る筋を作り、黒いストッキングの色を更に濃く変えている。ジルベール様はストッキングについた蜜を指で掬い取り、ただの水ではないことを確認した。

「糸を引いている。……ヴィクトリア嬢、一体何を隠している？」

「お、お願いです、ジルベール様。これは、その……っ……決して私の意思では、ないのです……！」

私が必死になってそう伝えると、ジルベール様は驚いたように目を見開いて私を見つめた。

「誰かに強制されている、と？」

「事情があって。私、誰かに呪いをかけられてしまっていて。ですから、このことはどうか……」

――内密に。そう伝えると、ジルベール様の目の奥が光った気がした。この熱を帯びたような瞳は、ゲームでも見たことがある。私は危機感を感じたが、今も尚動き続ける月の雫に、私の我慢も限界に来ていた。

「分かった。今日のことは誰にも言わないと約束しよう。だが、ずっとこのままにもしておけない。……今のような状態になっている原因は何なんだ？」

「それは……」

「恥ずかしいとは思うが、教えてほしい。僕は何か、力になれないだろうか？」

「ジルベール様……」

……思っていたより、いい人？　でも、ジルベール様にお願いするなんて無理だ。イカせてほしいだなんて、公爵令嬢としてあまりにはしたな過ぎる。少しボーッとした頭で必死に色々と考えていると、微弱になっていた月の雫がまた激しくなってきた。

保健室に移動して、少し気を抜いてしまっていたのかもしれない。その激しい快楽に、呪いの効果も相まって、思わずあられもない声を上げてしまった。

「ひゃあああん！」

「なっ……!?」

急に私がビクリと身体を弓なりにしならせたことで、ジルベール様は一歩後退した。しかし、私が僅かに震えながら呼吸を乱し、両足を擦り合わせていると、意を決したようにジルベール様は私のドレスのスカートを上へと捲り上げてしまった。

「やっ……!?　何を……」

「……今の状態の貴女をこのまま放置するのは危険過ぎる。一体どんな呪いを掛けられているんだ？　それに、問題は今の貴女の状態だ。原因を知る為に、少しだけ我慢して――っ？」

「み、見ないでぇ……！」

ぐっしょりと濡れてしまっている下着を見たジルベール様は、顔を更に赤くしたあと、ゆっくりと私のショーツを膝まで下ろしてしまった。

「これは……月の雫……？」

ジルベール様の喉が、コクリと音を鳴らした。ジルベール様に見られてしまったことで、私は更に羞恥を煽られ、ますます蜜をトロリトロリと溢れさせてしまう。

「……一度達することができれば、すぐにでも外せる淫具だが……何故、こんなものを……」

「ひゃっ!?　さ、触っちゃ……や、あ……！」

ジルベール様は、震える月の雫を指先でつついてから、蜜壺の入口を指で優しく撫でていく。その感覚に、私の身体は驚く程に感じてしまって、ビクビクと快感に打ち震えた。

「だ、め……気持ち、い……！」

「……確かに、すごく気持ち良さそうだ。トロトロで、ヒクヒクしていて……」

「あっあっ！」

「入口に指を這わせるだけで、そんなに可愛い声で啼いてくれるなんて。……指を挿れたら、どうなるんだ？　挿れて様子を見させてもらおう」

「ひぅっ命令……」

くぷ、くぷぷぷっ……

指を中に挿れられた瞬間、あまりの気持ち良さに意識が飛びそうになった。

「～～～～っ！」

「ああ、すごい。中がうねって、キュウキュウ締め付けてくる。もしや、呪いの効果は『発情』なのか？　だとすれば、貴族令嬢には命取りになる卑劣な呪いだ。そうか。この呪いが発動してしまった時、何とか対処しようと考えて、自分で月の雫を？　公爵令嬢らしからぬ浅慮な行動だが、閨の知識に疎い乙女ならば致し方ない。むしろ、自分自身で何とかしようと必死に抗う姿が健気だ。頑張ったな。……今、僕が楽にしてあげよう」

「だ、め……、だめ、だめ！　だ……あぁあああっ！　やぁあああん！」

ヴヴヴヴヴッと花芽を振動し、吸引してくる月の雫の動きと同時に、蜜穴の中へ指を挿入されて、じゅぼじゅぼと中を擦られて、ドレスの上から双丘の頂きも指で摘まれて、私は身体をビクビクっと激しく痙攣させながら、ジルベール様の前で達してしまった。

達した途端、月の雫の動きが止まって、しゅるっと綺麗なビー玉の形に戻り、ポロリと勝手に外れた。呪いの効果も薄れてきたし、これでやっと終われる。そう思って安堵しかけたのだけど。

「あんっ」

グヂュッと水音が響き、蜜壺の中を指二本で掻き混ぜられて、私の身体が甘く痺れた。

月の雫は外せたのに、ジルベール様が指を抜いてくれない。グヂュグヂュと中を弄られて、すぐに快楽の波に攫われそうになってしまう。涙の滲む瞳でジルベール様に視線を向けると、そこにはゲームの中で生き生きと悪役令嬢を襲っていた時と同じ瞳をした青年がいた。彼は愉悦の宿る瞳で私を見つめ、口角を上げながら、私の真っ赤に熟れた花芽の皮を優しく剥いていく。

「ジルベール、様……？」

「もう一度、ここに月の雫をつけたら、貴女は壊れてしまうかな？」

「!?」

私は弛緩していた身体を強張らせた。まさか、ヒロインを虐めたりしていないのに、ゲームの中の悪役令嬢みたいにされてしまうのだろうか？　そう考えて私がみるみる青ざめていくと、突然保健室の扉がガラリと開き、ベッド周りにある空間を仕切る為のカーテンがシャッと誰かに開かれた。

「やっぱり、貴女はいけない子ですね。ヴィクトリア」

――一体、何が起こったの？

私の目の前には、魔法の特別講師で魔物研究会顧問のルカ先生がいた。ルカ先生は、どうやったのか、瞬時にジルベール様の意識を沈めてしまった。ドサッとジルベール様がベッドに倒れ込むと、ルカ先生はにこりと優しそうな笑みを浮かべて、私の傍へと歩み寄ってきた。そして、先程の台詞を口にしたのだ。

「ヴィクトリア」

どうして、私の名前を呼び捨てで呼ぶの？　それに、ルカ先生はジルベール様に一体何を――

そこまで考えたあと、私の思考は停止した。ルカ先生に、唇を奪われてしまったから。

「ん、ふ……！」

途端、身体の奥がキュンと疼いた。ゾクゾクとした快感が身体中を駆け巡り、頭がクラクラしてくる。ふわっと香る、甘い匂い。

（あれ？　……この感じ……まるで、フィルとナハトとしている時みたい……？）

ルカ先生の舌が私の口腔内に侵入して、気持ち良い所を探っていく。上顎をなぞられ、舌を絡め取られて、コクリと流し込まれた唾液を飲み込むと、更に身体の奥が熱くなる。

「んんっ……ぅ！」

ぐずぐずに蕩けてしまいそうな感覚に陥る。角度を変えて、何度も何度も蕩けるような深いキスを繰り返されて、私は息も絶え絶えに、ポロリと涙を零すと、漸く唇を解放してもらえた。

「るか……せんせ……？」

「可愛いヴィクトリア。月の雫を与えたのは、『食事』の際、主導権を主である貴女に握らせる為だったのに」

「……主導権？」

「彼らに主導権を握られてしまうから、貴女はヘトヘトになるまで気持ち良くさせられてしまう。でも、月の雫は一度達すれば外せる。貴女が彼らの為に、慣れぬ手付きで月の雫を使用し、一度だけ自慰すれば、彼らに触れられることなく、そこで『食事』を終えられる……はずだったのですが。結局、主として強く出られず、彼らにいいようにイジメられてしまったのですね」

ルカ先生が、私の真っ赤に熟れた花芽を指でキュッと優しく摘まんだ。その瞬間、私の身体はビクリと大きく仰け反り、良過ぎる快楽に頭の中が真っ白になってしまう。

「やっ……！　そこ、弄っちゃ……あんっ！」

「少し腫れてしまっています。月の雫を渡したのは私ですから、責任を持って、ちゃんと治してあげますよ。いくら弄っても、快楽しか感じないように」

「あっあっ、擦っちゃ、だめ……！　ピリピリ、して……っ……るかせんせぇ！」

「綺麗に治るまで、少し我慢……おや？　ピリピリ痛むのに、下の口は嬉しそうに悦んでいますね？　こんなに物欲しそうに涎を垂らして、なんてはしたない身体なのか。すごくそそられますよ、ヴィクトリア」

「ひゃあああん」

ルカ先生が指に自身の唾液を絡ませて、花芽を優しく撫でた。触れるか触れないか程度の絶妙な触れ方で花芽を挟み、二本の指でにゅるにゅる扱かれて、私は甘い声を上げながら蜜を溢れさせてしまう。奥がキュンキュンと堪らなく疼いてしまう。

「や、だ……るか、せんせ……！」

「ヴィクトリア、もうピリピリしない？　こうやって扱かれるのが、すごく好き？」

「ひっ、あっ……それ、だめ……！　いっぱい気持ち良くなっちゃ……あぁっ！」

にゅるにゅる、くぷくぷ、クチュクチュクチュ……

「ヴィクトリアの下の口が、私の指を美味しそうにしゃぶってる。ほら、聞こえるかな？　こんなに音を立てながら食べるなんて、令嬢としてのマナーがなっていないね？」

「そ、んな……ひゃんっ」

「私がたっぷりとお仕置きしてあげよう。……ジルベールにも見てもらおうね？」

「!?」

ルカ先生は私の上体を起こして後ろへと回り、倒れないように自身の身体を滑り込ませ、背もたれのように私の身体を支えた。そして、意識をなくし、上半身をベッドに乗せた状態で眠ってしまっているジルベール様の顔の前で、私の足を大きく開かせ、ルカ先生の長い足で私の足を閉じられないように拘束されてしまった。

ジルベール様に秘処を曝け出すような格好に、私の羞恥心が限界まで高められていく。

「いや……！　お願い、止めて、ルカ先生！こんな恥ずかしい格好、いやぁ！」

「恥ずかしい？　ああ、そうだろうね。目の前にジルベールがいるのに、こんなにトロトロと蜜を溢れさせて。見られるかもしれないと思って、興奮しているの？　本当に淫らでいやらしい身体だね。……音もいっぱい聞いてもらおうか」

「やっ……あぁんっ！　ら、め……っ……はぁん」

ルカ先生の指が花芽をにゅこにゅこ扱きながら、蜜壺の中を繰り返しゆっくりゆっくり出し入れしていく。くちゅくちゅ、ちゅぷちゅぷと音が響いて、私の下のシーツがぐっしょりと蜜で濡れてしまっている。恥ずかしくて恥ずかしくて仕方ないのに、身体は震えるほど気持ち良くて堪らない。ルカ先生が私の耳に舌を這わせ、クチュッと音を出しながら中を舐めていくのも、ゾクゾクと蕩けてしまいそうなほどに感じてしまう。

「る、か……！　やめ……っ、んん！」

「違うよ、ヴィクトリア。『もっとして』でしょう？　ジルベールがもしも今、目を覚ましたら、彼はヴィクトリアを欲しがるだろうね。自身の欲望をヴィクトリアの可愛い蜜穴に突き挿れて、何度も何度も奥をぐちゃぐちゃに……あれ？　想像した？　更にキュウキュウ私の指を締め付けてきたよ？　ヴィクトリアは本当に淫乱だね」

「あん！　わ、たし……淫乱じゃ……っ」

涙がポロッと零れ、頬を伝っていく。気持ち良くて、早く早くイキたくて堪らない。今にも消えてしまいそうな理性を掻き集めて必死に否定の言葉を紡ぐけれど、あまりにも説得力がない。悲しいほどに、呆れるほどに、私の身体は快楽に抗えない。

ルカ先生が時折唾液を指に絡ませて、その指に触れられたところは、全部性感帯になってしまったかのように気持ちが良い。嫌でも気付く。先生は、普通の人間じゃない。

「また間違えちゃったね、ヴィクトリア。……ほら、その可愛い口で言ってごらん？　誰に、どこを弄ってイカせてほしいのか」

「なっ……!?　そんな、こと……言えな……ひゃあん！」

ピンッと花芽を弾かれて、私の身体がビクンと大きく仰け反った。そんな私の反応を見て、ルカ先生は何度も何度も花芽を弾きながら、蜜壺の中の気持ち良い部分を執拗に擦り、責め立てる。

「あっ、ああああああっ」

私の身体がビクンビクンと勢いよく跳ねた。ルカ先生が指を動かす度に、目の前がチカチカして、何度も何度も絶頂を迎えてしまう。プシャッと溢れた潮が寝ているジルベール様の顔に少しかかってしまったが、今の私には何かを気にする余裕はなかった。

「寝ているジルベールにこんな恥ずかしい蜜をかけてしまうなんて。本当にいけない子ですね、可愛いヴィクトリア」

「んっ、う、あ……！　～～～～っっ！」

「貴女の達する時の顔、何度見てもそそられます。……時間の許す限り、ずっと見ていたい」

ルカ先生がチラリと寝ているジルベールを見た。ルカ先生は何故だかフッと僅かに口角を上げたあと、私の蜜壺からちゅぽっと指を引き抜いた。

「あんっ」

「ふふ。抜く時も気持ち良い？　ジルベールに沢山いやらしい声を聞かせて、潮もかけて、私へのおねだりも上手にできなかったヴィクトリアには、まだお仕置きが必要ですね。けれど、今日はこの程度にしておきましょう。時間切れです」

「……るか、せんせ……？」

ルカ先生の手が、私の頭にそっと触れる。

「また貴女の記憶を少しいじらせてもらいますね。だから、私とした事は、あまり覚えてないでしょう。ですが、ヴィクトリアの中の、彼の記憶はいじらないでおきますね。それから、寝ている彼自身の記憶も。彼は恐らく、貴女に焦がれるようになる。……助けてほしい時は、私を呼んで下さい。いいですね？『助けてほしい時は、ルカ先生を呼ぶ』。ほら、復唱して？」

「……助けてほしい、時は……ルカ先生を、呼ぶ……」

「はい。よくできました。また私が送ってあげますね、ヴィクトリア嬢」

私の意識がだんだんと遠くなり、ルカ先生の言葉を復唱したあと、一気に沈み込んだ。

「貴女の可愛がっているペットより、私を呼んで下さい、ヴィクトリア。もし貴女が私を必要としてくれるなら、私は――……」

＊＊＊

保健室の窓から差し込む光が、もう夕暮れ時なのだと教えてくれる。ルカはぐったりとした意識の無なヴィクトリアを抱き上げながら、チラリとジルベールを一瞥(いちべつ)して、保健室を出て行った。ヴィクトリアを運ぶルカの足音か遠ざかると、保健室内のベッドに上半身を預けていたジルベールがゆっくりと起き上がった。

「あれは本当にロマーニ先生だったのか？　……一体、何がどうなっている？」

一人残された保健室でそう呟いたジルベールの言葉は、静寂に吸い込まれて消えていく。

そうして、ジルベールはキラリと光るものに気付いた。ベッドの上に落ちていたのは、ヴィクトリアがつけていた月の雫。

ジルベールは恐る恐るソレに手を伸ばし、確かめるように手に取ってから、ソレを自身のズボンのポケットへしまった。ジルベールの瞳には、未だ獰猛な光が宿っている。どうしようもなく焦がれてしまうような欲しいものができたからだ。ジルベールは僅かに笑みを浮かべ、ガラリと保健室の扉を開けて、その場を去って行った。

＊＊＊

――夢を見た。あまりよく思い出せないけれど、ジルベール様と、ルカ先生が出てきたような？

頭に靄がかかっているような感覚。そうして、しばらくガタゴトと揺れる何かに乗っていたら、止まったあとで、またルカ先生の声を聞いた。

『いくら彼女が――だからって、君たちは自覚を持ちなさい。――彼女は公爵令嬢なのだから』

よく聞こえなかったけれど、ルカ先生の話を聞いたフィルとナハトは、少し苛立ったような声を出していて、『ご忠告に感謝いたします。……ヴィクトリア様を返して下さい』と言った声には、殺気まで含まれていた気がする。リアルな夢。そうして気が付くと朝になっていて、私は自分のベッドで横になっていた。私は昨日、一体どうやって公爵邸に戻ってきたのだろうか？　全く思い出せない。しかも何故だか、お腹の奥がムズムズする。どうして？

「お嬢様、お目覚めになりましたか？」

「……フィル……？」

どうやら私は最後まで授業を受けることができないまま早退してしまったようだ。私、大丈夫？　リリーナ魔法学園にも留年ってあるのかな？　悪役令嬢が留年とか格好悪過ぎるし、何とか無事に進級したいのだけども。いや、私は無害な悪役令嬢だけどね。

「お嬢様、湯殿の準備が整っております。朝食前に入られますか？」

「……朝食……ああ、もう朝なのですね。……先に湯殿へ入ります」

「承知いたしました」

──あれ？　昨日あのまま寝ちゃったってことは、フィルとナハト、夕食と朝食を食べてないってことだよね？　いつもなら、お腹が空いたって言って、お構いなしに朝から「いただきまーす」状態なのに、今朝は何も言ってこない。……というか、ナハトは？

「フィル。ナハトは何処？」

「ナハトならば他の使用人たちと共に邸の仕事をしております」

──え？　何で!?

「ナハトに何かご用ですか？」

「え!?　い、いいえ、何でもありません。ホホホ……」

「では、湯殿の方ではメイドが控えておりますので」

「メイドが⁉」

フィルとナハトではなく⁉

「何か問題でも？」

「い、いえ！　何も問題ございません！　はい！　私、湯殿へ行って参ります！」

「はい。……ああ、そうだ。お嬢様」

「ななな何ですか？」

「昨日、ロマーニ先生から魔物研究会への入会書類をお預かりいたしました」

「ああ、入会書類……分かりました」

「後程お渡しいたしますね。それでは、湯殿へ行ってらっしゃいませ」

にこにこと穏やかな美少年姿のフィルに見送られ、私は湯殿へと向かった。

これは一体どうしたことか。フィルがまるっきり普通の従者になっている。しかも二人が湯殿に乗り込んでこないだなんて。いつもメイドたちを幻惑の魔法で追い出して、私にあんなことやそんなこと（食事だけど）をしていたのに、今日の二人は一体どうしたの？

でも、考えようによっては良いことだよね？　フィルとナハトは身体が青年に進化するほどの精気を摂っていたのだし、すぐに空腹でどうにかなるなんてこともないよね？

湯殿で身体を綺麗にしてから朝食を摂り、私は学園へと向かった。どうにも調子が狂ってしまう。

今日、表立って連れてきている従者はフィルだ。フィルは私を教室までエスコートすると、着いて早々に私から離れ、従者たちの待機部屋へと行ってしまった。何故だが気持ちが落ち着かない。ついつい視線で追ってしまっていたが、すぐ近くに誰かが座った為、そちらに意識を奪われた。

「おはようございます、ヴィクトリア嬢」

「っ！　……ごきげんよう、ジルベール……様」

まままま待って！　心の準備が!!　昨日、月の雫であんなことやそんなことになってしまったのに、何で隣に座るかな!?　メンタル強過ぎでしょ！　気まずいから。気まず過ぎてどうしたら良いのかサッパリ分からんっ!!　私は咄嗟にジルベール様から視線を逸らし、静かに人知れずパニックに陥っていると、ほんのりと目元を朱に染めたジルベール様が小声でそっと囁いた。

「……昨日はすまない。その、体調は大丈夫だろうか？」

——すまないと思うなら話し掛けないで下さいっ！　でも、月の雫を外すことができたのはジルベール様のおかげなので、一応お礼は必要……？　私は自分の顔が真っ赤になっていくのを感じながら、少しだけジルベール様との距離を縮め、震える声でお礼を口にした。

「大丈夫、です。あの……昨日は、アレを外す為にご助力いただき、ありがとう存じます」

外せたあとのことは、なかったことにしよう。恐いので。

「それと、勝手なお願いですが、どうか昨日のことはお忘れ下さい。……お願いします」

私は一応エリック様の婚約者候補で、アルディエンヌ公爵家の令嬢なので、ジルベール様が昨日のことを誰かに話すとは思えないけれど、一応の釘は刺しておかなければ。そう思ってジルベール様にお願いすると、思いがけない返事が返ってきた。

「忘れられるわけがない」

「……え？」

ジルベール様は真っ直ぐに私を見て、小さな声だけれど、力強く、ハッキリとそう言った。ジルベール様の切れ長な深緑の瞳が、酷く熱っぽく私を見つめている。

「昨日の貴女を忘れることはできない。……それに、僕は貴女の忘れ物を預かっている。近い内に、また二人きりで逢いたい」

……忘れ物？　というか、二人きりでって……

「あの……その忘れ物、今渡してもらうことはできないのですか？」

「できない。……誰かに見られて、妙な噂が広まれば、困るのは貴女だ」

「……っ」

私、一体何を忘れたの？そう考えた矢先、一つだけ思い当たるものが脳裏を過ぎり、一気に血の気が引いていく。そういえば、月の雫は？　外れたあと、一体どこにいった？　その事実に愕然とする。

「あ、えっと……私……」

緊張のせいなのか、酷く喉がカラカラで、ジルベール様に答えようと必死に声を絞り出そうとしていると、本鈴が鳴り響いた。教室に教師が入室し、授業が始まってしまって、結局私はジルベール様に何も答えることができなかった。

「お腹が空きましたね……」

小さな声で、思わずそう呟いていた。私はヴィクトリア様が授業を受けている間、従者たちの待機部屋で与えられた椅子に腰掛けながら、ぼんやりとテーブルに頬杖をついて窓の外を眺めていた。

待機部屋にいる従者たちの過ごし方は様々で、自分の主の為に資料などを準備している者、いつ主に呼ばれてもいいようにじっとしている者、親しい他の従者たちとお茶を飲んでいる者などがいる。

お茶を飲んでいる従者たちは、元々の身分がちゃんとあって、行儀見習いとして自分より身分の高い家に侍女として勤めている令嬢たちだ。彼女たちは社交界デビューか嫁入りの時に侍女を辞める者が殆どなので、従者としての意識が少し低い。

ただ、彼女たちの主は従者たちの話の場を情報収集の場だと思っているから、こうして待機時間にお茶を飲むことを咎められることはない。実際、きちんと情報収集に勤しんでいる者も数人いる。傍目には分かりにくいけど。そんな彼女たちは、何故だか最近よく私に声を掛けてくるようになった。

「アルディエンヌ公爵家の従者様、よろしければ私たちとお茶をしませんか？」

「是非ともお話ししてみたいです」

「私も」

……彼女たちの目的は、恐らくヴィクトリア様の情報だ。わざわざ付き合ってやる義理もない。

しかし、私があからさまに拒否してしまうことで、ヴィクトリア様に要らぬ火の粉が降りかかっては堪らない。私はにこりと社交辞令的な笑みを浮かべて、やんわりと彼女たちからの誘いを断る。

「申し訳ありません。大変魅力的なお誘いなのですが、私はまだ見習いの身でして。花のように可憐な貴女方とお茶を共にするなど、とてもとても」

　私がそう言うと、彼女たちは色めき立って頬を朱に染めた。

「お上手ね。私たちも今は侍女として働いているのですから、そのように遠慮なさらないで？」

「そうですわよ！　見習いとか気にせず、気軽にお茶を楽しみましょう？」

「このような機会でもなければ、お話しすることもないでしょうし」

　行儀見習い期間が終了すれば、自分たちは高嶺の花である貴族令嬢へと戻るのだから、と言いたいようだ。一部の侍女たちが睨んでる睨んでる。あっちの彼女たちはきちんと自分の主を定め、主に尽くすと決めている者たちだ。軽い気持ちでお茶を飲んでいる今だけ侍女（仮）な人たちとは意識が違い過ぎる。わざわざ学園まで連れてくる従者は、殆どの者が主の専属だと思っていたが。

（意外と専属じゃない使い捨ても多いんだな）

　思考を巡らせながら、彼女たちの機嫌を損なわずに済むような断り文句を探していると、彼女たちの内の一人が席を立ち、私の腕をきゅっと掴んだ。勝手に触れるな、この雌豚が。

「さっきの呟き、私、聞いてしまいました。お腹が空いているのでしょう？　お菓子も沢山ありますから、遠慮なさらないで」

「いえ、ですから私は――……」

「主であるヴィクトリア様はお食事を出してくださらないの？　酷い方ね。少し前に雰囲気や態度が変わったと聞いておりましたのに！」

「やっぱり、人間そうそう変われるものじゃないもの」

「見習いとして雇ってもらったばかりなら、まだ辞めやすいはずですし、早い内に新しい主を探して違う職場に転職した方が良い……え？」

カチャンと紅茶の入ったカップの音が室内に響く。

待機部屋にいる全ての従者たちが、私を見て一斉に青ざめて息を呑んだ。

「それはそれは。面白いことを仰いますね」

ヴィクトリア様を悪し様に言う奴らなんて、全てこの世から消し去りたい。青ざめた顔で私を見る、酷くまずそうな令嬢たち。お前たちが、私と同じ、醜い魔物であれば良かったのに。

「あ、の……私、何か失礼なことを……？」

魔物であったなら、何も気にせず殺処分できたのに。こいつら全員。だが、生憎と彼女たちは人間だ。ヴィクトリア様にご迷惑はかけられない。私は仕方なく、にこりと愛想笑いを浮かべた。

「いいえ、決してそのようなことは。ですが、私の主人であるヴィクトリア様はとてもお優しく聡明なお方なのです」

「え？」

「だからこそ、私はとても悲しい気持ちになりました。未だにヴィクトリア様が心ない噂などのせいで、そのように思われているだなんて。それから、貴女方のことも。……どうか貴女方の愛らしい唇が、真偽の分からぬ噂話などでこれ以上穢れてしまわぬように、ただただ祈るばかりです」

私はヴィクトリア様を謗った令嬢の唇にそっと人差し指を当ててから、そう言い残して、従者の待機部屋を出た。手袋越しであっても、あの令嬢の唇に触れてしまったところが気持ち悪い。

(胸くそ悪い。……それに、教室からヴィクトリア様の気配が消えている。ナハトが夢の空間で待機しているから大丈夫だとは思うが……)

近くにいれば、ヴィクトリア様の気配を察知することができた。なのに、今は何故だか察知できない。まるでヴィクトリア様の気配そのものが変質してしまっているかのような……？

だが、学園にはいるはずだ。それに、微かに流れ込んでくるヴィクトリア様の感情は、快楽を感じている……？　くそ、またあの王太子か？　それとも他の男？　私はヴィクトリア様を探すために、廊下を早足で進んでいく。何故だかナハトの気配さえも探れない。一体何が起こっているんだ？

＊＊＊

「きゃあ！　私の教科書が!!」

授業が始まってすぐに、ヒロインであるクラリスの声が教室内に響き渡っていた。ちなみに、授業中は各教室に防音の魔法が掛けられている為、教室内の声や音は外に漏れないようになっている。

「昨日帰るまでは、確かに綺麗だったのに！」

「クラリスさん、授業中に一体どうされたのですか？　教科書がどうかしましたか？」

「先生、見て下さい！　私の教科書がボロボロに破かれているんです……！」

――教科書がボロボロに？　突然聞こえてきたクラリスの声に、教室内にいる生徒たちは、私を含めてクラリスに視線を向けた。確か、ゲームの中でも同じようなことがあった。

　ただ、ゲームの中のクラリスはボロボロの教科書に気付いても、あえて先生や周囲に自分から言ったりしなかった。自分が取り乱したりすれば、教科書をボロボロにした犯人が喜ぶだけだと瞬時に理解したからだ。授業中に教科書を出さなかったクラリスは先生から軽く注意を受けたあと、たまたま隣の席に座っていたエリック様から教科書を見せてもらうことになり、二人の親密度を上げていくのだが……

　ゲームでは、クラリスのボロボロになった教科書を見てしまったエリック様が、側近たちを使って犯人捜しをする。けれど、犯人が分かってもその場では何もできなかった。犯人はエリック様の婚約者であるヴィクトリア・アルディエンヌだったからだ。だけど、今のヴィクトリア・アルディエンヌは私だ。私はクラリスの教科書をボロボロにしたりしていない。……一体誰が？

　さり気なく周囲に視線を向けると、一部の女子生徒たちがクスクスと笑っていた。彼女たちが犯人だろうか？　それとも、平民であるクラリスがあんな目に遭っていい気味だと思って笑っているのだろうか？　どちらとも判断がつかない。

「まぁ、これは酷いですね。一体どうして……」

「決まっています！　犯人はヴィクトリアです！　間違いありません！」

　ざわっと生徒たちがざわめいて、今度は私に向かって視線が向けられた。デジャブ⁉　何でまたそういうこと言うの⁉　確かにゲームではヴィクトリアだったけど、ここはゲームじゃないんだ

よ⁉

「……どうして私が？　言い掛かりは止めて下さい」

「どうしてですって⁉　簡単よ！　貴女は私に嫉妬しているのよ‼」

現時点ではクラリスに嫉妬するところなんて一つもないけど。これでも私、公爵令嬢だよ？　望めば大抵のものが手に入るし、見た目だって平凡だった前世と比べればめちゃくちゃ美少女になっているし。……胸だけは、クラリスのより少し小さいけども。

私がそんなくだらないことを考えていると、クラリスの席の近くに座っていたエリック様が静かに立ち上がった。私の隣の席に座っていたジルベール様も、エリック様と合わせたように立ち上がる。何で？

「クラリス嬢は、以前にもリアが自分にわざとぶつかってきたと言っていたね。……その教科書、リアがやったという証拠でもあるのかい？」

「証拠はないけど、犯人はあの人で間違いないんです！　昨日、帰る時までは無事だったのよ⁉」

「君はあくまでリアがやったと言い張るのだね。……君の話が本当なら、リアは昨日の放課後に、この教室へやってきて、君の教科書をボロボロにしたということになるけれど……」

そう言いながら、エリック様が一番後ろの窓際の席に座っている私を見つめた。

「リア。昨日の放課後、何処で何をしていたのか教えてほしい」

「エリック様……」

「リアの無実を証明したいんだ。教えて、リア」

私はキュッと唇を引き結んだ。だって、答えられるわけがない。私は保健室にいたのだから。昨日、午後の授業中に体調不良でジルベール様に保健室へ連れていってもらってから、そのまま……

「殿下、彼女は潔白です。彼女は昨日の午後に体調を崩したあと、帰る時までずっと僕と一緒にいたのですから」

「何？　……帰る時までずっと、だと？」

教室内の生徒たちが再びざわついた。けれど、ジルベール様は特に気にした様子もなく、エリック様と向かい合ったまま更に言葉を重ねた。

「ご心配なく、殿下。僕とヴィクトリア嬢は二人きりだったわけではありません。ルカ・ロマーニ先生も一緒でしたから」

――え？　ジルベール様の返答に、私は思わず目を見開いて固まってしまった。

「暫く彼女に付き添っていましたが、あまりにも具合が悪そうでしたので、見かねたロマーニ先生が寝ている彼女をアルディエンヌ公爵邸まで送ってくれたのです。それ故、彼女が……ヴィクトリア嬢が放課後に教室へ行き、クラリス嬢の教科書を破くなど、できるはずがないのです」

「う、嘘！　そんなの嘘よ!!　ジル様、どうしてそんな嘘をつくの!?」

「嘘ではない。疑うなら、ロマーニ先生に確認すればいい。……それと、クラリス嬢」

「な、何？」

「僕のことを勝手に愛称で呼ばないでくれ。それと、公爵令嬢であるヴィクトリア嬢を呼び捨てにするのもいただけない。学園内とはいえ、クラリス嬢はもう少し自身の態度を改めるべきだ」

「……そんな……ジル様が私にそんなことを言うなんて……」

「……君には学習能力がないのか？」

注意されたばかりなのに、彼女はまたしてもジルベール様を愛称で呼んだ。ジルベール様は眉を顰（ひそ）め、僅かに苛立ちを露わにする。エリック様はそんなジルベール様を見て、小さく息を吐いたあと、私の方へと視線を移した。

「リア。ジルの言ったことは事実かい？」

「………」

「リア？」

「……事実です、エリック様」

「そうか。……それなら、リアの潔白は証明されたも同然だな。それに、それほどまでに具合が悪かったのに、昨日は気付いてやれずにすまない」

「……っ？」

「また具合の悪くなることがあれば、次は僕が付き添おう。リアは僕の婚約者候補なのだからね」

「……お心遣い痛み入ります」

「さて、クラリス嬢。これで分かったかな？　今回もリアは君に何もしていない。君の勘違いだ」

「で、でも、エリック殿下！　絶対に犯人はあの人のはずなんです！　信じて下さい!!」

クラリスが縋るようにエリック様の腕を掴みながらそう言うと、エリック様は笑顔のままスゥッと冷たい瞳で見下ろした。

「……クラリス嬢。教科書をこんなにされて、さぞ辛かっただろう？　僕も非常に胸が痛むよ。王族である僕の通う学舎でこのような低俗な嫌がらせが起こるだなんて、王族が軽んじられているも同義だと思う。犯人は責任を持って僕が捜しだそう。教科書の方も新品を用意する。だから、これ以上僕の婚約者候補であるヴィクトリア嬢に対して、貶めるような発言をするのは止めてほしい。心優しいクラリス嬢ならば分かってくれるよね？」

少し甘ったるいような声を出してエリック様が問い掛けると、途端にクラリスは顔を真っ赤にさせてコクコクと頷いた。

「は、はい！　あの、えっと。分かりました、エリック殿下！」

「そう。それなら良かった」

エリック様は顔を赤らめながらモジモジするクラリスに変わらず冷たい視線を向けるも、クラリスはその視線の意味に気付かない。エリック様は然り気なくクラリスの手を振り払い、教師の方へ顔を向けて「お騒がせしてしまって申し訳ありません、先生。授業を再開して下さい」と言った。

そうして立っていた者たちも席につき、授業は再開された。先程のエリック様の言葉を聞いたせいか、一部の女子生徒たちは顔色が悪くなっていたが、同じくらい顔色を悪くしているのが他でもない私だった。

原因は勿論、ジルベール様だ。どうしてジルベール様はルカ先生がいたなんて嘘をついたの？　でも、私……夢の中でルカ先生の声を……あれは夢よね？　夢だよね？　ジルベール様に月の雫を外して貰ったあとの記憶が、あまり思い出せない。私は、いつ意識を失ったの？

私は不意に今朝のことを思い出した。フィルが、ロマーニ先生から魔物研究会への入会書類を預かったと言っていた。預かったのは、確か『昨日』だと言っていたはずだ。もしかすると、私が意識を失ったあと、保健室にルカ先生がきたのかもしれない。

（――変な夢を見たせいだろうか？）

何だか落ち着かない。そうだ。何にしても、まずはジルベール様にお礼を言わないと。私にかけられた濡れ衣を晴らしてくれたのだもの。チラリと隣の席に顔を向けると、教科書へ視線を落としていたジルベール様が、私の視線に気付いたのか、ゆっくりと顔を上げた。その瞬間、私の心臓がドキリと跳ねる。普段、無表情に近いジルベール様が僅かに口元を綻ばせたからだ。

――い、イケメンの笑顔って破壊力がすごい……！　心臓に悪いっ!!

最推しはフィルとナハトなのだが、さすがは乙女ゲームの攻略対象者なだけあってジルベール様もトップクラスの顔面偏差値を誇っている。いや、私の場合、無表情からのギャップに弱いだけかもしれない。

肩まであるサラサラとした若葉色の髪に、眼鏡から覗く切れ長な深緑の瞳。私に眼鏡属性はないのだけれど、やっぱり理知的であるし、イケメンは見ているだけで眼福である。ジルベール様の本性が恐いので自ら近付きたくはないが、見るだけならば害などないだろう。

勿論、この距離でずっと見つめていることは私の精神衛生上不可能なので、すぐに逸らしてしまったけれど。授業中では声を出せないので、私は授業が終わり次第お礼を伝えようと心に決めた。

色々と問題が起こったけれど、本日最初の授業が終わった。間にある休憩時間は短いので、私は直ぐ様ジルベール様に声を掛けようと隣へ振り向いた。

「あの、ジルベールさ……」

「リア」

けれど、私が言い終わる前に、教壇に近い方の席から愛称で呼ばれてしまった。私を愛称で呼ぶのは、今のところ王太子であるエリック様だけだ。

「エリック様？」

「ちょっといいかな？」

にこりと微笑んでくれたエリック様から有無を言わさぬ圧を感じる。一体どういうこと……？

教室から連れ出される私に、ジルベール様が何か言おうとしていたけれど、エリック様は笑顔のまま教室の扉をピシャリと閉めた。そうして連れていかれた場所は、教室の廊下を挟んだ向かいにあるいつかの資材室。エリック様は後ろ手にガチャリと鍵を閉め、私にこう言った。

「ごめんね。疑っているわけじゃないのだけど、昨日のことをリアに直接訊きたくて。本当に何もなかったのか、教えてほしいんだ。包み隠さず、隅々まで」

見間違いだろうか？　いつものように微笑んでいるけれど、エリック様の瞳に焦りの色が見えた気がした。そして、まるで見計らったかのように起こる身体の異変。

——ドクンッ。速まる鼓動。また呪いが発動してしまったのだ。徐々に苦しくなってくる身体に耐えきれず、私が足元をふらつかせると、エリック様が素早く支えてくれた。前と同じように。

「エリック様、申し訳ありません。ありが……」

「ごめんね、リア」

――どうして謝るの？　謝罪の理由を理解できずにいると、エリック様が私を抱きしめて、背中に腕を回した。恥ずかしくて顔に熱が集中する。どうして抱き締めたの？　きっと支えやすいようにだよね？　私ってば自意識過剰かも。他に意図なんてあるはずないのに。

そう思っていた私の耳に、ファスナーを下ろす音が聞こえてきた。え？　っと声を上げる間もなく、背中が空気に晒されて、ドレスが落ちそうになった。これは一体どういうこと？

「あ、あの……？」

どうしていいか分からず、エリック様の胸に顔を埋めていると、頭上から優しい声音が聞こえた。優しいのに、いつもと何かが違う。

「大丈夫だよ。すぐに楽にしてあげるから」

「……っ」

エリック様の囁くような声音が、ズクンとお腹の奥に響く。まさか、呪いの発動に気付いている？

「……これで確定したね。リアの呪いは、恐らく僕と二人きりになると発動するのだと思う」

「エリック様と二人きりになると……？」

「ああ。保健室の時も、この間も、どちらもリアと二人きりの時だった。場所は特に指定されていないのかもしれないね。随分とえげつない呪いだ。二人きりだと判定されれば、屋外であろうと何処だろうと、呪いによってリアが発情してしまうなんて。もしかしたら、対象は僕だけでなく、異性全員なのかな？　もしそうなら、僕はリアに呪いをかけた奴を一生許せそうにないよ」

「あっ……、んんっ」

会話しながら、エリック様の手がするりと私の身体を撫でていく。背中、腕、腰と撫でられて、呪いのせいもあって身体がビクビク震えてしまう。

「可愛い声だね、リア。……もしもこの呪いの対象が不特定多数の『異性』であるなら、昨日も発動してしまったんじゃないかな？　……リア、正直に話して？　ジルの前でも、呪いは発動した？」

「——っ！」

核心をついたエリック様の問い掛けに、私は声を詰まらせてしまった。すると、エリック様の空色の瞳から、光が消えてしまったように見えて、優しい声音なのに、ゾクリとした悪寒が走る。

「あ、の……エリックさ……」

「確かめさせて」

「ひゃあっ!?」

エリック様に身体をトンと押されて、トスンッと椅子の上に落ちると、ドレスが腰まで落ちてしまった。それだけではなく、腰に引っ掛かっていたドレスをエリック様が躊躇(ちゅうちょ)なく引き抜いてしまったせいで、肩紐のないフロントホックでレースのついた黒のブラジャーと、セットのショーツ。ガーターベルトに、黒のストッキングを身に纏った下着姿の私を、エリック様に見られてしまった。

「み、見ないで下さい……っ」

私が自身の身体を抱き締めて隠しながらそう言うと、エリック様はクスリと笑ってから、私の両腕をいとも簡単に身体から引き剥がしてしまう。

「隠しちゃ駄目だよ。昨日、ジルに何かされたりしていないか、確かめないといけないからね」

「じ、ジルベール様とは、何も……」

「ジルは側近の中でも特に優秀で、僕は彼を信頼している。何より、ジルとは幼い頃からの友人だ。そして、友人だからこそ分かる。リアを見つめる時のジルの目が、懸想（けそう）している者の目だと」

「は？　……懸想（けそう）？」

——誰が誰に？　エリック様は一体何を言っているの？

思わず私が「勘違いでは？」と口走ると、エリック様は「冗談でこんなことを言うと思う？」と少しだけ眉根を寄せてそう言った。会話している間にも、呪いの効果は徐々に高まっていて、さっきよりも身体が辛くなってきてしまった。

「……っ……は、ぁ……！」

「呪いの効果が強まってきたのかい？　可哀想に。リアの為にも、早く確かめてしまわないとね？まずはリアがちゃんと清いままなのかどうか、僕に見せてほしいな」

「え？」

まさか、エリック様がそんなことを言うだなんて。私の聞き違い？　というか、これじゃあまるでエリック様がジルベール様に嫉妬しているみたいじゃない。あの日、エリック様が仰っていた、もう一度チャンスが欲しいというお話。あれは、やっぱり言葉のままの意味なの？

「両足を広げて、閉じないように、しっかり自分で持つんだよ？　そう、上手だね」

「〜〜〜っ」

動揺しながらも、私の身体が勝手に動いてしまう。これも呪いのせいなの？　それとも、胸の奥に存在している何かのせい？　もう私は少しずつ気付き始めていた。私の中に、何かがいる。

「ひぁっ、え、えりっく、さま……っ！」

「見ているだけなのに、下着がもうヌルヌルだね？」

下着の上から、既に蜜を溢れさせてヌルヌルの秘裂を、エリック様が指でなぞっていく。それだけでゾクゾクとした快感が競り上がってきて、私の理性や思考をドロドロに溶かしてしまう。

「さぁ、肝心の中を見なくちゃね。紐、解(ほど)かせてもらうよ？」

「あっ……、だ、だめ…っ、見ちゃ……」

「駄目？　まさか、やっぱりジルに何かされたの？　だから、僕に見られたくないのかい？」

エリック様の澄んだ空色の瞳が、濁っているように見える。もしや、闇落ちしていませんか？

「ち、違いますっ！　わ、私はまだ……乙女のまま、です……」

「なら、見せてくれるよね？　よく見えるようにしないといけないよ？」

「……は、い……っ！」

一体どうして私は、自ら足を開き、指でアソコをくぱぁっと広げているのか。羞恥で頭が沸騰しそう。しかも、エリック様が中途半端に触ったから、身体の奥がどんどん熱く疼(うず)いてしまう。

「すごいよ、リア。僕に見られて興奮しているんだね？　ああ、奥までよく見える……綺麗なピンク色。……今からいっぱい中に触れて、確かめていくからね？　痛かったらごめんね」

「ひゃあんっ、あっあっ、あぁあああっ！」

エリック様のぬるりとした舌が、蜜穴の中に侵入していく。温かくて、中をヌルヌル擦って、気持ちが良い。けれど、一番欲しいところには届かなくて、もどかしい刺激に腰を捩ってしまう。

「気持ち良さそうだね。次は指を挿れるよ？」

「……痛っ」

快楽の中、僅かに感じた痛み。エリック様が指で奥の方に触れたからだ。分かっていたことだけれど、やっぱり私は処女のままだった。胸の内で安堵していると、エリック様が奥より手前の方、蜜壺の上側。花芽の裏側に位置する場所を指で優しくトントン責めてきた。

「あっ、あぁっ！　そこ、気持ちぃっ……んんぅ……」

「良かった。リアはちゃんと乙女のままだったね。身体のどこにも、ジルにつけられた印はない。まだ少し気になるけど、もうリアを楽にしてあげよう。……奥、痛かっただろう？　ちゃんと上手に見せてくれたご褒美に、リアの気持ち良いところをいっぱい弄ってあげるね？」

エリック様は安心したように、やっといつもの穏やかな笑みを浮かべてくれた。そうして、私がつい気持ち良いと口走ってしまった花芽の裏側部分を優しくトントンしながら、ぷっくりしてきた花芽を口に含んで、舌先で嬲り始めた。

「ひぃんっ、らめっ……、そんな……！」

トントントントン、じゅぷぷぷ、ぐちゅっ、ちゅぽ、くちゅくちゅ……ぢゅるぢゅる……

卑猥な水音が室内に響き、羞恥心がより一層煽られて、お腹の奥がキュンキュン疼き、恥ずかしい蜜が、喘ぎ声が溢れて止まらない。

「あっあっ、あぁんっ、えりっく、さま…っ！　もう私…っ！」

「そんなに甘い声を出して。ここは学園だよ？　……リア、気持ちいい？」

「気持ち、良いの……っ……、もぉイカせてぇ！」

「こんなにぐしょぐしょに濡らして。これも呪いのせい？　それとも、呪いなんてなくても、リアは敏感で感じやすくて淫乱なのかな？　確かめる為には、早く呪いを解かないとね。ほら、リアの下の口、僕の指を離すまいと必死に絡みついてくる。可愛いな。もっとじっくり可愛がって、いっぱいよしよししてあげないとね？」

資材室の中に響き渡る音が、あまりに大きくて。この卑猥な音が全部、自分の身体から出ているのだと思うと、気が気じゃなかった。やがて、目の前がチカチカと明滅し、限界へと昇り詰める。

「あぁああぁっ、えりっくさまぁ！　イクっ、イッちゃう、からぁ！」

「いいよ、リア。ほら、イッて？　僕が全部見ていてあげる。リアがはしたなく、こんな資材室でイッちゃうところ、全部見ているから。イケ」

「えりっくっ、えりっ……、んっうぅ〜〜〜っっ」

ビクンビクンと華奢な身体を震わせて、エリック様に言われるがまま、はしたなく私は絶頂を迎えてしまった。プシャッと恥ずかしい蜜を飛ばしてしまい、はぁはぁと荒い息遣いで、くたっとした身体を椅子に預けて快楽の余韻に浸っていると、エリック様は熱っぽい瞳のまま、未だ抜いてくれない指で、私の蜜穴を再び弄り始めた。私の身体がビクッと大きく跳ねる。

「やっ、ま、待って……！　今、イッたばかり、なのに……っ」

「僕の指が余程お気に召したらしいからね。もっと食べさせてあげようと思って。……ほら、美味しいって言ってごらん？　もっともっと食べたいって、その可愛い口で僕におねだりして？リア」

「そ、そんな……、も、やらぁ！　気持ち良過ぎて、おかしく……あぁんっ」

「駄目だよ、リア。ちゃんと言わないと、指を抜いてしまうよ？　……リア、言って？　何が欲しくて、何処が気持ちいいの？」

——ああ、駄目。エリック様に甘く低く囁かれると、身体が酷く反応してしまう。嬉しくて、恥ずかしくて、欲しくて堪らない。エリック様の蕩けるような甘い瞳も、甘い声音も、想いや行為も、全部全部嬉しくて堪らない。胸の奥から溢れ出す想い。これは悪役令嬢ヴィクトリアの——

「えりっくさまが……欲し、い……！　私のここ……いっぱいぐちゅぐちゅして」

「くっ！　……ああ、リア！　駄目だ、もう……！」

「ひゃっ⁉　え、えりっく……あああぁっ」

エリック様は直ぐ様自身のベルトを外し、熱くそそり勃つ肉棒を取り出すと、私を椅子の上で膝立ちにさせた。そうして、閉じさせた太股の間に自身の熱く猛る肉棒をジュプジュプと滑らせ始めたのだ。花芽や蜜口が沢山擦れて、気持ち良くて堪らずに、私は再び高みへと追い詰められていく。

「イク、イクイクッ！　また、イッちゃっ〜〜〜っっ……！」

「リア、リア。なんて滑らかで気持ちいい肌なんだ……！　僕も、もう……っ！　く、ぅ……!!」

　エリック様が、びゅるるるっと己の白く濁った欲望を吐き出した。けれど、エリック様の熱く猛(たけ)る肉棒は全く萎えることなくガチガチなままで、エリック様は額にじわりと汗を滲ませながら、再び呼吸を整えてパチュンパチュンと腰を打ち付けていく。快楽の終わりが見えなくて、私はエリック様にしがみついた。足が震えてしまって、この体勢を維持できない。

「もぉ、身体に力が入らな……っ、……止まってくださ……」

「大丈夫だよ、僕が支えているから。滑りが……っ、良過ぎて、うっかり中に入ってしまいそうだ。早く、婚約したい。リアの中を、僕でいっぱいにして、奥の奥まで何度も突いて、死ぬほど気持ち良くして、僕の子種を注いで孕ませたい……っ」

「なっ……何を……やぁあん」

「リア、すまない。今はこれだけで我慢して？　その代わり、いっぱいいっぱいイカせてあげるから。僕のが少し落ち着いたら、指で中の気持ち良いところ、またいっぱいトントンしてあげるね？」

「ら、め……えりっく、さま！　も、わたし……んぅっ!?　ん、ふ〜〜〜っっ」

　エリック様に食べられてしまう。そう思ってしまうほどに、エリック様は私に深く深く濃厚な口付けを繰り返し、何度も何度も私を絶頂へと導いた。エリック様自身も、幾度となく白濁とした欲望を吐き出して、二人共互いの蜜でドロドロになってしまっていた。

　熱く求め合ってしまった結果。それは当然と言えば当然で、私に対するエリック様の好感度は、さすがの私でも理解できた。もう間違えようがない。

（わ、私はヒロインじゃないのに一体どうしてこうなってしまったの？）

仮にエリック様と婚約して恋人になれたとしても、元々のシナリオではエリック様にフラれてしまうのに！　というか、待って！　私にはフィルとナハトがいるのだし、二人の食事事情も呪いも、何も解決してないのに、恋愛なんて無理よ！

「近いうちに、正式に婚約しよう。ね？　リア。……愛しているよ」

この先、どうすれば良いのか分からないまま、エリック様と正式に婚約？

エリック様には申し訳ないけど、例え将来、修道院に行くことになったとしても、今は何としても了承しないよう父に粘ってもらおうと頼む決意をしたのだった。

第三章

あの半端者に忠告されて、フィルと俺は暫く『食事』を控えようと決めた。ヴィクトリア様が困っていたのは分かっていたが、それがどれほどのことなのか、俺たちは理解できていなかった。王族や貴族たちに失礼のないよう振る舞うだけでは駄目らしく、人間たちの世界は色々と面倒で複雑なのだと、あの半端者が俺たちに言った。俺たちの主であるヴィクトリア様は、人間たちの世界では身分が高く、悪目立ちするような行為は特に控えた方が良いと。主を困らせたくなければ、もう少し上手くやれと、そう言われて。——俺とフィルは反論できなかった。

初めて与えてもらえた、裏表のない優しくてあたたかな温もりに、甘く蕩けるようなご飯。俺とフィルは、ヴィクトリア様にも何かを返したくて、インキュバスである俺たちにできることは、気持ち良くしてあげることしかなくて。いつも最後には悦んでくれていたから、それが正解だと思っていた。

でも違った。ヴィクトリア様は本気で悩んで困っていたようだし、それを理解した今、改めなければいけないと思った。朝、昼、晩と、ヴィクトリア様を食べられないのは残念だが、俺たちが我慢しなければヴィクトリア様はマトモに学園という所へ通えないらしい。だから、我慢しなければならない。そうでないといけない。……そうして脳裏に蘇る、あの男の言葉。

『あまりおいたが過ぎると、彼女に捨てられてしまうよ？』

(――くそっ！イライラする。あの中途半端野郎。ヴィクトリア様は、俺たちを捨てたりしない。だって約束してくれた。ずっと一緒にいるって。なのに、なのに、あの男。俺たちの大事な『約束』を知りもしないくせに、まるで反故にされるかもしれないというような、いい加減なことを口にして。許せない。殺してやりたい……！)

だが、俺たちの意志だけで勝手なことはできない。それに、もしかしたら本当に嫌われてしまうかもしれない、捨てられてしまうかもしれないと、不安に思う自分もいて。

俺たちにはヴィクトリア様が絶対で、ヴィクトリア様がいない世界なんて考えられなくて。必死で。我慢する道を選んだのに。

『まずはリアがちゃんと清いままなのかどうか、僕に見せてほしいな』

頭の中で、あの王太子の声が聞こえた。あの身の程知らずの王太子は、またしても俺とフィルのヴィクトリア様に手を出そうとしている。

(――殺してやりたい)

すぐにでもアイツを止めようと思った。あの王太子を、本当は去勢してやりたいが、王族に何かすればヴィクトリア様に迷惑がかかる。ならば、仕方なく穏便に止めに入り、王太子が拒否したなら、幻惑の魔法で傷付けないように対処しようと思った。なのに。

『邪魔をしないで頂戴。たかが従魔の分際で』

俺は耳を疑った。夢空間で聞こえてきたのは、確かにヴィクトリア様の声だったからだ。でも、それはおかしい。ヴィクトリア様は、王太子に迫られて思考が乱れ、いっぱいいっぱいになっている。何かを冷静に考えられるわけがない。その声は、普段のヴィクトリア様とは似ても似つかないほどに、酷く冷たく高慢で。本体とは独立した全く別の思考を持つ存在だった。そんな存在がヴィクトリア様の声で、俺の頭に直接その意思を伝えてくる。

『……ヴィクトリア様の声……?』

『私の名を口にするだなんて、なんて身の程知らずなの？　分を弁(わきま)えなさい』

――違う。この女は違う。俺とフィルの主である、ヴィクトリア様ではない。そう思うのに、隷属の印がチリチリと熱を発していて、痛みと共に押し寄せてくる息苦しさが、俺の身体を襲った。

『な、んで……っ』

『何でですって？　私が本物のヴィクトリアなのだから隷属印が反応するのは当然でしょう？』

『……お前が、本物……？』

『そうよ。ある日突然、私は私の前世を思い出した。けれど、あんな平民であった前世なんて私には受け入れられなかった。認められなかった。けれど、魂も器も一つしかない。否が応にもそれらは時間をかけて馴染み、勝手に融け合っていく。だから、私は融け合う前に自らの思考を本体から切り離して、身体の奥深くへと隠したのよ。元々の私の自我よりも、前世と今世の記憶を合わせ持つあの女の自我の方が勝ってしまったが故に、私にはこれしか方法がなかったの』

『そんな』

　ということは、この女も紛れもなくヴィクトリア様自身なのか？　まるで、汚いものでも見るかのように、こんなに冷たい声で話し掛けてくるのが、俺とフィルのヴィクトリア様？

　俺が混乱していると、自身を本物だと語るその声は、嘲るように笑って声のトーンを上げた。

『従魔よ、主である私の命令に従いなさい。私はエリック殿下をずっとお慕いしていたの。だから、私と彼の情事を邪魔することは許さないわ。全て終わるまで、お前はずっとここにいるのよ』

（……何を言っているんだ？）

　あの王太子に迫られ、求められているのはお前じゃない。それなのに、身体が同じならば、それで満足だとでも言うつもりか？　俺が隷属印を手でぎゅっと押さえながらその場に膝をつき、額に脂汗を浮かべていると、彼女は言った。

『……今に、表に出ているあの女の人格は私が消滅させてやるわ。あの女を消すことなんて簡単よ。あの女が可愛がっているペットを奪って、絶望の淵に堕としてやればいい。ペット二匹に、一度に裏切られれば、きっと簡単に絶望してくれるわ。そうね、貴方たちの新しい主人に、あの女なんてどうかしら？　見るからに頭が悪く品のなさそうなあの女。エリック様と深い仲になればなるほど、私の力は強くなる。ねぇ、従魔。私に協力して頂戴』

——ああ、隷属印が酷く痛む。力が上手く引き出せない。俺たちの主を、ヴィクトリア様を裏切るだなんて、絶対にしたくない。なのに……っ

『隷属印がある限り、お前は私に逆らえない。……従いなさい。ナハト』

（——ヴィクトリア様…っ…！）

隷属印から身体中を駆け巡る激しい痛みに耐えきれず、俺は意識を手放した。

＊＊＊

エリック様から、ある意味で取り調べのようなものを受けたあと、迎えに現れたフィルと共に資材室を出た私は、その身をシャワールームで清め、替えのドレスにて身仕度を整えて何とか午後の授業を乗り切った。ちなみにエリック様の方は、私のように従者が迎えにきたわけでもないのに、何故か身だしなみは完璧に直っており、何事もなかったかのように午後の授業を受けていた。解せぬ。しかも上機嫌。そうして公爵邸に帰った私は、湯殿と夕食を済ませたあと、フィルからナハトの様子がおかしいと聞かされたのだった。

「ナハトが夢空間から出て来ない？」

「はい。それに、どれだけ念話を送っても応答がないのです」

「……一体どうしたのかしら？」

私は暫し逡巡し、「一緒に夢空間へ行きましょう」とフィルに告げた。

「何か、嫌な予感がするの」

「承知いたしました。ですが、嫌な予感がするのでしたら、行くのは私だけでも……」

「駄目です。それに、もしもナハトが空腹で動けないとかだったら、どうしたって私が必要でしょう？　その、私は、貴方たちのご飯なんだから……」

少し言い淀みつつ、そう伝えると、フィルは一瞬だけキョトンとした顔をしたあと、嬉しそうに破顔した。幼さの残る少年姿のせいで、フィルの笑顔はあまりに眩しく可愛らしくて。こんな時なのに、私はドキッと自らの鼓動が速まるのを感じてしまった。

「本当に、ヴィクトリア様は私やナハトの最高の主でございます。……私はもう、他の食事は食べられません。ヴィクトリア様でなければ、食べる気さえ起こらない。ただの一口さえも」

「……っ」

それはそれで困ると言うか、いや、推しにここまで言われて嬉しいのは確かなんだけど。どのご飯が精気なのだと思うと酷く複雑な気持ちになる。

「ナハトの無事が確認できましたら、私もいただいて宜しいでしょうか？　貴女様を。」

「……分かり、ました。明日に影響が出ないように。それだけ、注意して下さい」

「かしこまりました」

そうして、私は寝室にある天蓋付きの大きなベッドに横になって、目を瞑った。

（大丈夫。フィルが私を連れていってくれる……）

特に眠気を感じたりはしていなかったけれど、私の意識はすぐに遠ざかり、次に目を覚ました場所は既に夢空間の中だった。


フワフワと、身体が軽い。夢空間だから、私の身体は実体ではなく精神体だ。けれど、きちんと五感は働いていて、夢空間だからといって安易に怪我などはしない方が良いらしい。精神体が何らかのダメージを受ければ、それは現実世界の実体にも影響を与えてしまうからだそうだ。

『ヴィクトリア様』

『フィル。良かった、無事に夢空間に入れたのね』

『はい』

『ナハトは？』

夢空間の中は、薄暗い霧に覆われていた。前にきた時は、こんな霧はなかったのに。やはり何か異変が起きているのだろうか？　周囲を見渡してナハトの姿を探すと、隣にいたフィルが『いました！』と声を上げた。

フィルが向かう方向へ私も走って向かうと、顔色悪く倒れているナハトを見つけた。ナハトが身に纏っている従者服の上着が乱れていることに気付き、フィルが急いで上着や中のシャツを脱がすと、露わになった右胸の辺りが隷属印を中心に酷く爛れていた。

『……これは……？』

『酷い！　どうして、こんな……』

私とフィルは困惑した。隷属印を中心として爛れているということは、ナハトが主の命令に対して逆らったことを意味するからだ。けれど、ナハトが主である私の命令に背くなど考えられない。何より、私はナハトに何かを命令した覚えがない。それが分かっているからこそ、私とフィルには何故ナハトがこんな状態になってしまっているのか理解できなかった。

『うっ……』

『！』

『ナハト！』

私たちの声で気が付いたのか、ナハトは僅かに身動ぎしてから目を覚ました。額に滲む汗と苦痛に歪んだ表情を見て、私の胸がズキッと痛む。フィルと同様に、その場に身を屈めてナハトへ近付くと、ナハトがぼんやりとした瞳で私を見上げた。

『お前は……っ！』

『え？』

ナハトは私を見て、睨みつけるような顔をして歯を食い縛り、眉間に皺を寄せた。明らかに様子がおかしい。私たちが戸惑っていると、右胸が痛むのか、ナハトが痛みに顔をしかめて呻いた。

『くっ……！』

『ナハト！』

『フィル、ナハトの傷を何とかできない？前に私を回復させてくれた時みたいに』

『……できなくはないです。けれど、沢山の精気が必要となりますよ？』

——沢山の精気。フィルからの答えを聞いて、私は覚悟を決めた。ナハトの怪我が治るなら、一時の羞恥なんてどうってことない。私はフィルとナハトの主なのだから、二人を救うのは主である私の役目。ナハトの為なら、ナハトとフィル、二人の為なら、私は何だってできる。

『構わないわ。……ナハト。今、治してあげるからね』

＊＊＊

『お前は……っ！』

一瞬、あの女がきたのかと思った。今度は声だけじゃなく、精神体として姿までヴィクトリア様そのものの姿で現れたのかと。でも、すぐにあの女とは違うと感じた。俺を心配する藤色の瞳。この方は、俺とフィルのヴィクトリア様だ。本物のヴィクトリア様だ。そのヴィクトリア様が、フィルと話をしたあと、自ら俺に口付けてきた。柔らかな唇の感触に、胸の奥が甘く痺れるような感覚に襲われる。

未だに拡がり続けていた右胸の傷。その拡がりが止まって、酷い痛みが僅かに緩和していく。俺が口を開けると、ヴィクトリア様はほんの少し躊躇いつつも、その小さな舌を俺の口腔内へと侵入させた。慣れぬ舌使いで、俺の両頬に手を添えながら、必死に口付けをするヴィクトリア様が可愛くて可愛くて堪らない。

（――ああ、ヴィクトリア様！　ヴィクトリア様が俺の怪我を治す為に、自分から……っ）

『ん、ん……は……ぁ……』

顔を朱に染めて、俺の舌と自らの舌を絡ませて、時折コクリと喉を嚥下させている。

（どうなってしまうか、分かっているはずなのに）

やがて、俺の唾液を飲み込んだヴィクトリア様は、とろんとした瞳に涙を滲ませて、先程よりも頬を上気させていく。催淫効果が現れ出したのだろう。そうして、頑張って口付けをしたあと、ヴィクトリア様は少しだけ悩んでから、俺の下半身へと視線を向けた。

『……次はこっち……だよね』

『ヴィクトリア様。私がお手伝いいたしましょうか』

『フィル……』

『私も空腹ですので、己を抑える為に手は出しません。助言だけ、させていただきます』

『ありがとう。……次は、どうすればいい？』

『そうですね。まずは、夜着や下着は身に付けたままナハトに跨り、下着越しにナハトのモノと擦り合わせてはいかがでしょうか』

『こ、擦り合わせるって……っ！　う、ううん、ナハトを助ける為だもの。羞恥なんて捨てるわ。それに、直ではないのだし……』

『ええ、まだ直ではありませんので』

にっこりしているフィル。やたらと嬉しそうだ。ヴィクトリア様は気付いていないようだけど、『自ら恥ずかしいことをするヴィクトリア様を見てみたい』との欲望が透けて見える。フィルの奴、俺がこんな状態だっていうのに。

『……胸の傷に響かないように、ゆっくりするね？　……っ、ん……！』

既に湿っている下着越しに、ヴィクトリア様の秘処が俺の肉棒を優しく撫でていく。それだけで、もう俺の肉棒はガチガチになってしまった。

『フィ、ル……』

俺が苦悶の声でフィルの名を呼ぶと、フィルにはすぐに俺が何を伝えたいのか理解できたのだろう。すぐに『ヴィクトリア様、少し失礼いたします』と言って、フィルは俺のトラウザーズを脱がし、下着を少し下げて俺の硬くそそり勃つ肉棒を露わにした。

『フィル!?　どうして……』

『先程の服を着た状態では、ナハトのソレが痛くなってしまいますので』

『そ、そうなのね。傷を癒しているはずなのに、違う所を痛めては本末転倒だものね』

『左様でございます。では、ヴィクトリア様。……引き続き、ナハトを癒してやって下さい』

『分かったわ。……もう一度、さっきの……っ……ふ、ぁ』

『ああ、ヴィクトリア様。声を我慢しないで下さい。艶の混じった声も回復に役立ちます』

『………わ、分かったわ』

ヴィクトリア様は羞恥を捨てると言った。だが、ヴィクトリア様の顔は熟れた林檎のように真っ赤で、明らかに羞恥に染まっている。ゾクゾクする。ヴィクトリア様の、その表情、仕草。恥ずかしくて堪らないのに、腰を動かして擦り付けると快感が走るようで、眉根を寄せつつ快楽に身を震わせている姿が堪らなくクる。

『ひっ、あっあっ！　……ど、どうして？　……下着越し、なのに……っ！』

聞こえてくるのは、クチュクチュと卑猥な水音。下着を着けているにも拘わらず、ヴィクトリア様のソコはもうびしょ濡れで。俺の肉棒をヌルヌルと擦る度に音が出てしまい、ヴィクトリア様は更に羞恥心を煽られて、溢れる蜜も快楽も増していく。本当に、なんて可愛い主なのだろうか。

『ヴィクトリア様、すごい音ですね。ほら、全部ヴィクトリア様の蜜の音ですよ』

『ち、違うわ！　フィル、今はナハトを……』

『羞恥は捨てたのでしょう？　それに、私はヴィクトリア様を辱しめようとしているのではありません。ナハトを癒す為に、こんなにも精気を与えて下さっていると感謝しているのです』

『感謝？　……でも、まだナハトは治っていないのだから、感謝なんて』

『ヴィクトリア様、どうか私のことは気にせずに続けて下さい。もっともっと、その恥ずかしい音を響かせれば、ナハトの回復は早まりますよ？』

『……は、恥ずかしい音って、言うのは……』

『さぁ、ヴィクトリア様』

『う、ん……ひぁっ！　……あぁんっ！』

腑に落ちないといった顔をしながらも、ヴィクトリア様は再び腰を動かして、俺の肉棒に自身の秘処を擦り合わせ始めた。ヌルヌルクチュクチュと卑猥な水音を響かせて、その度にヴィクトリア様は羞恥を感じつつ、快楽に溺れていく。

『ナハ、ト……っ！』

ヴィクトリア様が、俺の名を呼びながら腰の動きを速めていく。その様があまりに淫らで扇情的で。俺の肉棒が更に熱く、痛いくらいに硬度を増していく。

『もうイキたくなってしまったのですか？』

『だ、だってっ…』

『だから、そんなに早く腰を動かしているのですね。最初は上下に動いていただけだったのに、今はグリグリと押し潰すように腰を振って。……どこか、いっぱい当てたい所があるのですね』

『〜〜っ！』

押し潰すようにヴィクトリア様が当てているのは、ぷっくり膨らんだ可愛らしい花芽だ。俺に跨がって、自分から俺の硬い肉棒にその花芽をグリグリと擦り付けてくる。ヴィクトリア様が気持ちよくなっているから、極上の精気が流れ込んでくる。俺の傷を癒し、俺の空腹を満たしていく。

『だって、だって……私、もう……っ』

『いいのですよ、ヴィクトリア様。達した時の精気は傷を治すのに効果的なんです』

『ひぅっ』

もっともっとヴィクトリア様が欲しい。フィルがヴィクトリア様の耳元で、甘くすぐるように囁くと、ヴィクトリア様は小さくふるふると身体を震わせた。

『だから、沢山沢山イッて下さい。自分から、私とナハトの前で、ナハトの身体を使って』

『フィル……っ』

『ほら、ちゃんと傷が治ってきていますよ。だから、恥ずかしがる必要はありません』

『！　……ほんと、だ。……治って、きてる……！』

『ええ。本当にこれは治療に必要な行為なのです。ですから、下着越しにトロトロに蕩ける秘処を自分から肉棒に擦り付けて、はしたなくイッてしまうところを見せて下さい』

『〜〜〜〜っ！』

フィルの言葉責めに加え、確かに傷が回復しているという事実から拍車が掛かり、ヴィクトリア様は恥ずかしいのに腰を振るうのを止められず、下着を着けたまま、ビクビクッと身体を仰け反らせて、絶頂を迎えてしまった。

『はぁ……はぁ……』

『気持ち良かったですか？　ヴィクトリア様』

『気持ち、良かっ……んんっ』

フィルが愛おしそうに、ちゅっとヴィクトリア様にキスをした。少しだけ深く口付けたあと、唇を離してからぺろりと舌舐りをする。

『甘い。……手は出さないつもりだったのに、申しわけありません』

『……急に何で……っ？』

『ヴィクトリア様に、もっと乱れていただきたくて。とても物欲しそうなお顔をされていらっしゃいますね。……挿れてみましょうか？　ナハトも悦びます』

『……そ、れはっ！』

『大丈夫です。ここは現実世界ではありませんので、挿れても痛くありません。ただただ、気持ち良い快楽だけを感じることができますから。どうか、怖がらないで』

フィルのキスで、ヴィクトリア様は更に唾液を口にして催淫効果を高めてしまったようだ。達したばかりだったせいで、子宮の奥が疼いている。

（ヴィクトリア様が、自分から俺を欲している？）

期待に高鳴る鼓動。そうして、俺は至福に包まれる。温かくて、心地良い、彼女の中で。

＊＊＊

『……っ！』

現実世界では未だ処女なのだから、挿れてみましょうかと言われて、はいそうします、とは言えない。けれど、興味がなかったわけではない。私の心臓がドキドキと鼓動を速める。幾度となく心の奥底で願ってしまっていたこと。

（――挿れてみたい、なんて……）

なんてはしたない願いなのだろうか。ナハトの治療中なのに、私ばっかり、気持ち良くなっている気がする。質の良い精気を与えるには、私が気持ち良くならなくてはいけないのだけど。ナハトは傷のせいで喋れないみたいだし、ナハトが今の状況をどう思っているのか、全く分からない。もしもこのまま勝手に挿れてしまったら、私は一体どうなってしまうの？　ナハトはそんな私のことを、どう思うのだろう？　不安に思い、躊躇っていると、フィルが更に追い打ちをかけてきた。

『もしや、不安なのですか？　でしたら、下着をお召しになったまま挿れてみてはどうでしょう？』

『……下着をつけたまま？』

『はい。下着も夜着も脱がずに挿れれば、全ては隠されたままです。ナハトからも見えませんから、ヴィクトリア様の不安も和らぐのではないでしょうか』

『確かに、脱がずに挿れるなら、見えないわよね……』

『ナハトの意識は朦朧としているようですし、治療の為ですから、私から不用意にナハトへ喋ることもありません。ご安心下さい』

『…………』

ナハトの意識は朦朧としている。これはあくまで治療行為であって、フィルからナハトへは何も喋らない。それならばと、私は腰を浮かし、薄紫色のレースのついたショーツを僅かに指でズラして、位置を定めた。これはあくまで治療行為。ぴとっと己の蜜口に、ナハトの硬くて熱くなったソレをあてがう。腰をゆっくり落として、既に充分過ぎるほどに潤ってトロトロの蜜壺の中へと、ナハトのソレを誘っていく。ぬぷぬぷとゆっくり先っちょを呑み込むと、それだけで私の身体はじわじわと快楽を感じて堪らなくなっていく。

『あっ、あっ……ん、ぅう！』

駄目、駄目。何これ何これ。気持ち良くて堪らない。まだ、先っちょだけなのに……っ

『ヴィクトリア様。そんなにナハトの肉棒は美味しいのですか？　ふふ、まるでいつもと逆ですね。ヴィクトリア様がナハトを、食べているみたいだ』

『ん、んん……だって……すごく、気持ち良くて……私……っ』

『ナハトが羨ましいです。……さぁ、もっと腰を落として、きちんと全部呑み込みましょうね？』

『ぜん、ぶ……？』

『そうです。これは治療ですからね。……きちんと全部呑み込まないと、ナハトは治りませんよ？』

『う、んっ、ぜんぶ飲み込んで、治さなくちゃ……』

『ええ。呑み込んだら、いっぱい気持ち良いところを擦りましょうね？　そうすれば、ナハトはすぐに良くなりますから』

『はぁ、い……！　ん、あぁっ』

じゅぶぶぶぶっと、腰を落として更にナハトの肉棒を呑み込んでいくと、もう頭の中が真っ白になってしまった。中を満たす圧迫感。

（――気持ちいい、気持ちいい！　気持ちいいっ！）

快楽に身を震わせながら、ナハトの肉棒を全部呑み込むと、お腹の奥がキュンキュン疼いて、きゅうううっとナハトの肉棒を目一杯締め付けてしまった。快楽が身体中、全身に拡がっていくような感覚に陥る。頭のてっぺんから足の指先まで甘く痺れて、私はビクンと身体を仰け反らせた。

『はっ……はぁ、……イキ、そ……！』

『なら、イってしまいましょう。好きに動いて、はしたなくイッてしまう様をよく見せて下さい』

『だ、め……見ないでぇ……！』

『私には確認する義務がありますから。ヴィクトリア様が達することで、きちんとナハトの傷が回復しているのか確かめないといけませんので』

『それなら……さっき……』

『外イキと中イキでの違いも見極めたいので』

『～～っ』

納得できないと思うのに、フィルの言っていることが正しいような気がしてしまって、私は仕方なく口を噤んだ。そのまま言われた通り、好きに動いてみる。すると、腰を押し付けるように揺らすのも気持ち良いし、ゆっくり出し入れするのも擦れて気持ちが良くて、いつの間にか私は夢中で腰を動かしていた。

『あっあっ、んっ、はぁん！』

ぐちゅぐちゅにゅぷにゅぷ……卑猥な音が聞こえるけれど、私は構わずに高みを目指していく。

『あん、も、イクっ！　……イっちゃ…っ』

『イって下さい。上手にイケたら、私からもご褒美を差し上げますね』

『ひゃあんっだめ……イっ……！　ふ、あぁあああ……！』

次の瞬間、私は達してしまった。ビクンビクンと身体を震わせながら、気持ち良過ぎる快楽の絶頂を味わって身体が弛緩し、くたっとしてナハトの上にゆっくりと倒れ込む。

『……っ、う……』

私が達したせいか、ナハトもビクリと身体を震わせた。眉間に皺が寄り、息遣いも荒く、顔色も僅かに赤い。とても苦しそうに見えて、私の理性が急激に戻ってくる。

『ナハト！　大丈夫？　傷が、痛いの……？』

『……ヴィクトリア、様……』

『私は、ちゃんとここにいるわ。だから……っ？』

ナハトの深紅の瞳が、私を捉える。ゆっくりとナハトの手が伸ばされて、私の頬を優しく撫でた。

『俺の為に、こんなにも乱れてくれるなんて嬉しい。……もっと動いて、淫らなヴィクトリア様』

『な、ナハト……？』

『ああ、すごいドロドロだ。吸い付いて、うねっていて、堪らない。下着もつけたままで、ぐちょぐちょに濡れてて、いつもより淫猥で興奮する。ヴィクトリア様の初めてが、気持ち良過ぎる…っ』

（――いつもより淫猥!?）

ナハトからの、その一言で、私は勢いよくフィルの方へ視線を向けた。けれど、確かにそこにいたはずのフィルの姿が何処にも見当たらない。私が周囲に視線を走らせてキョロキョロしていると、突然猛烈な快楽に襲われた。私もナハトも動いていないのに、身体がビクビク震えるほどの快楽を感じてしまっている。花芽を嬲られ、蜜穴の中を指で丹念に擦られている感覚。まさか……

『……フィ……ル？』

そう名前を口に出すと、ナハトが思いっきり下からズンッ!!　と腰を突き上げてきた。

『ひゃあんっ』

『……動かしていないのに、中がすごくうねって、締め付けてくる。気持ち良い、が……』

『やっ……！　止　まっ……止まって、ナハトぉ！』

『フィルが現実世界で手伝ってくれているようだ。どちらの世界でも気持ち良くなっちゃって、ますます乱れるヴィクトリア様が愛おし過ぎる。……フィルに負けていられない。ほら、もっと俺を感じてよ。ヴィクトリア様の中に入っているのは、俺の肉棒なんだから……っ！』

ズンズン!!　と一番奥をナハトの肉棒に何度も力強く突き上げられて、目の前がチカチカと明滅し、真っ白になってしまう。未だ花芽と中を指で弄られている感覚も継続しているのに、ガチガチに硬くなっている熱いソレに最奥まで幾度も穿たれてしまって、私はすぐにまた絶頂を迎えてしまった。

『だ、め……！　こんなの……イっちゃうからぁああああっっ』

『くっ！　……は……奥を突かれるのが好きなんだな？　もっと淫らに喘いで、俺のヴィクトリア様』

『やぁああん、また、私……っ！　……ひ、あぁああああっ』

『ああ、またイッた。でも、俺はそんなヴィクトリア様が大好きだ。もう、傷の痛みなんて気にならないくらい回復した』

『なら、止まっ……、らめぇ、もぉ止まってぇえええっ』

『こんな淫らなヴィクトリア様を目の前にして、止まれるわけない。やっぱり、まだ完全には治ってないから、治療の為に、もっと一緒に気持ち良くなろう？　……体勢だけ、変えるから』

ナハトは私に自分の肉棒を挿（い）れたまま、ゆっくりと立ち上がった。すると、さっきよりも深く深くナハトのそそり勃つ肉棒が私の中に沈んでいく。勢いよく突かれなくても、奥に肉棒が当たってしまうほどに深くて、私はナハトの首に腕を回して、ぎゅうっとしがみついた。

『や、だ……っ、……奥、当たって……』

『ヴィクトリア様。……気持ち良い？』

『気持ち、い……！　う、動かないで！　動いちゃ…っ！　これ、やぁああ！』

『なら、いっぱい動かなくちゃな。奥、まずは軽くトントンして、次に深くグリグリして……』

『ひあああああっ』

ナハトの首へ両腕を回して必死にしがみつくけれど、連続で何度も何度も絶頂を繰り返しているせいで、まともに力が入らない。絶え間なく嬌声を上げ、時折ナハトの背中へ爪を立てた。何とか止まってほしくて、イヤイヤとその身を震わせながら顔を左右に振る。

けれど、背中に感じる爪の痛みさえ、まるでご褒美だと言わんばかりに蕩けた顔をして、ナハトは私に快楽を与え続けていく。

『あっあっあーーーーーっっ』

『……くっ……何度も何度もすごく締まる。ずっとイキッぱなしだ。……俺も、出るっ……！』

ビュルルルッと温かなものが、私の中を満たしていく。だけど、まだ戻ってこられない。未だに花芽を嬲（なぶ）られ、中を弄（いじ）られている感覚はずっとずっと続いていて、ナハトの肉棒も全然ガチガチで硬いままだ。気持ち良過ぎて壊れちゃう。怖い。そう思うのに――

『ひゃっ⁉』

朦朧とする思考で、ぼんやりとそんなことを考えていたけれど、再び襲い来る圧迫感。ナハトは己の肉棒を挿入したまま、ゆっくりと私を柔らかな床に寝かせて、妖艶な笑みを浮かべた。ゾクリと肌が粟立つ。そして、ナハトはゆるゆると腰を動かしながら、私の花芽を優しく擦り始めた。

『~~~~っっ⁈』

『フィルがずっとここを可愛がっているなら、俺もここを可愛がりたい』

『やっ……⁉　あぁあああっ！』

感じ過ぎて、身体が何度もビクンビクンと大きく跳ね、下半身がずっと痙攣している。

『本当にここが好きだね、ヴィクトリア様』

『だ、め……！　は、初めて、なのに……っ、これ以上はこわい、から…』

『大丈夫。もっともっと、俺にヴィクトリア様の初めてを味わわせて』

そう言って、ナハトは優しくキスを繰り返し、ゆるゆると腰を動かしつつ、花芽を嬲った。もう二人の繋がっているところは、互いの溢れた蜜でドロドロに濡れていて。ナハトの肉棒がヌルヌル滑るたびに、淫靡な水音が響いて。私が完全に意識を失ってしまったあとも、ナハトとフィルの行為は延々と続いていたようだった。

「二日間食事抜きです」

勿論、私はキレていた。プッツンしていた。未だかつてないほどに、ご立腹であった。

フィルとナハトは、私の前で正座しているのだけど、反省が足りていないらしい。瞳を泳がせたフィルが口を開いた。

「ヴィクトリア様。確かに少々やり過ぎてしまいましたが、あれはナハトの治療に必要な行為で」

「少々？　どの辺が少々？　しかも、治ってからも続けましたよね？」

「…………」

次に、ナハトが悪びれもなく言った。

「ヴィクトリア様が、可愛いのがいけない」

「はっ!?」

ナハトの言葉に、一瞬だけ狼狽える。けれど、すぐにブンブンと頭を振った。

「騙されませんから!!　今回は本当に三途の川が見えたからね!?　二人とも、反省しなさいっ!!」

「「……申し訳ありませんでした……」」

そうして、長く続いた二人へのお説教のあと。私とフィルは、ナハトから『もう一人のヴィクトリア』の話を知らされたのだった。


——夢を見た。

『あぁああっ、えりっくさまぁ、イクっ！　イッちゃう、からぁ！』

『えりっくさまが……欲し、い……！　私のここ……いっぱいぐちゅぐちゅして』

リアの身体を隅々まで調べた時の、あの日の、生々しい夢だった。

以前は王城から学園まで馬車で通っていた。けれど、調べたいことができて、僕は数日前から学園の寮で生活している。とは言っても、身の回りの世話は他の貴族子息、子女たちと同じように、全て従者たちにしてもらっているわけだが。

——コンコン。

「エリック殿下、お目覚めでしょうか？」

音で気付いたのだろう。僕の従者が声をかけてきた。従者たちは全員男で、あえて侍女は連れてこなかった。リアへの気持ちを自覚した時から、他の女に触れられるのが前にも増して気持ち悪くなってしまったからだ。それに、王族である僕の侍女たちは見目もそれなりに整っている者が多い。ただでさえ、リアと正式に婚約できていない今、余計な誤解を招くような事態は極力避けたい。

「エリック殿下？」

従者がもう一度僕の名を呼んだ。僕は小さく溜め息をつき、従者の声に答える。

「ああ、起きているよ」

「おはようございます。入っても宜しいでしょうか？」

「軽くシャワーを浴びてから行く。朝食の用意ができたら呼んでくれ」

「畏まりました」

従者の足音が遠ざかっていく音を聞いてから、僕はゆっくりと起き上がって寝室についている小さなシャワールームへ向かった。

（とてもじゃないが、こんな姿は見せられないな）

あんな夢を見たせいか、いつも以上にガチガチになってしまっていた熱の塊を、シャワールームで早々に吐き出した。それなのに、またあの日のことを思い出して、再び熱を取り戻してしまう。

「馬鹿か、僕は」

冷水を浴びながら、なんとか邪な思考を振り払い、自身の熱を落ち着かせると、従者から朝食の用意ができたと声をかけられた。随分とシャワールームに籠ってしまっていたらしい事実に苦笑しながら、タオルで身体を拭いて身仕度を整え、寝室を出た。

「エリック殿下、お迎えに上がりました」

「ジルベールか。今行く」

朝食を取ったあと、僕の部屋に友人であり側近でもあるジルベールがやってきた。ティーカップを置いてから席を立ち、従者から鞄を受け取って、ジルベールと共に食堂を後にする。

「何か分かったか？」

歩きながら、ジルベールに問い掛けると、ジルベールは胸ポケットから小さな手帳を取り出した。

「特に何も。クラリス嬢とヴィクトリア嬢には、学園に入るまで、これといった接点はありませんでした。アルディエンヌ公爵が平民に対して何か非道な行いをしたという話もありませんでした……」

「あの方は良くも悪くも貴族らしい貴族だからね。身分を重んじているが故に、平民と直接的な関係を持とうとはしないが、重税を課したり悪戯に平民を追い詰めるようなことはしない方だ」

「ええ、その通りです」

「となると、ますます分からないな。クラリス嬢はどうしてリアを、アルディエンヌ公爵家を陥れるような言動を繰り返すんだ？　敵に回したら、平民である己がどうなってしまうのか、分からないはずはないのに」

「やはり、情報操作の為の撹乱要員なのでは？　僕は学園に入る前のヴィクトリア嬢を噂でしか知りませんでしたが、今の彼女は殿下の婚約者候補として恥じることのない、聡明で美しく立派な淑女です。ですから、そんな彼女を否定したい連中の仕業とも十分に考えられます」

「ああ。……くそっ！　権力だけを欲する鬱陶しい連中のせいで、リアの心が傷付いてしまったらと思うと……今すぐ一掃してしまいたい」

「見せしめにでもしますか？」

思わず鳥肌が立った。隣から聞こえてきた、あまりにも低く殺意を滲ませた声に。

——まさか、ジルベール？

「クラリス嬢が連中の撹乱要員であるならば、何処かに監視がいるはずです。下っ端の下っ端とはいえ、彼女が重罪となり背後にいる者を探ると王家やアルディエンヌ公爵家が公言すれば、少しは大人しくなるのではないかと」

「……成程。考えておこう」

「はい。ああ、そうだ。それと、別件のザシャルーク王国から来る留学生の話ですが……」

気のせいだったのだろうか。ジルベールから殺意を感じた気がしたのだが……

僕の予想通り、ジルベールがリアに懸想していたとしても、恐らく手は出していない。あれだけ念入りにリアを調べたのだから間違いない。大丈夫だ。

「……早く、リアと婚約したい」

僅かに感じる不安。リアを誰にも取られたくない。僕が思わず、口にしてしまった願望を耳にしたはずのジルベールは、全く表情を変えることなく、「留学生の第二王子が学園に通うのは来週からですので、その前に一度挨拶に伺いましょう」と、僕の言葉を聞き流した。

同意するでもなく、軽々しく口にしてはならないと窘めることもなく。ジルベールは側近だが、幼馴染で子供の頃からの友人だ。それ故か、今は真意を問い質せなかった。

(――誰にも譲るつもりはない。けれど、ジルベールを手放す気もない。難しいな……)

僕は僅かに眉を下げて、自嘲気味に口角を上げた。そして、今暫くは引き続き、クラリス嬢を見張る為に、僕がクラリス嬢の近くの席へ。ジルベールがリアの席の近くに座ることを決めた。

(決して見逃さないようにしなくては)

リアが再び謂れのない中傷を受けたりしないように、誰にも傷付けられないように。ずっとずっと、リアは僕のことを見てくれていた。見目や肩書きじゃなく、僕が今まで積み重ねてきた全てを。……誤解して、ずっと遠ざけてしまっていた分、これからは決して真実を見失わないように。

(――僕が必ず、リアを守ってみせるから)

＊＊＊

ナハトから話を聞いて驚いた。私の中に存在する、『もう一人のヴィクトリア』。前世の記憶を思い出した時に、それまでの人格とは完全に混ざりあってしまったのだと思っていたのに。

（だからエリック様と関わった時だけ、身体がいうことを聞かなかったのね……）

エリック様にだけは、彼が王族だから、という理由だけでは説明できないことが多々あった。胸が高鳴り、求められたら身体を許してしまう。それらは全て、前世を思い出す前の人格、悪役令嬢ヴィクトリアのものだったんだ。それならやっぱり、エリック様を想うたびに胸が苦しくなったりするのは、私の感情とは関係なかったってことだよね？　ホッと安堵して胸を撫で下ろしたが。

——チクリ。

何故だか少しだけ胸が痛んだ。自分の気持ちなのだと思っていたものが、自分のものではなかった。確かにヒロインのこともあるから、エリック様との婚約だって拒否していたけど。あの時の甘く痺れるような胸の高鳴りが、全部違っていたなんて。

（どうしてこんな気持ちになるんだろう？　私、いつの間にか絆されてしまっていたのかな？）

自分の気持ちに自信が持てない。自分の感情が自分のものではないかもしれないなんて。それに、不安なことはもう一つある。

「アイツはヴィクトリア様から身体を奪うつもりでいる。俺やフィルをヴィクトリア様から引き離して、絶望の淵へ堕とすと、そう言っていた」

「身体を、奪う？　フィルやナハトを、私から引き離すって……」

「クラリスとかいう、あのムカつく女を俺たちの新しい主人に据えてやるとほざいていた」

ゾクリと悪寒が走り、背筋が凍った。ヒロインが、フィルとナハトの新しい主人に？

そんなの、絶対に認められない。フィルとナハトは、フィルとナハトだけは……！

(だって、ヒロインには、クラリスにはエリック様がいるのに……っ！)

私はぎゅうっと二人に抱きついた。二人が私を抱き止めたあと、驚いた顔をして目を丸くする。

「どうしたのですか？」

「ヴィクトリア様？」

頭の上から降ってくる二人の声。私は更に力を込めながら、小さく囁いた。

「何処にも行かないで。……『約束』、でしょ？」

私がそう言った瞬間。二人の息を呑む音が聞こえた。二人はちゃんと覚えているかな？

「……忘れちゃった？」

あの日交わした、『約束』のことを思い出していると、フィルとナハトの腕が私を優しく包み込んだ。そして、二人の甘い声音が私の耳を擽った。

「ああ、ヴィクトリア様。貴女の口から、その言葉を聞けるだなんて」

「忘れるわけない。……ヴィクトリア様の口から、そんな風に言われたら我慢できなくなる」

二人は私が言いつけた二日間食事抜きを必死に守っているようで、何とか自身の高まりを抑えてくれた。前々から思っていたけれど、インキュバスは感情の起伏によっても精気を欲するのかもしれない。

（それって、ある意味で人間と近いような……）

二日間の食事抜きは少し可哀想かもしれないけれど、二人は大人になれるほどの精気を摂ったのだから、きっと大丈夫だろう。二人のことは勿論大好きだけど、それとこれとは別である。ナハトの治療の為とはいえ、あの時の二人は些か暴走し過ぎだった。今回は心を鬼にしなくては。

（それに……）

さっき、チクリと痛んだ胸を、そっと押さえる。大丈夫。あの時、エリック様に感じた想いは、全部もう一人のヴィクトリアの気持ちなのだから。それに、私には既にエリック様の婚約者候補たる資格はない。不可抗力とはいえ、結婚前なのに、こんなに淫らな身体になってしまったのだもの。

（――私は最初から、エリック様には相応しくなかったのよ）

心の中でそう言い聞かせる。すると、何故かさっきよりもずっと胸がズキリと痛んだ。

＊＊＊

「ルカ先生、今お時間大丈夫ですか？　魔物研究会の入会書を持ってきたのですけど……」

ナハトから『もう一人のヴィクトリア』の話を聞いてから数日後の放課後。私は出しそびれていた入会書類を提出しに、学園の端にある研究舎へ足を運んでいた。

魔物研究会の横開きの扉を開けて、中にいるであろう顧問の姿を探す。すると、そこに見慣れない男子生徒がいた。男子生徒は何かの資料を読んでいたようで、私の声にその整った顔を上げる。

「ロマーニ先生なら、まだきていないよ。君は……一年生かな？　入会してくれるなんて嬉しいよ！　魔物研究会はすごくためになる研究会なのに、あんまり入会希望者がいなくてさ」

「あ、ええと。……そう、なんですか」

見慣れない男子生徒？　違う。私は、彼を知っている。

「ああ、ごめんごめん。自己紹介がまだだったね。俺は二年のアベル・ブリュノーだよ！」

――アベル・ブリュノー。攻略対象者の一人で、現騎士団長の息子。学年が違うから、自分から会いに行くような馬鹿な真似さえしなければ、絶対に関わったりしないと思っていたのに。

（薄茶の瞳と、短い赤茶色の髪。おでこが見えていて、人懐っこく、背が高い……）

容姿の特徴を追うように見つめてしまったせいか、彼は気恥ずかしそうに視線を彷徨わせ、初対面の私に向かって突然、「やっぱり変かな？」と言い出した。

「俺みたいに体格が良くて、見るからに脳筋って奴が研究室にいるなんておかしいよな？　でも、魔物の知識って俺みたいな奴にほど必要っていうか、魔物の資料から、どうやって戦うと効率よく倒せるのか、とか。色々と戦い方を頭の中でシュミレートしたりするんだ。勿論先輩騎士からも戦い方の話は聞けるし、魔物図鑑だって読んでいるけど。だから、その、なんていうか……」

「よく分かりませんが、別に変ではないのでは？」

「え？」

何をうだうだ言っているのか、よく分からないけど、知識が多いに越したことはない。何故だかびっくりしたような顔の彼に、私は自分が思ったことをそのまま伝えた。

「確かに『実践に勝るものはない』とも言いますし、先輩方のお話は間違いなく役立つと思います。魔物図鑑だって、大抵の魔物は載っていますし。ですが、貴方はそれだけでは足りないと感じたのでしょう？　更なる知識を求めて研究会に入るのは、別におかしなことではないと思います。騎士様たちは民のために、その命を賭して討伐へと赴くのですから、自分や仲間の生き残る可能性が少しでも上がるように、危険な魔物を確実に仕留められるように、知識はどれだけあっても無駄にはなりません。……アベル様は、きっと立派な騎士になられると思いますよ」

魔物と戦った経験なんてないのに、こんな風に口を出すのは少し図々しかっただろうか？　そう思って、一言謝ろうかと悩んでいると、アベル様が目元を朱に染めて、瞳を輝かせていた。

「……君の名前は？」

既に彼の方から名乗ってくれているのだから、自分が名乗らないのはおかしいし、失礼になってしまう。私はきゅっと唇を噛み締めたあと、覚悟を決めて、名前を名乗った。

「私はアルディエンヌ公爵家の娘、ヴィクトリアと申します。以後お見知りおきを。」

「え？　……アルディエンヌ公爵家って……君があのヴィクトリア嬢？」

——あの、ヴィクトリア嬢？

驚いて目を丸くするアベルに、私も首を傾げる。あのヴィクトリアとは、一体何のことだろうか？　前世の記憶が蘇る前の、我儘で傲慢不遜（ごうまんふそん）なヴィクトリアの噂だろうか？　私が訝（いぶか）しげにアベルを見て一歩下がると、私に警戒されたと思ったアベルが慌てて口を開いた。

「あっ、その、違うんだ！　少し前からクラリスって子が休み時間とかに俺を追いかけてくるんだけど、彼女が君の名前をよく口にするから、つい……」

「クラリス様が？」

「よく分からないけど、君には近付かない方がいいとか、惑わされないで、とか？」

「……」

「ごめん。気を悪くしたよね？　でも俺、あの子の言っていることを信じているわけじゃないから。ただ、どうしてそんな風に言うのかな？　って、疑問に思っていただけで……」

「いえ。……ルカ先生はいないようなので、今日はもう帰りますね」

「え⁉」

「それではアベル様、ごきげんよう」

私が早口でそう言ってから、すぐに踵を返して扉の方へ向かうと、アベル様は慌てて私を追いかけて、手首を掴んだ。

「待ってくれ！」

「は、離して下さい！」

「本当にごめん！　俺、昔から考えなしなところがあって――」

「きゃあ⁉」

「っ⁉」

私がアベル様の手を振り払おうとした時、勢い余ってバランスを崩してしまった。そのまま後方へ倒れそうになる私を支えようと、アベル様が咄嗟に手を伸ばす。

そうして、私の腰を抱き寄せると、彼は驚いたように目を見開き、私を抱き寄せたまま床に倒れ込んでしまった。

ガターン！　と静かな室内に倒れた音が響き渡る。そして――

「……っ⁉」

「⁉」

倒れ込んだ拍子に二人の唇がぶつかり、キスをしてしまっていた。所謂ラッキースケベ的な事故チューを引き起こしてしまったのである。

(――なっ⁉　こんな漫画みたいなことを起こす当事者になってしまうなんて……！　というかこれ、ヒロインに起こるイベントだったはず……っ)

私はみるみる顔を真っ赤にしながら狼狽えた。恥ずかしくて堪らず、この場にフィルたちがいなくて良かったと思った。今現在、夢空間での待機は危険と判断し、従者用の待機部屋で待っていてもらっているのだ。

(と、とりあえず、早く離れなくちゃ！)

私が何とか手に力を入れて起き上がろうと試みる。けれど、急激に私の鼓動が早まってきたことに気が付いた。お腹の奥が熱く、軽い眩暈を感じる。この感じ――

「っ……あ……」

ドクンと早まる鼓動。呪いの発動で間違いない。どうして今ここで？　やはり、エリック様が仰っていたように、発動条件は異性と二人きりでいること？「ヴィクトリア嬢？　……大丈夫？」

「あっ……ご、ごめんなさい！　すぐに退く、から……っ」

いつもより、身体が辛くて苦しい。

（まさか、呪いの効果が以前より強くなっている？　それに、今まで呪いが発動した相手は……）

動揺しつつも、身体を起こそうと腕に力を込めるが、上手く力が入らない。倒れた拍子に、私はアベル様の上に乗ってしまっている状態だ。だから、早く退いてあげないといけないのに、身体が擦れるたびにゾクゾクしてビクビクと震えてしまう。

すると、何を思ったのか、明らかに様子のおかしい私に、アベル様が「失礼するよ」と言って、今度は事故ではなく、自らキスをしてきたのだ。

「んぅ⁉」

驚いて身体を強張らせると、逃げられないようになのか、アベル様のもう片方の手が私の後頭部へと置かれた。

「んっ……ふ……」

口腔内の弱いところを責められて、身体がふるりと震える。アベル様に力強く腰を抱かれたまま、身動きの取れない私の両足の間には、アベル様の長い右足が入り込んでいて。密着しているせいか、足は動いていないのに、じゅんと濡れてきてしまう。これも、呪いの効果が強まったせい？

（――だ、め。……早く、離れないと……！　でないと、私……）

アベル様は私の口腔内をひとしきり堪能したあと、やっと唇を離してくれた。つつっと銀の糸が光り、二人の荒い息遣いが響く中、私は必死にアベル様を睨む。

「な、何のつもりですか？」

「……っ！　ご、ごめん。でも……」

「腰に、回している腕を、はな…して…っ」

「でも、君……」

アベル様は上体を僅かに起こして、私の耳に小さく囁いた。それと同時に、私は更に真っ赤に赤面してしまう。だって、知られてしまったから。

『……濡れているよね？』

囁かれた言葉で、私は羞恥により涙を滲ませた。快楽に敏感になってしまっている私の身体は、ただキスをしてしまっただけなのに、まだ何処も弄られていないのに、濡れてしまっていた。その事実を、気付かれてしまった。しかも初対面の相手に。

今の私は、彼からすれば間違いなく痴女であり、変態だ。だって、気付かれたということは、既に下着までぐっしょり濡れてしまっているからで。私は苦しさから荒い呼吸を繰り返しつつ、必死に否定の言葉を口にした。

「ち、違うの！　これは私の意思じゃなくて……っ」

「酷く辛そうに見える。……もしかして、誰かに媚薬でも盛られたの？　それでロマーニ先生を頼ってきた、とか？」

「へ？　……え、えっと……その……」

「それとも、ロマーニ先生を誘惑する為に、予め自分で飲んでからきた？　何にしても、今ここに先生はいない。それに、随分と強力な媚薬みたいだ。放っておくと危険だよ。解毒剤は？」

意外と冷静なアベル様に、私は首を左右に振って解毒剤など持っていないことを伝えた。

「持って、ません。それに、私は自分から媚薬、なんて……」

「そっか。自分で飲んできたわけじゃないんだね？　それなら尚更、放っておけないよ。その、事故とはいえキスだってしてしまったし。いや、二回目は俺からだけど。濡らしてしまった責任を取らせてほしい！」

「な、何言って……」

「誓って君の名誉を傷付けるようなことはしない。ただ、楽にしてあげたいだけなんだ」

「ひゃっ⁉」

「大丈夫。……優しく、触るから」

R18指定である『白薔薇の乙女』の世界では、ちょっとしたハプニングが引き金となり、様々なエロイベントが展開されてしまう。本来であれば、ヒロインがそのイベントを引き起こしてしまうはずなのだけど。

「ひゃっ、や、やめて……アベル、様……っ」

「様なんてつけなくていいよ。どうしても気になるなら、アベル先輩って呼んでほしいな」

腰を抱かれたまま、アベル様の上で私は快楽に顔を歪ませる。ゆっくりと私の背中、腰と撫でていった彼の手が、お尻や太腿へと滑っていったからだ。無骨で男らしい手が、優しくお尻を掴み、まるで解すように揉んでいく。たったそれだけで、私の身体は敏感に反応してしまう。

「ひぅっ、あっ、あっ」

お尻の柔らかさを堪能するように揉みながら、指で蜜穴の周囲も解されていく。くにくにと押されて、まるでマッサージするように触れられている内に、くちゅくちゅと卑猥な水音が響いてきた。

「やっ！　だめ……音、が……」

「うん。すごくはしたない音が聞こえてきたね？　下着もぐしょぐしょだ」

「……っ……い、言わないで……」

「可愛い。こうやって解されるの、気持ち良いんだね。トロトロになってきたみたいだから、次はこっちも解してあげるね？」

「ひぅっ」

下着をキュッと引っ張られて、左右に動かされたり、くいくいされると、私は気持ち良くてビクビクと身体を震わせた。引っ張られた下着がぷっくりと膨らんだ花芽に擦れて気持ちが良い。もっともっと擦ってほしくて、私は自分から腰をゆらゆらと振ってしまっていた。

擦れる度に大きくなっていく水音が、私の羞恥心を限界まで高め、そのせいでますます敏感になり、蜜を溢れさせてしまう。

「あんっ、やっ……音、だめぇ……」

「だめ？　自分で腰を振って音を出しているのに？　ああ、俺の上ではしたなく腰を振っている姿が、すごく可愛いよ。これも媚薬のせいなのかな？」

「おねが……っ、……もう、苦し……」

「……中にも欲しい？」

「あああっ」

くぷぷぷぷ、くぷくぷ、くちゅくちゅ……

アベル先輩の長い中指が、私の蜜穴の中へ入ってきた。下着を引っ張って、花芽にも弱い刺激を与えながら、中の気持ち良いところをゆっくり優しく解していく。その触れ方があまりに気持ち良く、焦れったくて、だらだらと蜜を垂らしながら更なる快楽を欲してしまう。

「下の口はすごく素直なんだね。俺の指を美味しそうに呑み込んでいるよ？」

「もぉ、やだ……、おねが……っ」

「やだ？　もしかして、指を抜いてほしいの？　もう止める？」

「違っ……、そうじゃなく……、あっあっ、抜いちゃやだぁ」

指がゆっくりと引き抜かれそうになって、思わず涙目で懇願してしまった。もうお腹の奥が苦しくて切なくて堪らない。甘えるように彼に縋りつくと、耳元でゾクゾクするような声音で「いいよ」と囁かれる。

「〜〜〜〜っ」

そうして、欲しかった指が再び蜜穴の中をねっとりと丹念に刺激し始めた。しかも本数を増やされて、二本の指で中を弄られると、あまりの心地良さにとろんと蕩けた顔をしてしまう。その顔を見たアベル先輩は、熱っぽい瞳で私を見つめながら、挿(い)れている指をパラパラと動かし、中のザラザラした部分を押したり擦(こす)ったりして、私を快楽の頂へと追い詰めていく。

「すごい締め付け。……イキたい？」

「……っ……う」

「君の口から、イキたいって、気持ち良いって聞きたいな。研究会にも、入会してほしい」

花芽への、ずっと焦らすような弱い刺激が、少しずつ強い刺激へ変わっていく。下着を使うのではなく、親指で直接触れられて、ヌルヌルと円を描くように擦られて、指で中のざらつく所ばかりを執拗に優しく解されて、私の理性は吹き飛んでしまった。

「それ、気持ち良い……！」

「同時にお豆と蜜穴を責められるのが好きなんだね？」

「すき、だからもっと……っ」

「駄目だよ。ちゃんとイキたいって言って？　研究会にも入会するって。俺のせいで入会を取り止めにしてほしくないんだ。ほら、言って？」

刺激を弱められ、また指を抜かれそうになって、私は身体を震わせながら我慢できずに懇願した。

「イキたいの……っ、お願い……抜かないで！　ちゃんと入会もする、から……！」

私の答えに満足したらしいアベル先輩が、嬉しそうに顔を綻(ほころ)ばせた。衣服越しに、先輩の男根がガチガチに硬くなっているのが伝わってくる。

「良かった。俺のせいで、せっかくの入会希望者をなくさずに済んで。……約束通り、イカせてあげるね？」

「あっ、あぁんっ」

「ああ、俺のズボンが君のいやらしい蜜でぐしょぐしょだ。……確かに、君は男を……俺を惑わせる存在なのかもしれないね」

「ひぅっ、ああっ、だめ、気持ち、い……！　ああああっ！」

ビクンッと身体をしならせて私は絶頂を迎えてしまった。プシャッと潮を吹き、更にアベル先輩のズボンを濡らしながら、止まらないアベル先輩の巧みな指遣いに、そのまま連続イキしてしまう。

「あっあっ、ンン〜〜〜っっ」

「上手に連続でイケたね。ビクビク身体を震わせて、本当に可愛いなぁ。……まだイケそうだね？」

「やっ!?　あっあっ……だ、めぇえっっ」

「我慢は良くないよ。イケるだけイッておこう？　その方が媚薬の効果も早く抜けるだろうし」

「〜〜〜〜っっ！」

フィルたちが私の異常を感じ取り、探しにくるまで、私はアベル先輩の手によって何度も何度も絶頂へと導かれてしまった。そのせいでずっと私の下にいたアベル先輩の衣服は雨にでも降られたかのようにぐしょ濡れになってしまい、私の羞恥心が臨界点を突破した。子供のように泣きじゃくり始めた私を前に、アベル先輩は慌てて身体を起こし、何度も何度も「ごめん！　本当にごめんなさい！」と眉を下げて謝り続けた。

結果として、私からの強い願いにより、今日のことは『お互いに忘れる』と言うことになった。

駆け付けたフィルとナハトも、初めこそアベル先輩へ殴りかかる勢いだったが、私が話はついたからと言って二人を止め、その場は解散となったのだった。

＊＊＊

「ヴィクトリア様。やはりあの男は一度殴っておいた方が良かったと思うのですが」

「いや、去勢一択だろ」

「二人共、落ち着いて」

初対面のアベル先輩と突然あんなことになり、凹みまくっていた私を見て、フィルとナハトが怒りを露わにする。けれど、これはアベル先輩だけが悪いのではない。私も悪い。

「むしろ、私が悪い……」

「ヴィクトリア様は悪くありません！」

「すぐに駆け付けることができなかった俺たちのせいだ」

「ううん、二人は悪くない。私が軽率だったの。呪いだってあるのに……」

きちんと抵抗できていたとしても、呪いが発動してしまえば、どうすることもできない。しかも、呪いの効果が強まったせいで、欲に対する抑えが効かなかった。ただでさえ我慢ができないのに。

「でも、収穫もあったわ。今回のことで呪いの発動条件が割と絞られてきたかもしれない」

「！」

「本当ですか？」

フィルの問い掛けに、私はコクリと頷いて肯定した。

「呪いの件は、私たちだけで解決できる問題じゃないから、既に呪いのことを知っているエリック様にも、今回分かったことを話してみようと思うの」

私がそう言うと、フィルはお茶の準備をしながら、「気は進みませんが、仕方ありませんね。一刻も早く解決しなければならない問題ですし」と、答えてくれた。私はホッとして安堵の息を漏らす。けれど、そんなフィルとは違って、ナハトは苛立ったように眉根を寄せた。

「本当にあの男が必要なのか？　呪いの発動条件が絞れたなら、その条件をもとに発動を回避すればいい。それで時間を稼いで、呪った犯人が分かれば俺とフィルで始末すれば」

「ナハト」

私が名前を呼ぶと、ナハトの肩が僅かに揺れた。そしてフィルが私に紅茶を淹れてくれたあと、ナハトへと向き直る。

「そう簡単な問題ではないですよ、ナハト。人間を勝手に始末すれば、後々大事になってしまうやもしれません。その時、責任を問われるのはアルディエンヌ公爵家です。主であるヴィクトリア様に迷惑がかかってしまうのですよ？」

「俺たちがやったとバレなければ問題ないだろう？　もしバレたとしても、幻惑の魔法を使えば……」

「駄目です。もっと現実を見てください。魔法をかけなければならない人間がどれだけいるのか分からないでしょう？　一人二人なら問題ないですが、王太子に呪いを知られている時点でアウトでしょう。……気持ちは分かります。ですが、あまりにリスクが大きい。下手を打って、もしも呪いのことが多くの者たちに知られてしまえば、ヴィクトリア様はもう貴族の社交界で生きてはいけなくなる。謂れのない中傷を浴びることになるのですよ？」

フィルの話を聞いていて、私は心底驚いた。フィルとナハトが公爵家にやって来てから、まだそれほど月日が経っていないのに。一般常識にさえ疎かったフィルが、ここまで様々なことを学んで理解し、考えられるようになっていたなんて。

確かに、執事長もフィルのことを本当の従者にしたいくらいだと褒めていた。幼い頃に商人に捕まって、ろくに知識を学ぶ機会なんてなかっただろうに、元々インキュバスの知能は高いと言われているけれど、本当にそうだったのだと実感した。

「社交界で生きていけなくなる？　それなら……」

「ナハト？」

ナハトが何か言いかけていたけれど、私と目が合うと、それまで苛立った顔をしていたナハトの表情が綻(ほころ)んだ。ギャップが！　心臓がっ！

「あ、あの、ナハト？」

名前を呼ぶと、ナハトはにこにこ微笑みながら、私をぎゅうっと抱き締めた。

「分かった。とりあえず、今はそれでいい」

「う、うん。分かってくれてありがとう、ナハト」

出会った当初の二人はガリガリに痩せていたけれど、きちんと食事できるようになってからは、逞しい身体つきになった。理想のソフトマッチョ体型。いつまでも私を抱き締めているナハトを見兼ねて、フィルがツカツカとこっちにやって来た。そうしてナハトを引き剝がすのかと思ったら、フィルまでぎゅうっと抱き締めてくる。私の最推しは可愛いが過ぎるっ！

「ナハトばかりズルいです。私もヴィクトリア様をぎゅってしたいです」

「〜〜〜っ、どうぞ……」

こういう甘えは大歓迎です。癒される。幸せ過ぎる。前世でゲームしている時、いつも悪役令嬢ヴィクトリアの命令に淡々と従う二人を甘やかしてみたいと思っていた。私が二人の主なら、あんなに酷い言葉を投げかけたりしない。罪になるようなことをさせたりしない。

いつも無表情な二人を笑わせてあげられたらって。ただの自己満足かもしれない。二人が今、何を思っているか、真実の幸せかどうかなんて分からない。だけど、今はただただ嬉しく感じる。

「二人の主になれて良かった。大好きよ」

微笑みながらそう伝えると、二人は少しだけ泣きそうな顔をしながら、嬉しそうに微笑んだ。

「私も」

「俺も」

「「ヴィクトリア様が主で良かった」」

その後は、久しぶりに平穏なティータイムを楽しんだ。

＊＊＊

数日後。学園では、暫く何事も起こらなかった。時折ヒロインであるクラリスに睨まれることはあったけれど、どうやらここ最近の彼女は乙女ゲームのイベント回収に勤しんでいるようだ。

（何度か偶然見かけたけれど、イベントが起こる場所にエリック様やジルベール様たちがこなかったみたいで、一人で怒って騒いでいたわね……）

考えてみれば、それは当然だろう。私が悪役令嬢をやってない時点で、シナリオは変わっているはずだ。それに、この世界はゲームじゃない。フィルとナハトだって全然違うし、エリック様だって何故か私に『婚約しよう』と言ってくるし。ゲームと全く同じように出来事を進めていく、なんて不可能だ。

（――クラリスは、いつ、そのことに気付くのかしら？）

私がぼんやりとクラリスや今後のことを考えながら、いつもの窓際最後尾の席で窓の外を眺めていると、四時限目の授業が終わるチャイムが鳴り響いた。昼休憩になり、私が席を立つと、私から席一つ分を空けた隣の席から、ジルベール様が私を呼んだ。

「ヴィクトリア嬢。良ければ昼食を一緒にとらないか？」

「ジルベール様？」

どうして私を誘うのだろう？　エリック様に頼まれている、とか？

「ごめんなさい。従者を待たせているので……」

「待機部屋の彼らには誰かに伝言を頼もう」

「でも」

「……覚えてないのか？」

——え？　私がぱちくりと瞳を丸くして、僅かに首を傾げると、ジルベール様はその端正な顔を私の耳に近付けた。

「前に、貴女の忘れ物を預かっていると言ったはずだが」

「!?」

ジルベール様の囁きに、私は思わず顔色を青ざめさせた。そうだった。前の時はエリック様に半ば強引に連れ出されて、結局あのあともジルベール様とは話もできず、忘れ物も受け取らないまま有耶無耶になってしまっていたのだった。

というか、あれっきり、ずっと挨拶くらいで、それ以外では話し掛けてこなかったのに、突然どうして？　私の疑問が顔に出ていたのだろう。ジルベール様は少しだけ周囲に視線を走らせてから、再び囁くような小声で私に説明した。

「……殿下に、貴女と二人きりで会わぬようにと釘を刺された。だから、なかなか声を掛けられなかったんだ」

「エリック様に？」

——何で？　そう思ってからハッとした。エリック様は呪いの発動条件が、『異性と二人きり』

かもしれないと疑っていた。だから、私を心配してくれたのかもしれない。それに、現時点では、私は一応エリック様の筆頭婚約者候補なのだし、外聞を気にされたのかも。

元々、年頃の貴族令嬢が男性と二人きりで会うのは、はしたないことなので良くは思われない。けれど、この学園内では別だ。以前、私とエリック様が二人で資材の片付けをした時も、候補とはいえ、まだ正式な婚約者でもないのに私とエリック様は二人きりになれたし、教師も他の生徒も特に気にしなかった。

要するに身分関係なく過ごすというこの学園の方針で、貴族や平民、男女で差別されないように、この学園の中では、貴族の『当たり前』は適応されないのだ。二人で行う日直だって男女でペアになるし、委員長なども男女一人ずつ。日直や委員の仕事をこなす為に、休み時間や放課後に集まったりすることも珍しくない。そうなると、いちいち男女で二人きりはまずいだ何だと言っていたら仕事にならないのだ。

それ故に、この学園内においては前世の共学の学校生活同様、普通にときめく青春があったりもする。まぁ、それがこの乙女ゲームの仕様で、ご都合主義というやつである。

ゲームでは、ヒロインであるクラリスがエリック様と日直となり、二人きりでいるところを見て、悪役令嬢ヴィクトリアが『はしたない！』ってキレたりするんだけど。

そこをエリック様が『この学園内では許されていることだ。やましいことをしている訳でもないのに、貴様に文句を言われる筋合いはない!!』って言い返す。で、ヴィクトリアがショックを受けてその場から走り去ると、結局イチャイチャし始めるんだけどね。

『怖かったかい？　クラリス。もう大丈夫だ。僕が君を守ってあげるから（ちゅ）』

『エリック……（ぎゅう）』

そして当然のようにエロイベントへと繋がる。

（――いやいやいや！　やましいことしてるじゃないですか!!）

ゲーム画面を見ながら、思わずそうツッコミを入れたのは恐らく私だけではないだろう。何だか思い出したら胸がもやもやするし。何で？　……話が脱線してしまった。そういった理由から、必要があれば二人きりになることも、この学園内では許されている。だけど、呪いのことで気遣ってくれているとはいえ、わざわざエリック様がジルベール様に釘を刺すなんて。本当にゲームのエリック様とはだいぶ違っているみたい。

「あの、エリック様に言われたのでしたら、今日はどうして……？」

「殿下は、留学生を迎える為にここ数日不在なんだ。僕も昨日までは忙しかったのだが、今日は時間が取れてね。だから、言い方は悪いが、この隙にと思って声をかけさせてもらったんだ」

「成程」

鬼の居ぬ間に、という感じですかね。でも、確かにあの忘れ物をずっと預けておくのも恥ずかしいし、早めに回収しておきたいのは事実だ。でも、ほいほいとついてはいけない。だって多分、ジルベール様と二人きりになってしまったら、呪いが発動してしまう。

（何とか、忘れ物だけを回収したい。二人きりにならずに、回収できないかな？）

私が考え込んでいると、不意にジルベール様が胸元のポケットに手を入れて、ハンカチを出してきた。そうして、ハンカチが開かれ、目の前に現れたのは、あの日の月の雫。

「ちょっ⁉」

私が慌ててそれを掴もうとすると、サッとハンカチに包まれて、それは再びジルベール様の胸元のポケットの中へと仕舞われてしまった。その光景を呆然と見ていると、ジルベール様が意地悪く笑みを浮かべる。

「早くしないと昼休憩が終わってしまう。急ごうか、ヴィクトリア嬢」

「な……っ」

何で⁉　ジルベール様ってこんな意地悪だった⁉　確かにキャラクター紹介で鬼畜でドSって書いてあったけど！　せ、性格が悪いよ！

「……っ。分かりました。今日の昼食、ご一緒します」

「ありがとう、ヴィクトリア嬢」

不本意ながら私が了承すると、ジルベール様は蕩けるような笑みを浮かべてお礼を口にした。

さっきと違い過ぎませんか？　意外といい人かも、なんて思っていたけど、もう騙されないから！

こうして私は、ジルベール様と共に学食へと向かった。

二人きりにならないようにしないと。でもどうやって？　フィルやナハトを呼びに行こうにも、すぐ隣にはジルベール様がいるし。いっそのこと、呪いが発動したらすぐに逃げて、何処かの空き教室で一人で治まるのを待つ？　ギリギリまで思考を巡らせていたけれど、気付けば学食で注文を終え、昼食を持って王族や高位貴族専用の個室へと足を踏み入れてしまっていた。

「はっ……んん」

「……気持ちいい？　ヴィクトリア」

「はず、して……っ……ジルベールさま……」

「駄目だ。ほら、もっと足を開いて。……さっき達した時よりも、もっと乱れて？」

「ひんっ、あっ……あああっ」

結局私は、呪いが発動してしまった。発動した瞬間に逃げようとしたけれど、考えが甘過ぎた。私はジルベール様に捕まってしまい、私の状態を見てすぐに以前話した呪いだと察したジルベール様が、「ちょうど良いものがあるじゃないか」と凶悪とも思える笑みを浮かべて、私を後ろから抱き締めて、持っていた月の雫に魔力を込めて私のショーツの中へ放り込んだのだ。

ヴヴヴヴヴヴッ
「ひゃあああんっ」

いやいやいや、おかしいから！　室内を見て思い出したけど、ここってヒロインとのイベントが起こる場所だよね？　ゲーム中盤辺りで、悪役令嬢にフィルとナハトをけしかけられたヒロインは、催淫効果でフラフラになっていて、それを見つけたジルベール様が、人目につかない専用個室で慰めてあげるイベント。しかも、そのイベントでは淫具なんて使わなかったのに……

「そんなに悦がってしまって、はしたないな」

ビクビクと震える私を、言葉とは裏腹に愛おしそうに蕩けた瞳でジルベール様が見つめてくる。

前に言っていた、エリック様の言葉を思い出した。ジルベール様が私に懸想しているだなんて、とんだ勘違いだと思っていたけれど。下着の上から繰り返し『月の雫』を指で軽く押したり弾いたりして、私の反応を愉しんでいるジルベール様の真意を、今の私には推し量れない。

「やんっ、んんっ！　そ、んな……押しちゃ……あんんっ！」

刺激される度に快楽が強まり、呪いの効果も相まって、私は瞳に涙を滲ませた。

「な、んで……？　じるべーる、さま……っ」

「呪いが発動しているのだから、ヴィクトリア嬢の身体を心配し、楽になるように手助けするのは当然のことだろう？　ふふ。こんなに蜜を垂らして、『月の雫』が相当お気に入りらしい」

「ちがっ、違うの！　これは……っ！　……あっあっ〜〜っっ！」

月の雫特有の、達することのできない、ギリギリの快楽。身体は苦しいばっかりで、全然手助けになんてなっていない。ジルベール様は私の反応を見ながら、もう一方の手を蜜口へと這わせた。

下着の上から触れている為に、もどかしく焦らすような触れ方で、私の熱が更に蓄積されていく。

「ヌルヌルだ。……溢れて止まらない、このいやらしい蜜は何だ？」

いつか、ゲーム画面越しに聞いた。悪役令嬢を追いつめて愉しむ、サディスティックな声。艶を含んだ甘やかな声音に、ゾクリと私の肌が粟立つ。

「い、嫌っ……もう止めて、ジルベール様っ……」

「嫌？　僕が怖い？　……ヴィクトリア嬢の、怯えたようなその瞳が、堪らなく好きだ」

「ひゃあああああんっ」

ヴヴヴヴヴヴヴヴヴッ、くちゅくちゅ、ぬりゅぬりゅ……

月の雫から与えられる快感のせいで、ぐずぐずに蕩けてしまいそう。下着の上から蜜口に指を押し込むように弄られて、その指を欲しがるように何度も身体に甘い痺れが走る。お腹の奥が疼いて堪らない。これも全て、呪いと月の雫のせいだ。私の中にいるもう一人のヴィクトリアが、そう叫んでいた。以前は聞こえなかった。けれど、今は分かる。

(どうして？　ナハトが傷つけられたことで、彼女の存在を認識したから？)

一瞬だけ、私の気が逸れたと気付いたジルベール様が、意地悪な笑みを深めて耳元で囁いた。

「今は僕に集中しないと駄目だろう？　次はこのいやらしい蜜穴の中にも、淫具を挿れてみようか」

「なっ……」

ジルベール様が月の雫とは別に、ペンのような物を懐から取り出した。私はいよいよ、ゲームで見たジルベールルートの悪役令嬢ヴィクトリアのお仕置き回を思い出して青ざめた。

(――助けてっ)

そう深く願ったせいなのだろうか？

――この後、事態は一変した。

「あんっ、やぁあああん、もぉ許してぇ！」

「駄目だよ。しっかりお仕置きして、躾けてあげるからね？」

エリック様はそう言うと、微笑みながら私の花芽の裏側を何度も何度も執拗に刺激した。達しても達しても月の雫を花芽に装着されて、何度潮を吹いても許してくれない。エリック様は本気で怒っていた。

——三十分前。突然個室の鍵が開けられて、中に入ってきたのはエリック様だった。そうしてエリック様は、冷めきった目でジルベール様を睨みつけながら「ジル、弁解はあとで聞こう。今すぐ出て行け」と命令し、何か言いたそうなジルベール様が黙って部屋から出て行ったのを確認したあと、すぐさま私はエリック様に組み敷かれた。

『リア、迂闊に異性と二人っきりになったら駄目だろう？　自分にかけられている呪いを忘れたのかい？　それとも、ジルが好きなのか？　だから婚約者候補から降りたいなんて言ったの？』

部屋からジルベール様は出て行ったけれど、入れ替わるようにエリック様と二人きりになったせいか、呪いの効果は依然として続いていた。しかも、エリック様がソレを見つけてしまう。知られたくないと思っていた、『月の雫』を。

『下着の中に何かあるね？　これは何？　……もしや、月の雫？　こんなものを事前に準備していたなんて。……リアとジル、どちらが準備して持ってきたのかな？』

『じ、事前に、準備なん……ひゃあああんっ』

『閨の授業で聞いて知ってはいたけれど、実物に触れたのは初めてだよ。一度イケば外れる淫具なんだよね？　……ひょっとして、呪い対策でリアが持ってきたのかい？　それならそれで興奮するけど。ねぇ、これはリアの淫具かな？』

怖い。快楽で頭がいっぱいだけど、エリック様が怒っていて、怖いというのは理解できた。嘘をついてはいけない。もしジルベール様が持ってきたなんて口にすれば、明日にはジルベール様がどうなってしまうか分からない。

今回のことで意地悪で怖い人だと分かったけど、不幸になってほしいわけではない。それに、月の雫の持ち主は間違いなく私だ。私は意を決して、コクリと頷いた。

『わ、私が……っ、呪い対策で、持って、きました……』

『ふぅん。そうなんだ？　なら、いっぱい味わうといいよ』

『へ？　あっ、やっ…！　きゃあああああんっ』

エリック様に月の雫の設定を『強』にされて、私は弓なりに身体をしならせながら身体を痙攣させる。ずっと焦らされ続けて我慢を強いられていた身体は、強過ぎる快楽にあっという間に果ててしまった。

『やらっ、やぁあああんっ！　とまっ…、とまってぇぇええ』

『ふふ。学園内だけでもと、リアに影をつけておいて良かったよ。大丈夫、ジルのことは心配しなくていい。今回のことは僕もショックだったけど、目の前でリアの呪いが発動したなら、ある意味で仕方のないことだからね。教師を呼びに行けば、誰かしらの目に着くだろう。この階にある部屋の殆どが、高位貴族たちの個室だからね。廊下に出れば、彼らや、彼らの従者と鉢合わせる可能性が高い。内々で処理しようと思えば、当然の行動だ。お咎めなしとはいかないけれど、彼は僕にも必要な人材だからね。側近から外したりはしないよ』

エリック様が色々と話してくれているけれど、今の私には何かを聞いて判断する余裕はなかった。

こうして、私はエリック様によって快楽の海に沈められた。両手を頭の上で纏められ、両足も間にいるエリック様の身体で閉じられなくて、月の雫で気が遠くなるほどにイカされ続けたのだ。

「あんっ、やぁあああん、もぉ許してぇぇ！」

「駄目だよ。しっかりお仕置きして、躾けてあげないといけないからね」

ヴーーーーーーーーッ、ぐちゅぐちゅぐちゅ、トントントン……

もうソファは恥ずかしい蜜でぐちゃぐちゃで、エリック様は月の雫の強弱を合間合間で変えながら、蜜穴の中に指を三本挿れて抽送を繰り返し、膨らんだ花芽の裏側を何度も刺激しては、私を絶頂へと導き続ける。

「こんなにはしたない恰好で、いっぱい恥ずかしい蜜を漏らしてしまって、リアは本当に淫乱だね？　もう素直になって、僕と婚約した方がいいと思うよ？」

「えりっ……とめてぇええ！　ああああああっ」

「ほら、またイッちゃった。……そろそろ、リアが誰のものなのか分かった？　婚約したら、すぐに子種を注いであげるからね？　今からその瞬間が待ち切れないよ」

話しながらも、ポロリと外れた月の雫を、また装着される。もう花芽は見たことがないほどに、パンパンに肥大化していた。

「そうだ。今度、一緒にデートしようか。そこで少し呪いの検証をしよう。いいよね、リア？」

「〜〜〜〜っっ」

「いいよって返事してくれない限り、これは外してあげない。ああ、でも、リアはその方が嬉しいのかな？　ずーーっとイキっぱなしの方が、リアは好きだもんね？」

「ゆるしてぇっ……、いくっ、イクからぁっ」

「本当に？　嬉しいなぁ。約束だよ？」

「あーーーーーーっ」

「可愛い。愛しているよ、リア。誰にも渡さない。リアは僕のものだからね？」


私は意識を失った。気付いた時には、公爵邸にある自室のベッドの上だった。デジャヴ。

結局『月の雫』は回収できず、エリック様に持っていかれてしまった。

『また使おうね？　リアが好きなら、他の淫具も用意しておいてあげるよ』

夢現（ゆめうつつ）にそんなことを言われた気がする。エリック様が鬼過ぎる。というか、性格変わっていませんか？　それに『影』をつけたとか言っていたような気がする。

リリーナ魔法学園では、身分平等だからと、護衛や影たちをつけてはいけない決まりだったはず。だから、アルディエンヌ公爵家では、従魔を従者に成りすませて通わせているのだけど。王族に何かあれば問題になってしまうし、もしかしたら王族だけは許されているのかも？　あれ？

（……待って。だとすれば、その『影たち』はどこからどこまで見ていたの？）

そこまで考えて、私の心の奥深いところに変化があった。離れていた何かが戻ってきたかのような、何かが融（と）けていく感じ。泣いていた誰かが、私の中で一つになっていく。

助けてほしいと強く願った瞬間、今の私の願いと、前世を思い出す前の悪役令嬢ヴィクトリアの願いが同調(シンクロ)した。そうして、助けてくれたのは、エリック様だった。助けてもらえて嬉しかった。

（駄目。これ以上は駄目よ。だって、私は……っ）

流れ込んでくる、もう一人の私――ヴィクトリアの感情。

自分は彼に相応(ふさわ)しくない。自分は彼の、運命の相手じゃない。それが分かっていたから、彼女はナハトを傷つけた。推しとずっと一緒にいたいと願った、今の私を否定し、傷つける為に。

前世の記憶による人格の変化。推しであるインキュバスの双子。発情の呪い。全てが、彼女を深く絶望に追いやっていた。そうして、今の私を憎み、恨んだ。エリック様を諦め、双子と共に在ろうとする今の私を切り捨てたかった。だけど、認めるしかなくなった。

彼女は夢見てしまったのだ。変わってしまった自分を、エリック様が愛してくれる、そんな未来を。その未来を手に入れる為には、一つになるしかない。もう見ているだけは嫌だった。

この日、この瞬間。

どこまでも一途にエリック様を慕い続けた彼女は、今の私と融(と)けて一つになった。

「やめろ、ナハトっ!!」

「フィル!?　何で……っ」

――茜色の空に鮮血が舞った。

リリーナ魔法学園、校舎の屋上にはナハトやフィルの他に、エリック様やジルベール様、ルカ先生に、何故だかアベル先輩までいる。そして――

「フィル!!」

ナハトがエリック様目掛けて放った攻撃は、明らかに殺すつもりの一撃だった。

誰もが、助けに入るには間に合わないと思ったその攻撃から、フィルが身を呈して庇ったのだ。

流れる鮮血はフィルのもの。その場に崩れるように倒れたフィルを見て、私は我を忘れて叫び声を上げ、ナハトは目を見開いたまま一歩も動けなくなっていた。

——どうして、こんなことになってしまったの？

私はなりふり構わずに、フィルの元へと駆け出した。

＊＊＊

今朝はいつも通りの穏やかな朝だった。

いつものように支度を終えた私は、朝食を摂り、いつものように馬車で学園へと向かった。

「リア、おはよう！」

「……エリック様、ご機嫌よう」

最近、馬車を降りると毎朝のようにエリック様と鉢合わせするのだけど、これって本当に偶然なのかしら？　しかも、自然な感じで手を差し出してエスコートしてくれる。私にはフィルもナハトもいるし、わざわざ王太子であるエリック様のお手を煩わせるのは遠慮したいのだけど。

（——私の中のヴィクトリアは大喜びだろうと思う）

けれど、あの日。エリック様に手酷いお仕置きをされてしまったあの日以降、胸の奥深くに感じていた彼女の存在を感じられないのだ。だけど、彼女は消えたわけじゃない。

あの一つに融けて混ざり合うような感覚は、もしかすると、もしかしてしまうのではないかと思う。

――『誰にも渡さない。リアは僕のものだからね？』

エリック様にそう言われて、ヴィクトリアは夢見てしまったのかもしれない。影たちに見られていたかもしれない状況下で愛されて、一途で純粋だった彼女は、エリック様と結ばれる未来を夢見たのだろう。実際、エリック様の影たちには見られていたと思うし。呪いが発動していたから、視認できる距離にいたのかは分からないけれど。

……まぁ、とにかく。

結果として、恐らく彼女の魂は私と混ざり合った。これでフィルとナハトに何かされる心配もなくなり、ヴィクトリアも消えた訳ではなく、私と融合したのだし、これでひとつの問題が解決して良かったと思う。融合した影響なのか、私の口調が心なしか以前より令嬢っぽさが増した気がするのよね。そして、エリック様への気持ちがかなり跳ね上がっている。最推しであるフィルとナハトがいるのに、エリック様への想いが、どうにも膨らみ過ぎている。

フィルとナハトを想うと、心がぽかぽか温かくなって、酷く安心する。だけど、エリック様のことを想うと、胸が痛いくらいに高鳴ってしまう。安心もするけど、不安もある。罪悪感も。色んな感情が溢れてしまって苦しい。

――どうしてこんなに違うの？

「ねぇ、リア」

「何でしょうか？」

「父君であるアルディエンヌ公爵から話は聞いたかな？」

「！」

教室へと歩を進ませながら、こっそりとエリック様に耳打ちされて、私の肩がビクリと上下する。その様子を私とエリック様から一歩下がった後ろから付いてきているフィルとナハトが、瞳を細めてじっと見つめていた。

エリック様にお仕置きをされてから数日後。

私はお父様から、『これ以上王家からの打診を無視することはできない』と言われてしまったのだ。これまではずっと、私がエリック様の婚約者にならないように、お父様が婚約者候補のままでいさせてくれていた。だけど、王家からの二人は学園内で仲睦まじく愛を育んでいるとの報告を受けて、お父様もそれならばと了承してしまったのだ。

『少し前までは本当に嫌だったのかもしれないが、今は殿下のことを好いているのだろう？　元々お前は幼い頃から殿下を慕っていたのだから、元に戻ったのなら、何の問題もないはずだ』

最後の防波堤が崩れ、私は正式にエリック様の婚約者として確定してしまったのだ。

「リアには悪いけれど、僕はこの上無く歓喜しているよ。……これでリアと、ずっとずっと一緒にいられるからね」

エリック様の蕩けるような笑みに、私の心臓が早鐘のように脈を打つ。融合したヴィクトリアのことがなくても、私の気持ちは揺らいでいた。ゲームのシナリオは変わってきていると思うし、貴族令嬢としての使命を果たすべく、結局は誰かと政略結婚することになるのなら……

（本当に私なんかが、エリック様と……？）

そうして、私はこの時もまるで気付いていなかった。

私とエリック様の会話が、実は聞こえてしまっていて、ナハトの深紅の瞳が深く深く濁ってしまっていたことに。

——異変は放課後に起こった。

いつもなら教室に迎えにきてくれるフィルとナハトが、いつまで待っても迎えにこない。

「何かあったのかしら？」

鞄を持って従者たちの待機部屋へ足を運ぶと、そこにフィルとナハトの姿は何処にもなくて。ザワリと胸騒ぎを感じ、ドクンドクンと心臓が嫌な音を奏で始める。

（二人が行きそうな所なんて……）

フィルとナハトは、授業中以外は殆ど私と共にいた。どういう仕組みなのかは分からないが、二人は魔物だからか、トイレに行くこともない。ご飯は精気なのだから、小腹が空いて食堂へ行くこともない。全く見当がつかなくて、私から血の気が引いていく。

（——待って。まだ二人に何かあったと決まった訳ではないし、変な者たちに絡まれたとしても、

普通の人間相手ならまず負けたりしない。大丈夫。二人は無事よ。落ち着かなくちゃ)

一度深呼吸したあと、何でもいいから二人について何か思い出せないかと考える。

(確かゲームでは、庭園にいることが多かった。一度庭園へ行ってみよう)

足早に庭園へ向かうと、そこに現れたのは小さなもふもふ——白き聖獣様が突然私に突進し、体当たりしてきたのだ。ドシーン!! と音を立て、私は地面に転がってしまった。

「いったたた……! 一体何…って、まさかシル……聖獣様!? どうしてこんな所に?」

『我の話、聞いて。ヴィクトリアはあの魔物……従者共を探しているのだろう?』

「!?」

『契約主の意向に沿わないかもしれないが、困っているみたいだから我が教えてあげる』

聖獣が念話で語りかけてきたことに驚いて、私は目を見開いた。

「シルク……?」

『……その名前、流行っているのか? ヴィクトリアまでそう呼ぶなんて、何だか変な感じ。我は今の契約主に名をつけることを許してないから、我の名はシュティフェルだ』

「そ、そうなの? ごめんなさい。シュティフェルって呼んで大丈夫?」

『うん。……ヴィクトリアからは良い匂いがする。愛称をつけて呼んでもいいぞ?』

——愛称? 『シュティフェル』という名前は素敵だけれど、確かに少し長いわね。

私は身体を起こして、白き聖獣様をじっと見つめつつ、本当に愛称で呼んでいいのかと改めて確認した。すると、シュティフェルは愛らしい子犬姿で尻尾をぶんぶん振りながら、コクコクと頷く。

「なら……『シュティ』と呼んでもいい？」

『いいよ！　我を『シュティ』と呼んで！　ヴィクトリア！』

「……っ？」

シュティフェルがそう言った瞬間、何故だか身体の力が抜けて、一瞬だけ軽い眩暈を感じた。

(今の眩暈は何だったの？)

けれど、すぐに私は頭を振った。今はそんなこと、気にしている場合じゃない。気を引き締めて、私はシュティフェル改め、『シュティ』と向き合う。

「シュティ。私、何か嫌な予感がするの。フィルとナハトの居場所を教えてくれる？」

『勿論だ！　二人は屋上に向かったよ。王太子たちと一緒に』

「エリック様たちと一緒に……？」

嫌な予感が、一気に現実味を帯びてくる。フィルはともかく、ナハトはいつもエリック様を煙たがっていた。以前、資材室でエリックからの快楽に抗えなかった時も、その場に現れて怒りを露わにしたナハトを思い出して、私は顔色を青ざめさせながら屋上へと走った。

『ヴィクトリア！　選択を誤らないでね！』

(――選択？　シュティは何を言っているの？)

今の私には時間がない。貴族令嬢は走ったりしないものだけれど、今は非常事態よ。私は階段を必死に駆け上がり、息を切らせながら屋上へと辿り着いた。

――そして、扉を開いた瞬間。世界が、紅に染まった。

「フィル!!」

＊＊＊

その日。ハッキリ言って、僕は浮かれていた。リアの父君であるアルディエンヌ公爵が、やっと王家から再三打診していた件を呑んだからだ。それはつまり、僕とリアとの婚約。

頑なに首を縦に振らず、婚約者候補からも辞退したいと言われてしまっていたが、公爵やリアに気付かれぬように、外堀からガンガン埋めていき、僕とリアが親しい間柄なのだと学園での毎朝のエスコートや、二人きりになった密室でイチャイチャしているところを王家直轄の影たちに見せつけて、既に婚約者候補以上の関係なのだと父上に報告させ、更にそれが広まるように仕向けた。

リアの甘い声を僕以外の者に聞かせるのは不本意極まりなく、僕としても苦渋の決断だったのだが、お陰で全てが上手くいってくれた。最初はリアの呪い対策の為につけた影たちだった。僕の知らないところで呪いが発動してしまったら困るからね。

学園側からなかなか許可が下りずに苦労したけれど、やっと許可をもぎ取った直後に、ジルベールが呪い発動の場に居合わせたと連絡がきて、すぐに助けに向かえたのは僥倖(ぎょうこう)だった。僕以外の男に感じてしまっていたリアには、沢山お仕置きが必要だったけれど。ジルベールには腹が立ったが、淫具を使うのも悪くないな。

——あんなに何度も何度も達して、グズグズに蕩けて乱れてしまうなんて……

思い出すだけで身体が熱くなってくる。

やっとだ。やっと、リアが手に入る。誰の目を気にすることなく、可愛がって可愛がって、ドロドロになるまで愛し合える。

そんな幸せな日々を目前にして、僕は焦っていたのかもしれない。リアに近過ぎる従者の双子を屋上へ呼び出して、今後は立場を弁えるようにと告げたのだ。その結果が、まさかあんなことになってしまうだなんて、この時の僕は露ほどにも予想していなかった。

＊＊＊

「リアの従者である君たちには、今後、リアと適切な距離を保ってもらいたいんだ」

「……適切な距離、ですか？」

普段は立ち入り禁止となっている校舎の屋上。念の為にと、ジルベールや剣術の兄弟子であり一学年上のアベルも連れて、リアの従者である双子を呼び出し、二人の今後の在り方を話した。

「そう。僕とリアは婚約することが決まった。リアは学園入学前に、既に婚約者候補として簡単な王妃教育を終わらせている。だが、正式に婚約者となったからには、王妃教育も更に深く学んでもらう事となる。これからは王宮で寝泊まりすることも増えるだろうし、その過程でリアにはこちらから専属侍女をつけることになるだろう。残念ながら君たちはどちらも男だからね。王宮でのリアの身の回りの世話は侍女たちがするから、君たちは今後リアの専属からは外させてもらう」

「!?」

「執事であれば、また少し違ったのだけど、君たちはただの従者で執事教育は受けていないのだろう？　アルディエンヌ公爵からはそう聞いている」

僕の言葉に、淡い桃色の髪をしたフィルという名の従者が、酷く狼狽えたような顔をした。

「今の話は、ヴィ……お嬢様も納得されていらっしゃるのですか？」

「いや。リアにはこれから話すつもりだ」

「……そう、ですか」

僕の答えに、フィルはあからさまにホッとしたような顔をした。

……気に入らない。リアが今の話に納得しないとでも思っているのだろうか？　それだけの絆が、自分たちとリアの間にはあると？

「王太子殿下。この話は些か性急過ぎるのではありませんか？　お嬢様が納得していない話などされても、全くの無意味だと思います」

「……従者のくせに、エリック殿下に対して無礼極まりないな」

「いいよ、ジル。僕は王太子である僕に対して物怖じせずにズカズカ言ってくる彼らを存外気に入っているんだ」

「ですが……」

「それに、リアと彼らの間にどんな絆があるのか、僕は知らないしね」

「……」

「だけど」

僕は正面から彼ら二人を見据えて、冷たく瞳を凍らせながら、ハッキリと言ってやった。

「リアは聡明な公爵家の令嬢だから、僕の言うことをしっかり理解して、受け入れてくれるはずだよ。リアは僕の婚約者で、僕と結ばれるのだから」

無駄な夢を見るな。

リアの心も身体も、今も未来も、全部全部、僕だけのものになるのだから。

「――言いたいことはそれだけか？」

次の瞬間。

ゾクリと悪寒が走り、鳥肌が立った。ナハトと呼ばれていた黒髪の従者から信じられないような殺気を向けられて、血のように真っ赤な瞳が、真っ直ぐ、怖いくらいに僕を射抜く。

ただならぬ気配に、ジルベールとアベルが戦闘態勢に入った。だが、圧倒的なまでの威圧感に、本能が逃げろと訴えて、頭の中で絶えず警鐘が鳴り響く。

そうして、ハッと気付いた。ナハトの近くに、何故ここにいるのか、魔法の特別講師であるルカ・ロマーニがいることに。

「独り占めは感心しませんね、殿下。ですが、物事はシンプルに考えましょう。要するに――秘密裏に貴方を消してしまえば、彼女の全てを奪われることはないわけですよね？」

――何だ？

教員であるはずのルカ・ロマーニの言葉に耳を疑いながら、こちらへ一歩踏み出すナハトに身体を強張らせた。

「最初から、こうしておけば良かったんだ」

ナハトが身体中から禍々しい魔力を迸らせ、それを見たナハトのすぐ隣にいるフィルが、必死にやめるよう声を荒げる。

「ナハト、殺気と魔力を抑えろ！　いくら殺したくても、王太子であるこの男に手を出せば、ヴィクトリア様に迷惑が掛かるんだぞ!?　王族殺しは一族郎党極刑だって習っただろ!?」

「なら、王族全て殺してしまえばいい」

「馬鹿言うな!!　王族には騎士団や魔法師団もついている！　一人ひとりは大したことなくても、奴ら全員を相手にすることは……」

「フィル、俺はもう我慢できない。全員は殺せないとしても、目の前にいるコイツだけでも殺して、ヴィクトリアを俺たちと同じ存在にして、夢世界に行けばいい。そうすれば――」

「やめろ、ナハトっ!!」

奴のあまりの速さに、目で追うことすら難しく。気付いた時には、僕の視界は真っ赤に染まってしまっていた。

＊＊＊

「――フィル!!」

……遠くでヴィクトリア様の声が聞こえた気がした。ナハトがあの色ボケ王太子を殺そうとした瞬間、私は咄嗟に庇ってしまっていた。何故、あんな奴を庇ってしまったのか。

(――全てはヴィクトリア様の為)

ヴィクトリア様は私たちと違って人間だ。人間である以上、越えてはならない一線がある。王太子を殺すことは、間違いなくヴィクトリア様の足枷となってしまう。下手をしたらアルディエンヌ公爵家の一族全員が処刑されてしまう恐れがある。ヴィクトリア様だけならば守りきれるかもしれないが、他の者たちはそうはいかない。別に私は、ヴィクトリア様だけが無事であるなら、他の者たちなんてどうなっても構わない。しかし。

(ヴィクトリア様が悲しむのなら、何としてでも避けたいと思う)

ああ、馬鹿ナハト。

背中が焼けるように痛い。何も考えずに庇ってしまったから、結構な深手を負ってしまった。

もしかしたら、死ぬかもしれない。

ヴィクトリア様。ヴィクトリア様。

私が死んだら、ヴィクトリア様は泣いてくれるだろうか？

悲しんで、私の死を惜しんでくれるだろうか？

悲しい涙は流して欲しくないけれど、それが私だけの為に流された涙なら、愛おしいと思う。

ヴィクトリア様は、どうして私とナハトを最初から好いていたのだろう？

ヴィクトリア様からの好意は、何故だか最初から偽りなんてなくて、本物だった。食事にしたって、最初から自分を差し出してきた。世の中にはインキュバスが与える快楽を欲する人間も存在する。だが、ヴィクトリア様は快楽を欲した訳じゃない。私とナハト自身を欲した。

私とナハトを魔物だとしっかり認めた上で、私たちに手を差し伸べて、『愛情』を注いでくれたのだ。惜しみない、無償の愛を。魔物である私たちが、本来であれば一生得ることのできないものを。

（ヴィクトリア様……）

快楽に弱くて、しっかりしているようで流されやすくて、私とナハトにずっと側にいてほしいと願った人間の女。純粋無垢な彼女を私たちの色に染め上げていくことが、何より愉しく幸福で。願わくば、これからもずっとずっと、その幸福な日々を続けたかった。

「……駄目よ、フィル」

私の唇に、柔らかな何かが重ねられた。

微かに香る甘い匂い。

美味しそうで、食べたくて堪らない。

何か温かい雫が、私の頬を濡らしていく。

「絶対に、死なせないから……」

身体が暖かい。

屋上にいたはずなのに、いつの間にか何処かに移動でもしたのだろうか？

「んっ……ふ……」

気持ちいい。もうすぐ死ぬから？　だからこんなに気持ちいいのだろうか？　未だ貫かれた背中は痛むけれど、同時にふわふわと気持ちが良くて。何か、ヌルヌルしたものが、私のソレを優しく刺激していく。気持ち良過ぎて堪らない。暫くそれがずっと続いて、私が苦しくてどうしようもなくなってくると、今度は違う何かがゆっくりゆっくり、私のソレを呑み込んでいく。

あまりに狭く、あまりにキツくて。途中で止まってしまった。私のソレが悲鳴を上げる。そのま、もっともっと奥に進みたい。もっともっと、この先が欲しい。

私は思わず、背中の痛みなんてお構いなしに、下半身を突き上げた。

「ひぐっ……!!」

何かを無理矢理、ミチミチとこじあけた感覚。温かくて、うねりながら、私のソレを締め付ける。

駄目だ。何だこれ。気持ち良くて堪らない。

「待っ……まだ、動かしちゃ……っ」

嫌だ。動かしたい。中を掻き混ぜてぐちゃぐちゃにして、奥の奥まで突き上げてグリグリして、私の白濁とした欲望を中にぶちまけたい。

「……フィル……っ」

(――ヴィクトリア様の声が聞こえる)

甘くて、切なくて、少し苦しそうな吐息混じりな声音。

「……ヴィクトリア、様……」

これは夢か？　死ぬ間際に、神様がくれたご褒美だろうか？

魔物である私たちにも、神様なんているのか？

もう、背中の痛みも和らいできて、今は気持ち良さの方が勝っている。

ヴィクトリア様。中に出しますね？　どうか全部受け止めて下さい。

愛しています。

(……愛している。誰よりも一番、貴女だけを。――私のヴィクトリア)

そうして、私は目を覚ました。するとそこには、あまりに美しく、神々しく、幻想的で。

この世の美しさを全て注ぎ込んだかのような、一匹のサキュバスがいた。

＊＊＊

フィルを死なせたくない。フィルを失いたくない。

ただその一心だった。

フィルがナハトからエリック様を庇うだなんて、信じられなかった。自分の目を疑った。ゲームの中のフィルとナハトはいつも無表情で、唯一表情を崩したのは『食事』の時だけ。ヴィクトリアの命令でヒロインを襲い、その純潔を奪おうとした時だって、情けをかけるようなことは一度もなかった。何に対しても、誰に対しても無関心。それがゲームの中のフィルとナハトだった。

この世界はゲームとは違うし、既に運命は変わってきている。私はゲームの中のヴィクトリアとは違うし、何ならそのヴィクトリア自体私と融合しちゃったし、フィルとナハトは魔物でありながら私に対しては表情豊かで、きちんと感情を露わにする。

私は、画面越しに見ていたゲームの中のフィルとナハト以上に、今のフィルとナハトが大好き。私たちの関係は歪で、複雑で、恋人でも、友人でもない。愛と呼ぶには不純過ぎて、それでも確かに、私たちの間にある絆は、温かく、何よりも大切なもの。

「……フィル……っ」

ルカ先生が、いつの間にか放心していたエリック様たちをこの場から外してくれた。どうやって説得したのかは分からないけれど、正直、とても助かった。だって、私がフィルを救うには、この方法しかなかったから。

「……ヴィクトリア、様……」

夢空間で、ナハトの怪我を治した時のように。私の精気を与えて、フィルの怪我を治していく。

ナハトはずっと俯いたまま、未だに微動だにしていない。フィルの怪我を治したら、ナハトに事情を聞こう。そして、ちゃんと伝えなくちゃ。

(――約束を破らないように、って)

このままだと知らない内に、勝手に消えてしまいそうだもの。そんなの、絶対に嫌だ。

私は、とても欲張りになってしまったと思う。フィルもナハトも、どちらも手離したくない。手離せない。

いつものように、キスをしていないから、私の初めてのソコは快感だけじゃなく、少しの痛みと、違和感を感じる。少しずつゆっくり腰を下ろして、呼吸を整えていたら、突然フィルが腰を激しく突き上げてきた。

「ひぐっ……!!」

ミチミチと押し広げられる狭くてキツイ蜜道。

(もうこれで、私は貴族令嬢としての価値を失う。エリック様とも……)

フィルの肉棒が大きくて、圧迫感から呼吸が乱れ、汗が噴き出す。

苦しいけれど、夢空間での感覚を思い出し、次第にフィルの肉棒と馴染んでいく。私の現実世界の身体は間違いなく処女だった。でも、馴染んでからは早かった。蜜が溢れて滑りが良くなり、貪欲に快楽を拾って、もう気持ち良くなってきてしまった。はしたないと思いながら、自分の指先で円を描くように花芽を弄(いじ)れば、気持ち良くてフィルのソレをキュウッと締め付けてしまう。

フィルが長い睫毛を伏せたまま、腰を突き上げるように動かして、私の子宮を押し上げる。その度に堪(たま)らなく気持ち良くて、私が感じれば感じるほど、フィルの深かった傷が塞がっていく。

「あぁっ……イク……イッちゃう……っ」

気持ち良い。フィル。もっともっと突いていいのよ？　中を掻き混ぜて、私をもっと貪(むさぼ)って。

(——あれ？　私、今、何をっ……？)

とんでもなく、はしたないことを考えていたと気付き、私は一気に顔を赤くした。その直後。

フィルが私の中にたっぷりと白濁とした欲望をぶちまけると、私の身体に異変が起きた。

「あっ……あああああっ⁉　ヴァ、あああっ‼」

フィルと繋がっていた私の身体が、ビクリと大きく仰け反った。身体の中で、何かが変わっていく。視界がどんどん紅く染まっていく。

私が動けないでいる間にも、フィルのソレが質量を増して。何も口にしていないのに、何故か口の中が甘くて、美味しい。フィルに欲望を注がれると、空腹が満たされていく。

私の身体はどうなってしまったの？　分からない。だけど、気持ち良くて堪らない。

フィル、フィル。貴方ってこんなにも美味しかったのね？

もう傷は塞がった？　良かった。フィルが死ななくて本当に良かった。

でも、まだ油断しちゃ駄目よ。だから、もっと食べて。

きちんと完治するまで。体力が戻るまで。

私を食べて。

——貴方を食べさせて。

「……ヴィクトリア？」

名前を呼ばれて振り返ると、ナハトが酷く驚いた顔でこちらを凝視していた。

一体何に驚いているの？

でも良かった。もう俯いていない。

私、さっき、またはしたないことを考えていた。

（どうして……？）

でも、フィルの傷を治し、回復させる方法なのだもの。恥ずかしくても、完治するまで精気を与え続けてあげないと。私は呼吸を整えてから、口元を緩ませて笑みを浮かべ、ナハトを呼んだ。

「――ナハト、来て」

――私の瞳は、完全に深紅に染まっていた。

＊＊＊

フィルの傷が綺麗に完治したあと、私は重ねていた身体を離し、手早く自分とフィルの乱れた衣服を整えた。そうして、自分たちの傍へ来るよう呼んだナハトと目覚めたフィルの二人から、星が瞬く夜空の下、自分に起こった変化についての説明を受けた。夢世界と現実世界、二つの世界で純潔をインキュバスに捧げると、その人間はインキュバスの眷属（けんぞく）となってしまう。つまり、私はサキュバスとなってしまったらしい。

「……そう。私は二人の眷属になったのね」

フィルとナハトは、説明しつつも目元を朱に染めて、蕩（とろ）けるような熱っぽい視線を私に向けてくる。サキュバスとなった私の姿が、そんなにも変わってしまったのだろうか？

確かに前よりも胸が大きくなったような？　胸の部分だけ、ドレスが少しキツイ。髪の色も、途中から毛先の方に向けて赤紫色へ染まっている。肌も前より綺麗になったような？

「……ヴィクトリア様、寒くはありませんか？　お腹は空いていませんか？」

フィルが私を気遣いながらも、長い睫毛を伏せて、ぎゅっと拳を固く握り締めている。

「寒さは大丈夫よ。だけど、なんだかお腹は空いてしまっているみたい……？　さっきまで満たされていたような気がしたのだけど……」

「恐らく、私に精気を与え続けたからだと思います」

「でも……」

「人間の時は疲労と眠気の方が勝ったのでしょうが、身体が魔物へと変化したことで、食欲の方が強くなったのだと思います」

「魔物は睡眠より食欲の方が強いの？」

「まぁ、種族にもよって多少の差はありますが」

「ヴィクトリア様、お腹が空いているなら俺を食べて。……今回のことは、俺の暴走のせいだし。いや、今でもアイツは殺したいけど」

「ナハト」

私が名前を呼ぶと、ナハトがビクッと身体を強張らせた。まるで悪戯をして飼い主に叱られた犬のように、しゅんと眉を下げて肩を落としている。

「……ごめん……なさい」

小さく謝るナハトを、私は思わずぎゅうっと抱き締めた。そのままナハトの目元にちゅっとキスをして微笑んでしまう。二人が無事で本当に良かった。

「分かってくれたのなら、もういいの。良い子ね、ナハト」

「……っ」

ナハトも私を抱き締め返してくれて、嬉しそうに笑ってくれた。ナハトの笑顔にキュンとしていると、フィルが「ナハトばかりズルい」と呟く。

「フィル？」

「……ヴィクトリア様は甘過ぎます。結果として、貴女はサキュバスに……半魔物になってしまったのですよ？」

「半魔物？　……私、まだ半分は人間なの？」

「身体自体はもうサキュバスですが、魂の方は人の心を残していますから」

「ああ、成程。……そうよね。確かに完全に魔物になっていたら、人間を殺しちゃ駄目だなんて言わないわよね」

「その通りです。……それから、今後のことですが」

「………………」

今後のこと。そう言われて、私は口をつぐんだ。今の私には、もう自分の未来が想像できなくなってしまった。フィルを死なせずに済んだことについては全く後悔していない。襲われかけたエリック様も無事だったのだし、誰一人死なずに済んで、心の底から良かったと思う。

だから、これはその代償だ。人間であった私は死んでしまった。実際には死んだわけではなく、魔物へと身体が変化したのだけど、そう表現しても過言ではないと思う。

まさか夢世界と現実世界、両方の世界の純潔をインキュバスに捧げれば、眷属となってしまうだなんて全く知らなかった。けれど、知らなかったとはいえ、もう自分はヴィクトリア・アルディエンヌとして生きていくことはできないだろう。そう思っていたのだけど——

「ヴィクトリア様はどうしたいですか？　サキュバスとして人間たちを捨てて、私たちと何処か遠くに行って生きますか？　それとも……」

フィルから提示された選択肢は、全く予想だにしていないものだった。

「——人間に擬態して、これまで通り生きていきますか？」

「人間に擬態……フィルやナハトみたいに？」

私は暫く悩んだ末に、後者の生き方を選んだ。やっぱり、突然人里離れた場所で、魔物として暮らしていくことは、今の私には想像もできなかったから。

住む所は？　衣服や食べ物は？　食事は精気だけで大丈夫だと言われても、どうしたらいいのか分からない。魔物になったからといって、他の魔物に襲われないわけでもない。今の私には、まず自分の身体がどう変わってしまったのか知るべきだ。それに……

できることなら、お父様を悲しませたくない。あまり頻繁に会えないけど、私にとってお父様は、この世界で唯一の肉親だ。もう一人のヴィクトリアと混ざり合ったせいか、余計にお父様への想いは強く、今まで娘である私を可愛がって愛してくれたお父様には、ずっと幸せでいてほしいと思う。

(――愛娘の突然の失踪で悲しませたくない)

だから、いずれは分からないけれど、今はまだ人として生きていきたい。

そして、その為には……

(婚約者となることが決まったエリック様に、分かってもらう必要がある)

今まで通り生きていくなら、貴族令嬢として結婚は免れないし、お父様に安心してもらう為にも、それらは必要不可欠だ。事情を話して、もしもエリック様が魔物となってしまった私を消そうとするならば、彼の記憶を消して、別の男性に嫁ぐしかない。事情を話さずに嫁いでも良いかもしれないけれど、その結果、もし子供を授かってしまったら。生まれてくる子供は間違いなく、サキュバスと人間のハーフだ。

私は全然ハーフでも構わないけれど、国や王族はそうはいかないだろう。下手をすれば、子供に悪魔が取り憑いたなんて言われて、最悪の場合、殺されてしまうかもしれない。普通の貴族であれば、何とかサキュバスの幻惑の魔法で誤魔化せるかもしれないけれど、相手が王族であれば、そう上手くはいかないだろう。

本当はこんな危険な橋は渡りたくない。だけど、私はもうエリック様への想いを抑えることはできない。この状況下で理解するだなんて遅過ぎるけれど、私は、エリック様が好きなのだ。

インキュバスであるフィルに純潔を捧げてしまった以上、もう私には彼に愛される資格なんてない。むしろ、彼らに自分の身体を食事として与えていた時点で資格などなかったのだけど。

（せめて、彼には事情を話さないといけない。結果として、彼に嫌われてしまったとしても……）

彼と結ばれると信じて、私と完全に魂が混ざり合ってしまった、もう一人の私。もしもエリック様が受け入れてくれなかった場合はごめんなさい。その時は、公爵家の令嬢が嫁いでもおかしくない相手を探すから。

——こうして私は、エリック様に事情を話すと決めた。

フィルとナハトがインキュバスであること、フィルを助ける為に私自身が彼らの眷属としてサキュバスになってしまったこと、彼らの食事のこと。それら全てを。

ジルベール様やアベル先輩、ルカ先生とは呪いのせいで関係を持ってしまったので、私からは詳しく話さなかった。本人の了解なしに話すのは気が引けたし、三人に何かしらの罰が与えられてしまったらと思うと怖かった。前世については、特に話す必要もないだろう。勿論、何か訊かれれば答える覚悟はできているけれど。

そして、翌日。

私は意を決してエリック様に会うためにアポを取って男子寮へと向かった。内心、戦々恐々としていたけれど、結果はあまりに予想外な展開となった。

「分かった。それならば、僕は王太子の座を返上して、アルディエンヌ公爵家へ婿入りするよ」

「……え？」

あまりに予想外過ぎて、私は開いた口が塞がらなかった。

ゲームでは王太子であるエリック様と結ばれた場合、王太子妃一択だったのに。公爵家へ婿入りする？　私がヒロインじゃないから？　いやいや、別に王太子妃になりたかった訳じゃないし、それは構わない。何より、この世界は私たちにとって現実で、ゲームじゃないのだから。

でも、エリック様的には良くないでしょう？　どうしてそんなことを言うの？

「僕はリアが何者であっても構わない。リアが僕の花嫁になってくれて、リアが僕の伴侶になってくれるなら」

「ま、待って下さい。そんな簡単に決めてしまっていいのですか？　陛下には何と説明するおつもりで？　何より、エリック様は今まで国の為に、民の為に尽くしてこられたのに……っ」

──駄目よ。

彼の輝かしい未来を奪ってしまうのは絶対駄目。これは想定していなかった。拒否されるか、王太子妃になるか、その二択だと思っていたのに。王族や貴族は、一度決めてしまった婚約を破棄するのは難しい。だから、渋々お情けで受け入れてくれることを期待した。それ以上は望んでいなかった。世継ぎ問題も、エリック様が私を抱かなければ子を成すこともないのだし、他に側室や愛妾を迎えてくれれば解決するのだから。

──なのに、王太子の座を返上して公爵家へ婿入りする？　ちょっと待って。

「大丈夫。リアは何も心配しなくていいよ。それに、どのみちアルディエンヌ公爵家には跡取りが必要になる。父君は君がお嫁にいった場合、誰か優秀な人材を養子に迎えるつもりだったようだ。それなら僕が婿入りしても何の問題もないだろう？　僕は優秀だからね」

「でも、王太子の座を返上だなんて……」

あんなに国を想い、民の為に王太子として尽くしてきたのに。焦る私の唇に、エリック様が人差し指を当てた。ピクリと肩を揺らし、驚いてエリック様の瞳を見つめれば、ドキリと胸が高鳴る。

(――嘘。嘘よ。……どうして、そんなに……?)

彼の澄んだ青空のような瞳が、あまりに真剣そのもので。一目で本気なのだと分かった。

私がどうしたらいいのか分からずに眉根を寄せると、エリック様は甘やかにに微笑んで、私の唇に当てていた人差し指を外し、じわりと熱を持った頬に触れる。

「ごめんね、リア。僕はこの国も民も大切だけれど、君を諦めることはできないんだ。王太子じゃなくても、君の父君のように、国や民の為に尽くすことはできる。僕は公爵家当主という立場から国を支えていくよ」

「エリック様……」

――私たちが今いる場所は学園の男子寮にある、王族専用の部屋。

昨日の放課後に衝撃的なことがあった為、エリック様はあのあと、王宮ではなくこの部屋で休んだそうだ。もともと公務がある時は王宮へ、学園で仕事をする時は寮を使っていたので、この部屋には既に慣れていたらしいけれど。

「リア、ずっと僕の隣にいてよ。君さえ隣にいてくれるなら、僕は頑張れる。生きていける」

少し離れた部屋の扉近くに、フィルとナハトが控えるように立っているのに。

「……君を愛しているんだ」

——全て事情を話したのに？

「私を、嫌わないのですか？」

自分で思っていたよりも、声が震えてしまい、ずいぶんと弱々しく、か細い声が出てしまった。

「泣かないで。……本当は僕だけのリアでいてほしいし、独り占めしたいけど。それを望んで、リアがいなくなってしまったら、僕はもう生きていけない」

そう言ってエリック様は、私の身体を抱き締めて、優しく唇を重ねた。

「あっ……ん……」

エリック様に抱き締められた私は、重ねられた唇に驚いて、藤色の瞳を見開いた。反射的にエリック様の胸を押し返そうとしてしまったけれど、身体がゾクゾクと反応し、あまりの快感にくらりとした眩暈を感じてしまう。

(何、これ……？　すごく、甘くて……フィルとした時みたいに……美味しい)

藤色だった瞳が、血のような深紅に染まっていく。

人間から魔物へ変化してしまった私の身体は、フィルたち曰く、酷くエネルギーを消耗しているらしい。まだこの身体に慣れていない私には、ハッキリとした自覚症状はないのだけど、飢餓状態一歩手前くらいの、深刻な状態に陥っているらしいのだ。

だからこそ、ナハトが自分を食べるように進言してくれていたのだけど、私はエリック様に事情を話すことばかり考えてしまっていて、結局その場では精気を食べなかった。

「……リアには、紅い瞳もよく似合うね」

唇を解放してくれたエリック様は、甘く低い声音で囁きながら、ゆっくりと私をソファーへ押し倒す。まるでそれが必然とばかりに、自然な動作で私のドレスのスカートの中に手を潜り込ませると、しっとりと湿る秘処へ指を滑らせ始めた。

「あっ……あぁっ……！」

「サキュバスとなってしまったのなら、精気を食べないといけないよね？　今からリアには、たっぷり僕を食べさせてあげるよ」

「ま、待って下さい、エリック様。フィルたちも見ている、のに……っ!?　ひ、ああっ！」

下着越しに、キュッと優しく花芽を摘まれて、私の身体がビクリと跳ねた。酷くお腹が空いているような気がする。けれど、精気をどうやって食べたらいいのか分からない。

サキュバス化した瞬間、確かにフィルを美味しいと感じたのを覚えている。自然と甘い何かが流れ込んできたのだ。さっきも、エリック様とキスした瞬間、美味しいと感じた。でも、意識的に食べようと思って食べていた訳ではない。

（……昨日は確かに、フィルの精気を食べていた……どうやって……？）

あの時の記憶を思い出そうとしたけれど、エリック様の指が上へ下へと行ったり来たりを繰り返すから、私は切ない吐息を漏らしながら身体を捩り、次第に何も考えられなくなってしまう。

「可愛いリア。サキュバスになっても、リアは変わらないね。ほら、もう下着がヌルヌルだよ？」

「あっあっ……エリック、様……それ、いやぁ！」

「いや？　……ねぇ、リア。君の従者の……フィルとナハトが、僕たちを見ている。今日は大人しいね？　せっかくだから、リアが僕に感じている様を見てもらおうか」

「っ…!?　エリック様？　エリック様はナハトに襲われかけたのに、何を言って……」

「だからだよ。……きっとリアに怒られたから、彼らは今、おとなしくしているんだよね？」

「え？　……あっ……!?　だ、駄目……指、挿れちゃっ……あぁああん！」

エリック様が、フィルとナハトを見て仄暗い歪んだ笑みを浮かべた。

＊＊＊

（──傑作だ）

サキュバスとなってしまったリアに、わざわざ人間として生きていく道を提示するなんて。

リアの気持ちを尊重したのだろうが、そのせいでせっかく自分たちだけのものにできた機会を不意にした。しかも、リアが今までと同じ様に生きていく為には、現時点では僕を頼るしかない。

彼らにとって、僕は一番厄介な男で、一番リアを渡したくない男であるはずなのに。

「……リア、いっぱい濡れちゃったね？　どうして濡れちゃったの？」

僕の言葉に、リアが苦しげに眉根を寄せながら、まるで小動物みたいに身体を震わせる。

「……気持ち、良くて……」

「そう。気持ち良くて、こんなにトロトロにしちゃったんだね。……誰がリアを気持ち良くしているのかな？」

蜜がトロトロに溢れる秘処を見せつけて、わざと卑猥な水音が聞こえるように、中をぐちゅぐちゅ掻き混ぜる。すると、羞恥心からか、リアが更に蜜を溢れさせて、僕の指をキュッと締め付けてきた。涙を滲ませるリアが、可愛過ぎて堪らない。

「やっ……！　音、だめぇえっ……！」

「ちゃんと答えないと欲しいモノをあげないよ？　誰がリアを気持ち良くしているのか、言って？」

「……エリッ……、エリック様がっ……ひぁああ、気持ち、い……ひ、ああぁっ」

「うん。そう、僕だよね？」

「〜〜〜っ⁉」

身体を両足の間に滑り込ませて、リアの赤く熟れた小さな実の皮を剥いて、ちゅうっと強く吸い付けば、リアの身体が弓形に大きく仰け反った。太股を痙攣させて、ぷしゃっと放たれた淫猥な甘い蜜が、リアが今、絶頂にいるのだと教えてくれる。そのまま何度も何度もリアを絶頂に導いて、ぐずぐずに蕩けさせたあと、必死に怒りを抑えて、身体を震わせながら僕を睨み付ける双子の目の前で、僕は嗤ってやった。これは君たちへの復讐だよ。

だって、今まで散々、美味しいリアを堪能してきたのだろう？　優しくて慈悲深い、僕の女神。まさか、自分の身体を君たちの糧にしていただなんて。本当は赦せない。だけど、リアは以前の僕を赦してくれた。だから、僕も赦すよ。こうして小さく細やかな復讐で我慢してあげる。

「たっぷり食べさせてあげるから。……絶対に溢しちゃ駄目だよ？　僕だけの可愛いリア」

初めて僕は、リアと一つになった。

＊＊＊

「は……っ……美味し、い……」

お腹の奥深くに挿入された、熱くて長くて太くて硬いもの。一番奥をトントンされると、気持ちが良くて堪らない。入ってきた瞬間に、さっきよりも多くの甘くて美味しい何かが流れ込んでくる。

（――これが精気……？　もっと食べたい……！）

限界まで引き抜かれてから、最奥まで一気にバチュン!!　と貫かれて、あまりの気持ち良さにおかしくなりそう。もっともっとそれを繰り返してほしいのに、焦らしているのか、次が来るまでがあまりに長く感じて。私は堪らずに彼へおねだりしてしまう。

「美味しくて、気持ちいいの……！　エリック様、それ、もっといっぱいして下さ……っ！」

「……っ。いいよ、リア。もっといっぱい味わわせてあげる……！」

「ひゃあああっ」

エリック様が腰を動かす度に、エリック様自身もすごく気持ちが良さそうで。達しないように、必死に耐えて我慢しているようだ。それが愛おしくて、胸とお腹の奥がキュンとしてしまう。それに、エリック様が気持ち良いと感じてくれるほどに、流れ込んでくる精気が美味しくて美味しくて堪らない。いくらでも食べられそうだし、いくらでも食べたいと思ってしまう。

「……すごく気持ちいい、あぁん、気持ち良いよぉ」

「……り、あ……！　そんな、締め付けたら……っ……出る……！」

「あぁっ！」

中に擦り付けられるように、エリック様の子種がいっぱいいっぱい注がれて。私の身体はそれをまるで甘いジュースのように感じながら、全てを飲み干そうとエリック様の熱い欲望をキュウキュウ締め付けてしまう。

甘くて美味しくて。中毒みたいに、もっともっと欲しくなる。

エリック様の欲望が、私の中でまた硬さを取り戻し、中を圧迫してくると、私は嬉しくなってしまって、エリック様をぎゅうっと抱き締めた。

「リア……？」

「美味しいです、エリック様。もっともっと、いっぱい欲しいの……！」

「!?」

サキュバスとしての本能だろうか。

あれだけ恥ずかしくて堪らなかったのに、今では自ら進んで艶かしく腰を動かしてしまう。中が擦れるたびに、美味しくて気持ち良くて止められない。

「……いいよ、リア。次も溢さないように、上手に飲み込むんだよ？」

私がコクリと頷くと、エリック様は私に深く口付けながら腰を動かし始めた。それと同時にぷっくり膨らんだ花芽をクリクリと指で可愛がられて、私はあまりの快感にビクビクと身体を震わせてしまう。

（——だめっ……こんなの、イッちゃうぅ！）

私があまりの気持ち良さに絶頂を迎えてしまうと、溢れた蜜が二人の結合部からじわりと僅かに溢れてしまった。エリック様が蕩けたような甘い瞳で、私を見つめながら「……イッちゃったの？」と囁くように訊いてくる。

「は、い……！」

「リアがイッてしまうと、僕の子種が押し流されてしまうかもしれないね。だから、イク時は必ず言うんだよ？」

「……？」

気持ち良さに蕩けたまま、私は訳も分からずに頷いた。

そうして暫くしてから、今度はエリック様が「また中に出すよ」と言った瞬間。

「リアは我慢、だよ……？」

耳元で小さく、そう囁かれた。

「がまん？　……やっ、待っ……、　だ、め、だめぇえ！　そんな、グリグリしちゃ……ひああっ」

我慢。確かにエリック様はそう言ったのに、いっぱいいっぱい奥をグリグリされて、何度も気持ち良いところを擦りながら抽送を繰り返して、私の花芽を指で挟み、にゅるにゅる扱いていく。

（——だめ、またイッちゃう……！）

同時に責められたらすぐにイッちゃうのに。このままイッてしまったら、私の蜜がいっぱい溢れて、エリック様の子種を押し流してしまう。だけど、気持ち良過ぎて、どうしても我慢できない。

「くっ……!!」

「だめ……、もぉ、イク、イッちゃ……っ！　やあぁあん！　イッちゃうぅぅ」

ビュルルルッと中に沢山エリック様の欲望が吐き出された。けれど、やっぱり私も達してしまって、コポコポとエリック様の白濁としたソレが溢れてしまう。

「……だから我慢って言ったのに」

「ごめん……なさ……っ」

「あんっ」

ズルッとエリック様の欲望が引き抜かれて、それだけでも気持ちが良くてクラクラした。

そしてエリック様はゆっくり立ち上がると、身体の位置をズラして、ソファーに寝る私の顔の近くに跨ってきた。目の前には、テラテラと蜜にまみれ、熱くそそり勃つエリック様の欲望がある。

私は思わず、コクリと喉を鳴らした。

「リア。コレがリアを気持ち良くしていたものだよ。僕とリアのいやらしい蜜がいっぱいついているから、それを全部丁寧に舐め取ってみせて？」

「舐め、取る……？」

「そう。僕のコレを綺麗にしてね。それと、リアの従者の彼らにも手伝ってもらおうか」

「!?」

「フィルとナハトにも……？」

一瞬、何を言われたのか分からなくて、私は僅かに首を傾げた。

フィルとナハトも理解できなかったようで、低く怒ったような声で「私たちに何をしろと？」

「まさか、俺たちにお前のソレを舐めろって言っているのか？」と言って、エリック様を睨み付けている。しかし、昨日襲われかけたばかりなのに、エリック様は信じられないほど涼しげな顔で落ち着いていた。端正な顔に笑みさえ浮かべて、「まさか」と言葉を続ける。

「君たちに舐めてもらうなんて死んでもごめんだよ。食いちぎられそうだからね。そうじゃなくて、君たちにはリアの可愛い花園を舐めてほしいんだ」

とんでもないことを言い出したエリック様に、私が困惑して「え、エリック様？」と名前を口にする。けれど、エリック様は優しく私の頬をくすぐるように撫でるだけで、私ではなく、フィルとナハトへ説明を続けた。

「リアの話だと、君たちはインキュバスなんだろう？　なら、その力でリアを更に蕩けさせてよ。リアが僕のモノを舐め終わるまでの間、リアの中と外を気持ち良くさせることを許してあげる。けど、リアをイカせるのは僕の役目だから、その辺りは気を付けてね？」

……要するに、私がエリック様の欲望についた蜜を舐め取っている間、私はフィルとナハトに中と外を同時に気持ち良くさせられるということ？　しかも、イキたくなっても、フィルとナハトにイカせてもらうのは駄目ということだ。

「待って下さい、エリック様！フィルとナハトの唾液には催淫効果があるんです。すごく気持ち良くなってしまうので、イカないようにと言うのは……」

二人に気持ち良くさせられてしまったら、絶頂を回避することは不可能だ。私はそう伝えたかった。そしてそれは、エリック様に正しく伝わってしまった。

エリック様の瞳が、酷く甘くて、凍えてしまいそうなほどに冷たい。

「へぇ？　……リアはインキュバスである二人の食事に『自分をあげていた』と言っていたね。なら、今までいっぱい気持ち良くしてもらってきたってことだよね？」

「そ、れは……」

「慣れているなら、我慢だってできるよね？　……もし我慢できずに達してしまったら、お仕置き、追加しちゃうから、ね？」

「……っ」

そうして私は、ドロドロに甘くてあまりに苦し過ぎる、拷問のように重たいエリック様からの愛情を味わうことになってしまったのだった。

「何でなの!?　どうして上手くいかないのよ!!　ヴィクトリアを怒らせれば、あとは全部上手くいくはずなのに!!」

他の生徒たちよりも一時間ほど早く、クラリスはリリーナ魔法学園一年の教室へとやってきていた。教室にはクラリス以外、まだ誰もいない。

前に教科書を破られたあと、エリックから新品の教科書など、学園生活に必要な教材一式を贈って貰って以降、今では破られるようなイジメはされていない。皆、王太子であるエリックを敵に回したくないからだ。

当然だが、クラリスの学園生活が平和であればあるほど、攻略対象者たちからの同情は得られない。要するに、構ってもらえないし、守ってももらえないわけだ。

「あの犬！　ちっとも役に立たないじゃない！　いつも何もしてないし！　やる気あんのっ⁉」

同情を引けないなら、何故か彼らが関心を示しているヴィクトリアを消してしまおうと思った。

本来のシナリオとは時期がずれていたけれど、結果を見れば、ヴィクトリアはまんまとエリックの婚約者の座に収まってしまったのだから。

どういう訳なのか、ゲームと違ってこの世界のヴィクトリアはおとなしい性格をしている。我儘で傲慢なところがないヴィクトリアなど、ただの美女だ。しかも絶世の美女。オマケに公爵令嬢という地位までついてくる。

「運営も、悪役令嬢じゃなくてヒロインに力を入れなさいよ‼」

この世界のヴィクトリアが、以前はゲームのヴィクトリアと同じ様な性格をしていたらしい噂は耳にした。そして、何があったのかは分からないが、今では過去の自分を反省してしまったようで、公爵令嬢として恥じない振る舞いをしているようだ。学業においても、魔法実技以外はめちゃくちゃ成績が良い。

「ヴィクトリアから性悪な性格を取ったら、婚約破棄する理由が……」

理由がなくなってしまう。だからこそ、今度は別の策を考えたのだ。聖獣シュティフェルが役に立たないのなら、賊でも雇って襲わせて純潔を散らしてやろうと思った。ゲームのヴィクトリアは、ジルベールにお仕置きをされたあと、自ら婚約者の座を返上した。他の男に汚された身体では、もうエリックの元へ嫁げないと判断したからだ。

――我儘で傲慢で、非道な悪役令嬢。

でも、エリックに対しては驚くほどに一途で、馬鹿がつくほどに一生懸命だった。かなり間違った方向に頑張っていた為、エリックには相手にされていなかったけど。それ故に、一部のユーザーからは人気があった。

「賊に襲わせて手っ取り早く辞退してもらおうと思ったのに……！」

苛立った気持ちを何とかしたくて、クラリスはヴィクトリアのロッカーを魔道具でこじ開け、中に入っていた教科書をビリビリに破いていた。

何故ここまで苛立っているかというと、考えていた新しい策が、仕掛ける前に頓挫してしまったからだ。学園を出て、適当なゴロツキに話しかけても、無視されるか、一斉にどこかへ行ってしまうのだ。せっかく声をかけてきた子爵令息と男爵令息からお金を貰ってきたのに、雇う相手がいなければどうにもならない。

どうしようかと考えあぐねいていると、ヴィクトリアの教科書を破り捨てながら教室の中を歩き回っていたクラリスは、不意にヴィクトリアがよく座っている窓際の席に目を留めた。

この世界のヴィクトリアが既に改心し、性格を変えようと努力していたとしても、やはり元の性格を完全に変えることは不可能だろう。公爵令嬢として恥じない振る舞いをしているということは、恥じるようなことを強いられれば、耐えきれずに本来の性悪な性格が出てくるはずだ。

「……プライドの高い公爵令嬢がイジメに遭えば、さぞ屈辱的よね？　例えば物を盗まれたり、壊されたり、中傷されたり？」

クラリスはヴィクトリアが幼稚なイジメに遭えば、憤慨して本来の性悪な性格が出てくるのではないかと考えたのだ。ロッカーの中には教科書しかなかった。クラリスはヴィクトリアがいつも座っている席に、持っていた小さなナイフを使って汚い言葉を刻んでいく。

「まずはビッチ、淫乱っと。あとは～♪」

教室の机は、一人に対し一つではなく、長机を使用している。教壇を囲むように円形になっている為、長机もゆるやかに丸みを帯びた形をしているのだ。故に、ヴィクトリアの机だと決まっているものはないのだが、クラリスはいつもヴィクトリアが座っている席の長机に、躊躇いなく傷をつけていった。机には、ビッチ、淫乱、ブス、死ね、などと低俗なことが書かれていく。

「これを見て怒り狂うヴィクトリアを見れば、他の皆だって、いい加減目を覚ま……」

「何を見ればだって？」

静寂を破り、突然開かれる教室の扉。クラリスはビクリと肩を揺らして、声がした方へ勢いよく振り向いた。すると、扉を開けて教室内へ入ってきたのは、エリック、ジルベール、アベル、ルカ、フィルとナハト。そして、子犬姿の聖獣を抱えたヴィクトリアだった。

「な、何でここに……？」

ヒクリと顔を引きつらせながら、クラリスが半歩後退する。その様子を見て、エリックたちは皆一様に冷たい瞳を向けた。エリックたちがコツコツと歩を進めて、クラリスとの距離を詰める。

「いくらこの学園が身分平等を謳っているとはいえ、さすがにこれは看過できないな。平民である君が、公爵令嬢であり、僕の婚約者でもあるリアに、害を成すだなんて」

エリックから放たれる言葉に、ハッとしたクラリスは、急いで表情を取り繕い、「違うんです！」と否定した。エリックがピタリと足を止める。

「違うだって？」

「誤解なんです！　私は自習をする為にたまたま教室に早く来ていたんですけど、この机が誰かに悪戯されていることに気付いて、何とか消せないか試していたんです！」

この期に及んで、いけしゃあしゃあと言い訳を口にするクラリスに、シュティとヴィクトリア以外の面々は、額にクッキリとした青筋を浮かべる。そして、いい加減にしろと誰もが口を開こうとした時、いつの間にかクラリスの後ろには、教師であるルカがいた。

柔和な笑みを浮かべているルカを見て、クラリスはホッと息をつき、ルカへしなだれかかるように抱き着いた。

「ルカ先生は分かってくれますよね？　私、こんな風に疑われてしまうなんて、悲しくて……っ」

「そっか。確かに、証拠もなく疑われてしまったら辛いよね」

「そうなんです！　このナイフだって、偶々この場に落ちていたから拾っただけで！　それなのに、最初から私を犯人だと決めつけるだなんて酷過ぎます!!」

「うん、そうだね。でも、既に証拠も証人も揃っているんだよ。残念だけれど」

ルカは依然として柔和な笑みを浮かべたままだ。けれど、目が全く笑っていない。

「君は最初からやり過ぎていたよ。ヴィクトリア嬢に『呪い』をかけた時点でね？」

「⁉」

ルカの言葉に、クラリスは目を見開いて、不快そうに顔を歪ませた。そうして、ゆっくりとヴィクトリアの方へ顔を向けて、抱えられている聖獣シュティを睨みつけた。

「まさか、アンタが？　私を裏切ったの？　ヒロインを助ける為のマスコットキャラクターなのに？　私を嵌めたの⁉　シルクっ‼」

激昂するクラリスを見て、シュティはヴィクトリアの腕の中からするりと飛び降り、その姿を子犬から小さな少年の姿へと変えた。

「⁉」

子犬が突然、神秘的な美少年に姿を変えたので、ヴィクトリアや他の面々も驚きのあまり言葉を詰まらせた。何より、一番驚いていたのはクラリスだったが、シュティは構わずに口を開いた。

『我の名はシルクではない。今は『シュティ』だ。ヴィクトリアがつけてくれた』

「は？　……シュティ？　……しかも、ヴィクトリアにつけてもらった？　意味が分からないわ」

『我はもうお前の契約相手ではない。契約は既に解除した。故に、我がお前に頼まれてヴィクトリアにかけていた呪いも消えた』

「何でよ！　どうして勝手に契約を解除したの⁉　納得できないわっ‼」

『対価一つまともに差し出せぬ奴が、勝手なことを抜かすな』

「いつもちゃんと払っていたじゃない！　たったの一輪じゃなくて、豪華な花束を……」

言いかけて、クラリスは息を呑んだ。シュティの金色の瞳に宿る、圧倒的な威圧感に気圧されたのだ。

『我は初めにきちんと伝えたはずだ。お前が心から美しいと思う花を一輪摘んで持ってこいと』

「は、花束だって問題ないでしょ？　全部綺麗だったじゃない！　何が問題なのよ！」

『その花束はお前自身が選んだものだったか？　違うだろう？　下心にまみれた男の匂いが染みついていたのだから。我の源は清らかな精気だ。邪な心にまみれた花など、対価にはなり得ない。ずっと対価を払えていなかったのだから、契約破棄は仕方のないことだろう。それに、お前はいよいよ越えてはならない一線を越えてしまった。賊を雇い、そやつらにヴィクトリアを襲わせようと画策してしまっていた。お前の魂は穢れに穢れ切ってしまったのだ。そんなお前と一緒にいることはできない』

頭に直接流れ込んでくるようなシュティの声。その声が話す事実に、ヴィクトリアは身体を震わせる。一歩間違えれば、自分が賊に襲われていたのだ。恐怖を感じるのは当然で、傍にいたフィルとナハトが、ヴィクトリアを守るように抱き締めた。

「どうして、そこまでするの？　そんなに私が邪魔だったの？　私、貴女に何もしていないのに」

ヴィクトリアがそう零すと、クラリスは観念したのか、開き直ってヴィクトリアを怒鳴りつけた。

「あんたが何もしてこないからじゃないっ!!　あんたが変に良い子ちゃんなんてやっているからおかしなことになったんでしょう!?　お陰でイベントは何一つ起こらないし、エリックやジルたちとの好感度は永遠に上がらずじまいっ!!　どうしてくれるのよ!?」

クラリスの話す言葉の意味を、理解できる者はいない。そう、同じ転生者であるヴィクトリア以外には、理解なんてできるはずないのだ。

「この女は一体何を言っているんだ？　理解できん」

「同感です、殿下。彼女は待機させている騎士たちに連行してもらいましょう。未遂とはいえ、公爵令嬢であるヴィクトリア嬢に危害を加える計画を画策していたのですから」

「ああ、危ないから俺が連れて行きますよ。というか、この学園内で許可もなくナイフを所持している時点で処罰の対象だし」

「頼む、アベル」

崩れるように、その場でへたり込むクラリスを、アベルが無理矢理立たせて連行していく。フラフラと覚束ない足取りで扉の方へ近付いていたクラリスに、ヴィクトリアが囁くような声で告げた。

「……この世界はゲームじゃない。皆、確かに生きている現実の世界だよ」

告げられた言葉で、全てを察したクラリスが、ヴィクトリアを睨みつけながら激しく声を荒げた。

「お前っ……！　だからおかしかったのね⁉　ただの悪役令嬢のくせにっ‼　最後には破滅する私の踏み台のくせにっ！　お前なんかっっ」

「暴れるな！　この期に及んで、まだヴィクトリア嬢に何かするつもりか⁉　いい加減にしろ‼」

連れて行かれるクラリスの後ろ姿を見送って、ヴィクトリアはキュッと唇を噛んだ。シナリオを捻じ曲げてしまったのは間違いなく自分だ。けれど、ただただ破滅の運命を受け入れることなど、到底無理な話だ。公爵家に没落なんてして欲しくないし、何より大切な人が沢山いた。

「リア、大丈夫だったかい？」

「エリック様……」

ヴィクトリアを心配そうな瞳で見つめてくるエリックを見て、どうしようもなく心がざわめく。

クラリスは、彼の運命の人だった。シナリオ通りなら、この場にいたのはクラリスで、アベルに連行されていったのはヴィクトリアだっただろう。

（そうならなくて、良かった）

自分の気持ちが、今ならハッキリと分かる。ようやく自覚できたヴィクトリアは、その場に崩れ落ちた。咄嗟にエリックやフィルたちが支えた為に、床に倒れ込むことは免れたが、緊張の糸が切れたせいか、不安定な魔力が更に揺らぎ、意識を失ってしまったのだ。

「リア！　リア！」

意識を失ったヴィクトリアの名を呼び続けるエリック。そうして、フィルとナハトが告げた。

「ヴィクトリア様に『食事』をご用意いたしますので、今すぐ空いている部屋を貸していただけませんか？」

「『食事』だと？」

「ヴィクトリア様は、未だ今のお身体に慣れておらず、上手く『食事』ができないのです。ですから――」

本当はこの場に来ることも難しい状態であったのに、当事者である自分がいかなくてはと、無理をしたから。事は一刻を争う。公爵邸まで戻っている時間はない。フィルが更に言い募ろうとした時、ルカ先生が笑みを浮かべたまま「私の部屋を使っていいですよ」と提案した。

「広さはそこそこですが、シャワー室もついていますし、何より音声遮断の魔法が施されていますので。ですが、『影』はつけないで下さいね？　ヴィクトリア嬢の名誉に関わりますから」

＊＊＊

「挿れるよ、リア」

「待っ……！　だめ、エリックさ……ひゃあああん！」

「ああ、ヴィクトリア嬢は殿下のモノを挿れただけで達してしまったようですね」

「こんな時に不謹慎だと思うけど、ヴィクトリア嬢は本当に可愛いな。あとで俺の精気もたらふく食べさせてあげるからね」

――どうしてこんなことになってしまったの？

『ヴィクトリア様は、現在大変危険な状態です。上手く精気を取り込めないので、不本意でしょうが、今回は糧を沢山用意する方法でお許し下さい』

朧げな意識の中、フィルにそう説明された。どうやら私の身体は危険な状態らしい。身体が魔物へと変化した際に、元々持っていた魔力を全て使い切ってしまったようで、魔力不足から飢餓状態の一歩手前になってしまっていた。

エリック様に事情を説明した際、エリック様から精気を与えてもらった為、暫くは持ったのだが。

当分は魔力が不安定な為、今日みたいな状態が度々起こるらしい。

（だけど、いくら緊急事態だからといって、皆の前でこんなこと……！）

そう思うのに、私の身体は本能のままに彼の精気を貪り尽くそうと、熱く猛った欲望を咥え込んで離すまいと必死になって締め付けてしまっている。それがものすごく恥ずかしい。

「ほら、リアの大好きな奥にいっぱいキスしてあげる。それから、ぷっくりした可愛いここも――」

「ひぅっ、やっ……！　そんな、両方弄っちゃ……、ああぁっ」

エリック様にぱちゅんぱちゅんと蜜壺の最奥を何度も何度も熱くて硬い肉棒でキスされて、それだけでもおかしくなりそうなくらい気持ちが良いのに、同時に大きくなった花芽さえも蜜を絡めた指でヌルヌル擦られ、扱かれて、痺れるような快楽に目の前がチカチカと明滅する。

「ヴィクトリア様、またイキそうなのですか？」

「フィル、これもヴィクトリア様のためだ。……今は耐えるしかない」

私の従魔であるフィルとナハトが、エリック様や他の皆を見て、憎々しげに眉を顰める。けれど、現状を誰よりも理解している二人は、今の状況を止めることはない。エリック様たちから視線を外し、私を見つめる二人の表情は、眉尻が下がり、私の身体を深く案じてくれていることが分かる。

私だって本当は分かっている。どうしてこうなってしまったのか、全ては私が起こした行動のせいだ。しかし、分かっていても心はそう簡単に割り切れるものではない。

「お、おねが……っ！　止まってぇ……」

首を振り、藤色から深紅へと変わってしまった涙の滲む瞳で、必死に止めるよう訴えても、誰も私の願いを聞き入れてはくれない。いや、聞き入れたくても聞き入れられないのだろう。この行為に懸かっているものは、私の命なのだから。

エリック様が、柔らかな金色の髪を揺らし、情欲を灯す空色の瞳で、私を愛おしげに見つめる。

「リアの魔力が安定すれば、ちゃんと止まってあげるよ。だけど今は駄目だ。彼らの話では、リアはまだ上手に精気を取り込めないのだろう？　一刻を争う事態なのだから、今はとにかく、僕が与える快楽に集中して？」

ドチュンとエリック様に思い切り最奥を抉られて、私は身体をビクビクと痙攣させながら、再び絶頂を迎えてしまった。そうして蕩けた私の身体に、エリック様以外の人たちの手も伸びてくる。こんなの駄目なのに、気持ち良過ぎて堪らない。触れてくる手は、皆優しくて。どうしようもなく快楽の底に沈められてしまう。

「ヴィクトリア様、きちんと気持ち良くなれて偉いですね。ご褒美を差し上げなくては」

「そうだな。下ばかりで上の方が寂しいだろうと思っていたんだ。ヴィクトリア様、俺とフィルが可愛がってやる」

「!?」

フィルとナハトが深紅の瞳を蕩けさせ、目元を朱に染めながら、催淫効果のある唾液を絡ませた舌を使って、柔らかな双丘の先端をそれぞれねっとりと嬲り始めた。先端をチロチロと舐められたり、転がされたり、甘噛みされたりするたびに、お腹の奥が堪らなくキュンと疼く。すると、エリック様の瞳に嫉妬の色が浮かんだ。

「いけない子だね、リア。フィルとナハトに胸を弄られて、そんなに悦んでしまうなんて。罰として、リアの中をもっともっと僕でいっぱいにしちゃおうかな？」

「んむっ!? んっ、んんんっ、んん〜〜〜っ」

激しく蜜壺の奥を熱杭で穿たれて、無理やり絶頂に押し上げられ、花芽をキュウッと摘まれながら、口腔内も蹂躙されて。フィルとナハトも、胸の先端を弄りっ放しで、解放してくれない。身体中を弄られ、耳も、首筋も、感じるところ、全部全部。

「愛しているよ、リア」

耳元で囁かれた甘い声音にゾクゾクしながら、私はその日、私の全てで彼らを受け止めた。

エリック様に子種を沢山注がれたあとは、ジルベール様に『月の雫』のバージョンアップ版、『月の泉』をつけられてしまった。一度達すれば外れる月の雫よりも凶悪で、月の泉から伸びるしゅるりとした細い触手のようなものが、花芽や胸の先端を振動し、そのせいでヒクヒクと欲しがる蜜穴には、ジルベール様の太くて硬い男根で栓をされてしまっていた。

「ああ、ヴィクトリア嬢……っ！ そんなに僕のコレが欲しかったのか？ すごい締め付けだ……」

「そうじゃな……っ、これ、外してぇ、あああぁっ」

じゅぼじゅぼと抽送を繰り返され、月の泉からの刺激もあって、私はずっとイキっぱなしになってしまっていた。その様子を、椅子に座って眺めているエリック様が、ジルベール様を睨みつつ文句を口にする。

「まさかこんな玩具を常に持ち歩いているだなんてね。ジルとは長い付き合いだけど、こんな趣味があったとは知らなかったよ。……リア、随分と気持ち良さそうだね？　僕の精気が回復したら、とことん躾けないといけないな」

反論したいけれど、私の口からはあられもない喘ぎ声しか出てこない。ばちゅんばちゅんと奥を穿たれるたびに、私は何度でも達してしまう。

「ジルベール、そろそろ交代した方がいい。魔力の減り方が尋常じゃない」

「……っ、分かっている、アベル。だが……っ」

「やぁあああああんっ」

私がイキっぱなしのまま潮を吹いて身体を痙攣させていると、堪らずにジルベール様が白濁とした欲望を私の中へと注いだ。美味しくて美味しくて、私の身体が貪欲にソレを飲み干していく。そうして、ジルベール様はギリギリ意識を保ちながら、男根を引き抜いた。

月の泉も外されて、私は身体を痙攣させながら、甘く痺れる身体で必死に呼吸を整える。すると、温かい温もりに包まれた。うっすらと紅い瞳を開けると、そこにいたのはこの場で一番逞しい体躯をしているアベル先輩だった。

「次は俺の番だ。まさか君が魔物になってしまうだなんて、思ってもみなかったけど。俺の精気をあげるよ。例え魔物であっても、君になら許せる。むしろ……」

——こんな形でも、君を抱けるのなら、喜んで精気を差し出すよ。

そう、耳元で小さく囁かれて、思わず鼓動が高鳴ってしまった。今のは一体どういう意味？　そう疑問に思ったけれど、すぐにまた思考が快楽に奪われ、支配されてしまう。以前のように、まるでマッサージされるかのようなアベル先輩との情事は、ゆっくりゆっくり、じわじわと色んなところを責められて。

「気持ち良い？　俺もすごく気持ち良いよ。もっと奥まで欲しい？　激しくする？」

普段の私であれば、恥ずかしくて答えられない問い掛けにも、今の私は甘えるように答えてしまう。もう理性なんて残っていなかった。サキュバスとしての本能が、精気を貪（むさぼ）ろうと必死におねだりしてしまう。もっともっと欲しいと。

「可愛いな。最後には素直になっちゃうとこ、堪（たま）らないよ。……加減、できなくなりそ……っ」

「あべるせんぱ……っ、ぐりぐり、気持ちいいの、あぁあああっ」

アベル先輩の精気を何度も注いでもらって、身も心も溶けてしまいそうな快楽に恍惚としていると、それまで部屋の隅で傍観していたルカ先生まで、私に精気を捧げると言って参戦してきた。

「私にも貴女を癒す機会を与えてくれませんか？　ほら、思い出して下さい。私のヴィクトリア」

「～～～っ」

一気に最奥を穿（うが）たれ、目の前が明滅する。この人は、一体どうして糧になろうなどと考えたのだろうか？　この場にいる面々を見て、不意に脳裏に思い浮かんだのは、ゲームの逆ハールートだった。この場にいる彼らは、私を助けるために精気を差し出している。フィルの提案を、エリック様が呑んだからだ。

精気を上手く食べられない私の為に、量を沢山用意すれば、零しながらでも多く食べられるからと。助ける為だからこそ、エリック様が許可を出し、彼らに事情を話した。そうして彼らも、自ら望んだ。私の魔力が安定するまでは、精気を与えることに協力したいと。

私にはとんと覚えがない。彼らにそこまで献身してもらえる理由が思い浮かばない。そうしてエリック様へと視線を向けて気付く。ああ、そうだ。彼らはエリック様に仕える臣下なのだと。彼らの献身は、エリック様に向けられたものなのかもしれない。

快楽で纏(まと)まらない思考の中、私がぼんやりとそんなことを考えていると、ルカ先生が私を抱きながら、耳元で小さく囁くように告げた。

「私はインキュバスとのハーフだよ、ヴィクトリア。だから、私と君は『同じ』だね？」

そうして唐突に脳裏に蘇る、研究室で起きたルカ先生との出来事。保健室でのことも、全部全部。

「なっ～～～～!?」

「さぁ、ヴィクトリア。今までのお礼に、私の精気をあげるよ。残したら駄目ですよ？」

「やぁあああああんっ」

ルカ先生に執拗に最奥を穿(うが)たれ続けて、何度も何度も絶頂し、漸(しばら)く魔力が安定して濃密な行為が終わりを迎えた後。最後はフィルとナハトが私を部屋についていたシャワー室で綺麗に洗ってくれた。二人は自分たちの食事を我慢し、ただひたすらに私をトロトロに癒してくれたのだった。

エピローグ

――あれから月日が流れ、私の魔力も安定した頃。

私やエリック様たちは無事にリリーナ魔法学園を卒業した。そして、卒業と同時にエリック様は自ら王太子の座を返上して弟へ託し、私の生家であるアルディエンヌ公爵家に婿入りという形で結婚した。ジルベール様は宰相補佐兼、アルディエンヌ公爵家お抱えの筆頭魔法師となり、アベル先輩もまたアルディエンヌ公爵家お抱え騎士団への入団を果たした。

「リア、大丈夫かい？　ごめん。昨日の夜は、無理させ過ぎちゃったね」

こうして迎えた蜜月。昨夜はまさしく初夜だった。

――ぜ、全然眠れなかった……ほぼ一睡も……

私が朝食の席で、姿勢は美しく保っているものの、疲労によりぐったりしていると、小さくなったフィルとナハトが側へと歩み寄り、心配そうに眉尻を寄せた。

「ヴィクトリアさま。体調がすぐれないのであれば、すぐにお部屋で休まれた方がいいかと……」

「フィル。心配してくれてありがとう。だけど、私は大丈夫だから。ね？」

「本当か？」

「ええ」

大きな変化は二つあった。一つ目は、フィルとナハトが小さくなってしまったことだ。ついでにルカ先生も。見た目は完全に幼子である。

どうしてこうなってしまったのかと説明すれば長い話になるけど、私の魔力が完全に安定したのは、フィルとナハトのお陰だった。サキュバスとして未熟な私は、どうしても精気を上手く摂取できず、あのあとも何度も飢餓状態に陥ってしまっていた。

でも、フィルとナハトが、自分たちのほぼ全ての精気を私に与えてくれて、そのお陰で私の魔力は安定し、反動で二人は幼子になってしまったのだ。ルカ先生の場合は、詳しい話は割愛するけど、ナハトとルカ先生が派手にバトルしてしまい、ナハトがぶち切れてルカ先生の精気を魔法で全て吸い尽くした結果、小さくなってしまったの。

(喧嘩の理由は教えてくれなかったのよね。何でだろ？)

よく分からないけれど、男同士の何かがあったらしい。

ちなみに、私の場合は精気が吸われ尽くすと、小さくはならず、死に『直結』してしまう。

ルカ先生と同じ半魔物であっても、生まれた時からハーフのルカ先生と、後天的に眷属となった私とでは、全てが違うようで、だからこそ魔力が枯渇しないように気をつけなければならない。

「この色ぼけおうたいし！　ヴィクトリアさまに無理をさせるな！」

小さくなった可愛過ぎるナハトが、エリック様を睨みつけながら文句を言うけれど、その見た目のせいで全く凄みがない。今日も推しが可愛過ぎる。

「僕はもう王太子じゃない。これからは僕がこの屋敷の主で、君たちの御主人様の伴侶だ。君たちの方こそ、今後は今まで通りにはさせないよ」

三人の間でバチバチと散る火花。

私は思わずクスクスと笑みを零し、小さくなった二人を抱き締めた。

二つ目の変化は、二人の隷属印を解呪し、従属契約に変わったことだ。私が二人の名付けをした際、私とフィルとナハトの間では、従属契約を交わしたことになっていたそうだ。でも、名付け前にされた隷属印の力が上回っていたせいで、従属印が出るのを邪魔していたらしい。従属印は主である私と、フィル、ナハト、何故かルカ先生にもあり、私のは下腹部辺りにある。ハートのような印があり、その周囲を葉っぱがぐるりと巻いているような形をしている。フィルは左手の甲、ナハトは右手の甲、ルカ先生は左腕にある。

「二人とも、いつも心配してくれてありがとう。私は本当に大丈夫。そういえば、フィルはさっきまで何をしていたの？」

私がそう問いかけると、フィルはハッとした顔で慌てたように私に頭を下げた。

「も、申し訳ありません、ヴィクトリア様！　ナハト、早くルカと駄犬の元へ行きますよ！」

「また花に宿る精気の研究か？　俺、もう飽きた」

「ヴィクトリアさまの魔力が不安定になったら、いまの私たちでは精気を捧げられません！　以前のような大人になれるのは、まだまだ先になるのですから、いざという時のための保険をかけておかねば！」

「分かったって。これもヴィクトリア様のためだもんな。色ぼけおうたいし、今度むちゃなことをさせたら。ぶち殺すからな！」

「色ボケ若旦那さまは、朝食のあと、領地のお仕事が待っておりますので、早々にそちらに取りかかるべきかと存じます」

小さくなっても、従者の鏡のようなアルカイックスマイルを浮かべ、言外に『お前はさっさと飯食って仕事して来い』と伝えるフィル。

「本当に君たちは、出会った当初から僕に対して容赦がないな。ずっとヴィクトリアの側にいられた君たちと違って、僕はやっと一緒にいられるようになったばかりなんだよ？　蜜月なんだよ？」

「だから初夜は二人きりにさせてあげたでしょう？　早く仕事に行け、当主さま」

「いやいや、当主に対してどれだけ無礼なのかな!?　リアの父君に対してはそんな態度じゃなかっただろう!?」

エリック様から投げ掛けられた疑問に、フィルとナハトは心底呆れ果てたような冷めた瞳で見つめ返した。

「旦那様はヴィクトリアさまの父君。色ぼけな貴方様と一緒にしないでいただきたい」

「旦那様と、いまは亡き奥さまがいなければ、ヴィクトリアさまはこの世に生まれていなかった。つまり」

「旦那さまと亡き奥様は、ある意味では神に等しいわけで」

「要するに、お前と一緒にするな」

ハモるフィルとナハト。

エリック様からは殺気が漂い始め、私は思わずは顔を青くした。このままでは屋敷内で戦争が始まってしまうかもしれない！

しかし、三人の殺気はすぐに静まった。正確には、室内に子犬姿のシュティが現れた為、フィルとナハトが自分たちの研究を思い出したからだ。

「いつまでも色ぼけ当主さまに構っている時間などありません。早く行きましょう」

「行ってきます、ヴィクトリアさま！」

以前はあんなに二人の食事に対して困っていたのに、小さくなった今では、額に触れるだけのキスだけで賄えてしまっている。二人が私の魔力不足を心配して、食事量を極力抑えてくれているみたいなのだ。フィルとナハトがガリガリになってしまったらと、最初のうちは気が気ではなかったのだけど、どうやら花から摂れる微量の精気を研究過程でかなり味見しているらしい。身体も小さいし、今の段階では空腹にはなっていないそうだ。

「ふふ、いってらっしゃい。私の為にいつもありがとう、フィル、ナハト。おやつの時間になったら戻ってきて休憩してね。ルカ先生とシュティにも、そう伝えて？」

「「はい！」」

私は思わず両手が顔を覆って悶絶した。今日も私の推しは最高過ぎます。この頃は、私がフィルとナハトを溺愛しているのだとエリック様にも伝わったようで、エリック様が小さく溜息をついた。

「リアは本当に彼らが好きなのだね。リアの夫は僕なのに、嫉妬してしまうよ」

「え、エリック様！　だって、今の二人は可愛過ぎますから……」

私がそう言うと、エリック様は口角を上げて席を立ち、私の元までやってきた。

「それは子供が欲しいということ？　僕とリアの子供なら、きっとすごく可愛いだろうね。沢山欲しいな。リアは？　……何人欲しい？」

「……っ」

真っ赤になって答えられないでいると、エリック様は蕩けるような笑みを浮かべて、私を軽々と抱き上げた。そして、額にキスを落とすと、そのまま私は寝室へと連れて行かれてしまった。

「リア。……お腹空いていているんじゃないのかい？」

「え？」

天蓋付きのベッドの上にそっと降ろされながら、エリック様が優しくそう訊いてくる。私を見つめるエリック様の瞳は、変わらずに甘く蕩けていて。結婚しても、未だに慣れずに鼓動が高鳴ってしまう。チュッと頬にキスを落とすと、まるで内緒話をするように声を潜めて、甘く囁かれた。

「いいよ。我慢しないで、僕を食べるといい」

「っ！」

途端、私の顔が更に熱を持つ。エリック様の声も、視線も、表情も、身体も全部色気が駄々漏れで、つい恥ずかしくなって俯いてしまうと、エリック様に「おいで」と誘われた。

「リア、僕のそ上においで」

「え、エリック様の上に……？」

「はしたなく僕の上に跨って、自分で僕の上で腰を振るんだ。できるよね？」

「〜〜〜〜っ」

羞恥でゾクリと身体が反応してしまう。恥ずかしい。けれど、言われた通りに、私は自分からエリック様の上へ跨り、寛げられたトラウザーズからそそり勃つ剛直の上へ、蜜に濡れた秘処を落としていく。

「んん、ふぁ……っ！」

「……っ。偉いね、リア。でも、まだ触ってもいないのに、どうしてこんなに濡れてしまっているのかな？　……ああ、昨日した僕のお願い通り、下着を穿かずにいてくれたんだね？　もしかして、朝食を食べていた時から、ずっと濡らしていたのかい？」

「それは、だって……んんぅ、は……あ……！」

エリック様は、昨日、結婚式の前に私の下着を脱がしてしまったのだ。控室で下着を脱がされて、そのまま下着なしで式を挙げようと言われた時には、羞恥で死んでしまうかと思った。だから、その日の夜。初夜の時には、もう私のソコはトロトロに蕩けてしまっていて、エリック様はとても嬉しそうに私と一つに繋がった。

『明日も、明後日も。暫くはずっと、下着をつけないで過ごしてよ』

恥ずかし過ぎるエリック様からのお願いを、私は断り切れなかった。恥ずかしくて堪らないけれど、それでエリック様が喜んでくれるのなら。そうして、私は今朝も、下着を穿かなかったのだ。

「上も、触ればすぐに分かってしまうね。こんなにピンと勃ち上がらせて、いやらしい身体だ」

ピンピンピン！

「ひゃん！」

「今日も敏感だね。可愛いよ」

白いワンピースの上から、エリック様が指先で何度も双丘の先端を弾くと、みるみるその頂きが服を押し上げ、いやらしい形が露わになってしまう。エリック様はトロリと蕩けるような笑みを浮かべながら、服を押し上げている突起を躊躇いなく服ごと口に含んだ。

ぢゅううぅうぅうっ……

「きゃあああんっ！」

反射的にビクンとしなる身体。強く吸い付かれ、私はあられもない喘ぎ声を上げてしまう。それと同時にエリック様が勢い良く腰を突き上げてくるから、途中まで呑み込んでいた剛直が一気に奥まで挿入されてしまい、ゴリッと私の一番気持ち良いところが強烈に刺激される。

「ひぃぃん、あっ、あっ、エリック、様ぁ……っ！」

「すごい、中がうねっている。僕に絡み付いて、『もっと』って強請ってきているよ。……っ、……ああ……気持ち良い……！」

「らめぇ、奥、おく、らめなのぉ……やぁああん！」

ドチュッ、ズチュッと響き渡る卑猥な水音。

「止まっちゃ駄目だよ、リア。もっといっぱい、中を掻き混ぜるように淫らに動いて見せて？」

「あんっ、やっ、ああっ、音、が……んんっ」

接合部から響く、グチュグチュとしたいやらしい音に、耳まで犯されてしまう。

「恥ずかしい音がいっぱい出るように動くんだよ？　……くっ、ぁ……リア、とても上手だ。ご褒美に、もっと吸ってあげるね？」

「やぁあ、そんなに、吸っちゃ……、ひぅっ」

エリック様に双丘の頂を吸われ、ワンピースが唾液で濡れてしまい、赤く熟れた実が透けて見えるようになってしまった。

「まるで僕を誘っているみたいだ。ちゃんと両方共可愛がってあげるからね？」

「あんっ、らめぇ」

ビクビクと震える身体。私は耐え難い快楽に支配され、イヤイヤと首を振る。相も変わらず、エリック様が行為を止めることはなくて、私のワンピースから透けて見える果実を、片方は口で吸い、もう片方は執拗に指で扱いたり捏ねたり、先端をカリカリコリコリしたりして弄り続ける。

「〜〜〜っ」

双丘から伝わる快楽が、お腹の奥をジンとさせる。堪らずに私が腰を振れば、耳を犯す淫靡な水音と、子宮を押し上げる剛直が、更なる快楽をもたらして、余計にお腹の奥がキュンとしてしまう。

「ああっ、気持ち、いいっ、変に、なっちゃ……」

「もう中はトロトロのぐずぐずだね。ほら、自分で動いてイッていいよ。好きに動いてごらん」

「そんな……、だって……」

「自分で動かなきゃ、ずっとイケないよ？　それとも、夜までお預けして、ずっと濡れたまま過ごすかい？　……ジルたちにも、リアのはしたない淫乱な秘処を見てもらおうか」

「……っ！」

今夜はジルベール様とアベル様がアルディエンヌ公爵邸へとやってくる。彼らは学園を卒業したあと、アルディエンヌ公爵家率いる魔法師団と騎士団にて、それぞれトップを担ってくれているのだ。ジルベール様に至っては国の宰相補佐まで兼任している。二人は今もエリック様の側近として支えてくれているのだ。妻である私や、公爵領にも尽力してくれている。本当に良い人たちだ。

「リアがどれだけ僕に挿れられるのを期待しているのか、見せつけてあげるのもいいかもしれないね？　二人の前で何が欲しいのか、ちゃんと言えるかな？」

「ひぃんっ、あっ、あっ」

エリック様の低く甘い声音に、ゾクリと肌が粟立つ。

「どうする？　リア」

「え、エリックさまぁ……っ」

顔も耳も首も真っ赤にしながら、私は懸命に自ら腰を振る。エリック様が本気だとは思いたくないけれど、魔力が安定してからはエリック様以外の方とはしていない。だから、誰かに見せるだなんてもう無理だ。グチュグチュと響く艶めかしい音と、エリック様の囁きが、私の快感を一層高めていく。

「そういえばね。ジルが、花芽と、その裏側を同時に激しく刺激する玩具を作ったそうだよ。普通の女性だったら、イキッぱなしになったあと、何度も何度も潮を吹いて、おしっこも漏らして、そのまま気を失ってしまうらしいけど。……リアはどれくらい気持ち良くなれちゃうかな？」

「〜〜〜〜ッッッ!?」

エリック様の爆弾発言に、私は驚いて目を見開いたあと、思い掛けずその玩具の快楽を想像してしまい、達してしまった。すると、達した直後なのに、それまで下半身を動かさずにいたエリック様が、思いきり下から激しく突き上げ始めた。

「ひゃあああんっ」

ビクビクと身体を震わせながら、私は再び絶頂してしまう。だけど、エリック様はやっぱり動きを止めてくれない。

「やぁああっ、止めっ……、ひぃぃんっ」

「ジルの玩具を想像してイッちゃうだなんて、リアは悪い子だね。……いっぱい罰を与えなきゃ」

「きゃうぅぅ、ごめ……、ごめんなしゃ……っ! あぁあああっ」

「駄目。許してあげない。……立つよ、リア」

「ひゃあっ!?」

グンッとエリック様が私を抱えたまま立ち上がると、剛直がより深く中を抉り、子宮をグリグリ押し上げて、快楽が脳天を貫く。

「あ〜〜っ、あ〜〜〜っ」

エリック様の首に両腕を回し、私は必死にしがみつく。エリック様はそんな私の両足を持ち上げる形でしっかりと抱え直し、そのまま室内を歩き始める。

「ふか、ふかいのっ、やら、やっ………ん〜〜〜っ」

「このまま散歩しようかな。……歩く度にあんあん喘ぐいやらしいリアを、皆に見てもらおうか」

「だめぇ、だめなのぉ」

「くっ……すごい締め付けだ。……は……、駄目じゃないよね？　こんなに興奮して、イキまくって」

エリック様が私を抱えたまま、寝室から出る。

「いやぁあ、出ちゃ、だめ……っ、見られちゃうからぁ」

「これは罰だよ。部屋の外を何周か回ってみよう。……リアが反省したって、分かるまで」

歩く度に最奥が深く抉れて、ヴィクトリアはその度に何度も何度も絶頂してしまう。途中、エリック様も甘く蕩けるようなキツイ締め付けに達してしまったが、エリック様の剛直は萎えることなく、すぐさま元の硬さを取り戻し、罰が続行されてしまう。

「あっあっ、あっ、ア～～～ッ、もう、らめ……、えりっくぅ……！」

「まだ反省が足りないなぁ。もっといっぱい歩こうか」

「はんせい、してる……からぁ、も、ゆるしてぇ！　また、イッちゃ……ッッ」

プシャッ、プシャッと潮を吹き、絶頂の止まらない私に、エリック様がようやく足を止めた。

「はぁ、はぁっ」

「僕の肉棒がそんなに気持ち良い？」

力なく頷く私に、エリック様は堪らず頬を寄せる。乱れた菫色の髪に頬を擦り寄せ、寝室へ戻る為に、また歩き始めた。

途端、私はまた脳天を貫くような快楽に支配されて、エリック様にしがみつきながら何度も何度も達してしまう。

「動いちゃ、らめ……、らめなのにぃ」

「可愛いね、リア。寝室に戻るだけだよ」

「あんっ、やぁ、あああ……！」

寝室に着き、ベッドへ辿り着くまでにも、私ははしたなく何度も絶頂してしまう。エリック様は私をぎゅうっと抱き締めながら、片手をゆっくり滑らせて、秘処の方へと忍ばせていく。

私の身体が、大袈裟なくらい、大きく揺れた。

「え、えりっくさま、何、を……？」

「いっぱい罰を頑張ったから、ご褒美に撫でてあげようと思ってね」

「え……？」

——ドコを？　私がそう思った次の瞬間には、パンパンに膨れ上がっている花芽を、エリック様が優しく指の腹で撫で始めた。

「あっあっ、んぅぅ」

「リア、気持ち良いの？　ココを撫でるたびに、中がいやらしくうねっているよ」

「気持ち、い……ぃのっ、あ、んっ！　んん〜〜〜っ」

ビクビクッと身体が震え、足の指先がピンと伸びてしまう。私は未だエリック様の上に乗ったままで、二人共、珠のような汗を浮かべながら、甘く乱れた吐息を互いに貪り合う。

「はっ……、……キス、すき……！」

私のトロンとした快楽に堕ちた瞳に、エリック様はまるで堪らないといった顔をして、幾度も私の唇に激しく深いキスをしてくれる。

「〜〜〜ッッッ」

キスの間も、エリック様の指先は私の花芽を捏ね繰り回し、にゅこにゅこと扱き続けて、絶頂へと導いていく。ドロドロに溢れる互いの愛液が、二人の衣服を隠せないほどに濡らしてしまっており、例えこの場を誰かに目撃されずとも、二人が何をしていたのかは、いずれ使用人たちにバレてしまうだろう。けれど今は蜜月だ。だから——

「おく……奥、も……」

「……リア？」

花芽だけでもイッてしまう。だけど、それだけじゃ足りない。

花芽で達するたびに、お腹の奥がどうしようもなく、ゾクゾク疼く。

もっと欲しい。だから、おねだりしないと。

「奥、突いて……おねがい、エリックさま……」

そう言った瞬間、ドクンと高鳴るエリック様の鼓動が聞こえた気がした。

濡れた唇に誘われて、甘い吐息ごと貪り尽くして。

「リア。僕の愛しい最愛の人」

後悔なんてしていない。

この人と共にいられるのなら。

「～～～ッッッ、えりっくさま……！」

挿入されたままだった剛直を突き上げられ、私は快感に耐えられず絶頂してしまう。

「あはぁ、もっといっぱい突いてぇ……！」

理性のタガが飛び、快楽に堕ちた私は、『もっともっと』とエリック様に乞い願う。

子宮が歓喜の悲鳴を上げている。早く中に子種を注いでほしいと、エリック様の肉棒にキツく絡み付き、うねって離さない。エリック様は腰を突き上げながらも、花芽を優しく嬲り続けて、透けて見える双丘の果実も口に含み舌先で刺激する。

あまりの快楽に満たされて、私は何度も何度も絶頂しながら、エリック様の精気を喰らった。

「美味しいの……っ、エリックさまぁ！」

「リア、もっと僕をお食べ。僕を一番に愛しておくれ……っ！」

少し前まで和やかな朝食の時間だったのに、一瞬にして淫らな情交へと変わってしまった。寝室から響く淫猥な水音は激しく、誰も二人には近付けない。邪魔すれば、この屋敷の主であり、アルディエンヌ公爵家当主であるエリックから、この上ない不興を買うことになるだろう。

エリックのヴィクトリアに対する溺愛ぶりは、屋敷にいる使用人たち、社交界、そしてアルディエンヌ領地内でも有名だった。

彼は死ぬまでヴィクトリアを愛し続ける。死したその先でも、ずっとずっと永遠に。

そうしてそれは、彼に恋をし、愛したヴィクトリアも、ずっとずっと。

この作品に対する皆様のご意見・ご感想をお待ちしております。

おハガキ・お手紙は以下の宛先にお送りください。

【宛先】

〒150-6019 東京都渋谷区恵比寿 4-20-3 恵比寿ｶﾞｰﾃﾞﾝﾌﾟﾚｲｽﾀﾜｰ 19F
(株) アルファポリス　書籍感想係

ご感想はこちらから

メールフォームでのご意見・ご感想は右のＱＲコードから、
あるいは以下のワードで検索をかけてください。

アルファポリス　書籍の感想

本書は、「アルファポリス」(https://www.alphapolis.co.jp/) に掲載されていたものを、
改題、改稿、加筆のうえ、書籍化したものです。

悪役令嬢は双子の淫魔と攻略対象者に溺愛される

はる乃（はるの）

2024年 1月 31日初版発行

編集－木村 文・森 順子
編集長－倉持真理
発行者－梶本雄介
発行所－株式会社アルファポリス
〒150-6019 東京都渋谷区恵比寿4-20-3 恵比寿ｶﾞｰﾃﾞﾝﾌﾟﾚｲｽﾀﾜｰ19F
TEL 03-6277-1601（営業） 03-6277-1602（編集）
URL https://www.alphapolis.co.jp/
発売元－株式会社星雲社（共同出版社・流通責任出版社）
〒112-0005 東京都文京区水道1-3-30
TEL 03-3868-3275
装丁イラスト－チドリアシ
装丁デザイン－AFTERGLOW
（レーベルフォーマットデザイン－團 夢見（imagejack））
印刷－中央精版印刷株式会社

価格はカバーに表示されてあります。

落丁乱丁の場合はアルファポリスまでご連絡ください。

送料は小社負担でお取り替えします。


ISBN978-4-434-33082-7 C0093